La punition d'Adam Black

KAREN MARIE
MONING

La punition d'Adam Black

*Traduit de l'américain
par Nellie d'Arvor*

J'AI LU

Titre original
THE IMMORTAL HIGHLANDER

Published by Bantam Dell,
a division of Random House, Inc., New York

Pour Elizabeth, ma sœur
« Bon sang ! Que c'est bon d'être moi… »

Adam Black, à propos de lui-même

Tuatha Dé Danaan (tua day dhanna) :

« Race hautement avancée d'êtres immortels qui s'établit en Irlande des milliers d'années avant la naissance du Christ. Connus sous des noms variés – Enfants de la déesse Danu, le Vrai Peuple, Daoine Sidhe –, ils sont plus communément appelés faës ou Peuple de la Faërie. Bien que souvent dépeints comme des êtres brillants, de petite taille, déambulant gracieusement et portés sur l'humour et la taquinerie sans conséquence, les véritables Tuatha Dé Danaan ne sont ni inoffensifs ni délicats. »

Extrait du *Livre des faës* de la famille O'Callaghan

Adam Black :

« Tuatha Dé Danaan. Gredin même parmi les siens. Extrêmement intelligent. Dangereusement séduisant. Son apparence favorite est celle d'un forgeron des Highlands au sex-appeal puissant – corps bardé de muscles, peau dorée, longs cheveux noirs, yeux sombres au magnétisme irrésistible. On dit de lui qu'il aurait quasiment rompu le Pacte conclu entre sa race et celle des hommes à deux reprises. Il est sans conteste et de loin le plus dangereux et le plus imprévisible des faës.
« **Attention : toute apparition d'Adam Black doit inciter à la plus extrême prudence. Éviter impérativement tout contact avec lui.** »

Extrait du *Livre des faës* de la famille O'Callaghan

Prologue

De nos jours, Londres, Angleterre

Sous les voûtes de pierre de la crypte souterraine, les cris de désespoir de Chloé Zanders se répercutaient sans fin, lancinants, exaspérants. Adam Black était à bout de patience. Enfermé avec la jeune femme dans les catacombes du quartier général de la secte du Draghar, il la regardait avec une irritation croissante courir en tous sens en criant éperdument le nom de Dageus McKeltar[1]. Dans sa douleur d'avoir perdu son ténébreux Highlander, elle pleurait et hurlait comme si son âme elle-même venait de lui être arrachée.

Adam, qui avait lui aussi de gros problèmes, en avait plus qu'assez de l'entendre se répandre en lamentations. Aoibheal, reine des Tuatha Dé Danaan, avait fini par mettre à exécution sa menace maintes fois répétée de le punir pour ses interventions incessantes dans le monde des mortels. Pour ce faire, elle avait choisi le pire et le plus cruel des châtiments qu'un faë puisse subir. En faisant de lui un humain, elle l'avait dépouillé de son immortalité.

Au moins lui avait-elle fait la faveur de lui laisser son apparence favorite : celle d'un forgeron aux longs cheveux noirs, un Highlander tout en muscles dans son tartan, arborant torque et brassards celtes en or tressé,

1. *Le Pacte de McKeltar*, Éditions J'ai lu n° 7686.

d'une prestance apte à éveiller le désir des femmes et à susciter la crainte des hommes.

Il n'en demeurait pas moins qu'Adam était à présent un mortel, un être de chair et de sang, fragile, limité, fini dans le temps.

Maudissant son infortune, il passa sa colère sur la jeune femme, dont les cris n'avaient pas cessé. Comment pouvait-il espérer trouver une solution pour se tirer de cette situation délicate s'il s'entendait à peine penser ?

— Ton homme n'est pas mort, femme ! cria-t-il à son intention. Cesse donc de me casser les oreilles !

Il était bien placé pour savoir que Dageus MacKeltar était encore de ce monde, puisque c'était en l'obligeant à le guérir de sa blessure fatale qu'Aoibheal l'avait privé de son essence immortelle.

Mais, loin de faire taire Chloé Zanders, son intervention eut sur elle l'effet inverse. Alors que cela lui semblait impossible, sa plainte incessante gagna encore en intensité. Qu'un si petit bout de femme puisse faire autant de bruit était au-delà de sa compréhension. Ses tympans tout neufs en vibraient douloureusement.

— Comment faut-il te le dire ? cria-t-il plus fort. Je te jure qu'il n'est pas mort !

Elle ne fit pas mine de l'avoir entendu, n'eut même pas un regard pour lui. Exaspéré, Adam s'avança vers elle, foulant sous ses pieds les débris qui jonchaient le sol, restes de la bataille qui s'était déroulée là quelques minutes plus tôt, et à laquelle il aurait été mieux inspiré de ne jamais se mêler.

Parvenu devant elle, il passa la main derrière sa nuque pour attirer de force son attention, puisqu'elle ne paraissait pas décidée à la lui accorder. Mais sa paume ne rencontra aucune prise ferme. Elle glissa à travers le crâne de la jeune femme et ressortit au niveau de son nez.

Adam resta un long moment interdit, puis fit une autre tentative, cette fois en direction d'un de ses seins.

Atterré, il vit ses doigts s'enfoncer sans difficulté dans sa poitrine et ressortir dans son dos, sous l'omoplate gauche. Une certitude grandissait en lui et le glaçait jusqu'au sang : non contente de l'avoir fait homme, la reine des Tuatha Dé Danaan lui avait également infligé le charme à triple effet du *féth fiada*[1].

Adam secoua la tête, atterré par cette révélation. Les siens se servaient couramment de ce pouvoir afin d'évoluer au milieu des humains sans se faire repérer. Il leur suffisait généralement d'avoir recours à un seul de ses composants : l'invisibilité.

Prononcé en intégralité, ce charme empêchait aussi les mortels d'entendre ou de toucher celui qu'il protégeait. Mais s'il pouvait être pratique et amusant d'en faire usage pour son propre compte, s'en retrouver affligé malgré soi et en permanence n'avait rien d'une perspective réjouissante.

Estimant que cette petite plaisanterie avait assez duré, Adam ferma les paupières et enclencha le processus mental qui le ramènerait à travers l'espace et le temps jusqu'aux rivages familiers de l'île de Morar. Il se fichait de savoir s'il dérangerait la reine en débarquant à l'improviste. Il saurait se montrer convaincant, et il faudrait bien qu'elle se décide à l'écouter.

Mais il eut beau se concentrer, rien ne se passa, ce que lui confirma un rapide coup d'œil.

Probablement les circonstances étaient-elles responsables de cet échec. Adam ferma les paupières et essaya de nouveau. Mais il n'éprouva pas la sensation de ne plus rien peser, ni l'accès grisant de liberté et de toute-puissance qu'il ressentait toujours quand il voyageait à travers les dimensions.

Assailli par un sombre pressentiment, Adam rouvrit lentement les yeux et découvrit, comme il le

---

1. Les termes écossais en italique renvoient au glossaire en fin de volume (*N.d.T.*).

redoutait, qu'il se trouvait toujours dans la chambre souterraine.

En dépit du sérieux de la situation, un sourire se dessina sur ses lèvres. Humain, invisible, inaudible, intouchable, déchu de ses pouvoirs et banni du royaume des faës ? Sa reine, songea-t-il, semblait décidée à frapper fort…

Les poings sur les hanches, Adam se campa au milieu de la crypte et lança en redressant fièrement le menton :

— D'accord, Majesté, j'ai compris la leçon… Inutile de vous acharner sur moi plus longtemps !

Aucune réponse. Rien que l'insupportable plainte de la femme éplorée se répercutant sans fin sous les voûtes de pierre.

— Aoibheal ! Vous m'entendez ? J'ai dit que la leçon avait porté… À quoi bon vous obstiner, maintenant ?

Toujours aucune réponse. Pourtant, pour Adam, il ne faisait pas l'ombre d'un doute que la souveraine devait s'attarder dans quelque dimension parallèle, à savourer son triomphe. Peut-être, songea-t-il en grimaçant, attendait-elle de lui un signe de repentir.

Un muscle se crispa sur sa mâchoire. L'humilité n'avait jamais été son fort. Mais s'il fallait choisir entre se montrer humble pendant quelques secondes ou rester à jamais humain, il était prêt à boire le calice jusqu'à la lie.

— Ma reine, reprit-il d'un ton soumis, vous aviez raison et j'étais dans l'erreur. Vous voyez ? Je suis tout à fait capable de le reconnaître…

Le mensonge lui emplissait la gorge d'un goût amer, mais il se força à ajouter :

— Et je jure de ne plus jamais vous désobéir !

Du moins, ajouta-t-il pour lui-même, tant qu'il ne serait pas parvenu à regagner ses faveurs… Car il ne doutait pas qu'elle finirait par lui pardonner, comme elle l'avait toujours fait.

— Pardonnez-moi, ô Reine de grâce et de bonté… Je resterai à jamais le plus humble et dévoué serviteur de Votre Glorieuse Majesté !

Fugitivement, tandis que le silence s'éternisait, Adam se demanda s'il n'en faisait pas trop. Il remarqua aussi qu'il manifestait son impatience en tapant du pied, d'une manière on ne peut plus humaine, et se força à s'arrêter. Il n'avait rien à voir avec les humains. Jamais il ne serait l'un d'eux.

— Vous m'avez entendu ? lança-t-il sèchement. Je vous demande pardon…

Il s'écoula encore de longues minutes avant qu'il ne se décide à tomber à genoux sur le sol avec un profond soupir. Il était de notoriété publique parmi les faës qu'Adam Black détestait mettre un genou à terre – *a fortiori* les deux ! – devant qui que ce soit.

— Grâces te soient rendues, lumière qui guide le Vrai Peuple… murmura-t-il dans l'antique langue des faës. Protectrice des Tuatha Dé Danaan, noble fille de la déesse Danu, l'indigne représentant de notre race que je suis loue ta sagesse et implore ta royale bienveillance.

Aussi ancienne que rituelle, cette formule manifestait mieux qu'aucun discours n'aurait pu le faire une totale fidélité et une absolue obéissance à la souveraine. Elle appelait traditionnellement une réponse de sa part, mais Aoibheal semblait décidée à innover… en ne respectant pas la tradition.

Les secondes recommencèrent à s'ajouter aux secondes, les minutes aux minutes. Pour Adam, qui n'avait jamais été assujetti à l'écoulement du temps, elles ressemblaient à des siècles.

— Bon sang ! rugit-il enfin en se remettant d'un bond sur ses jambes. Aoibheal ! Rends-moi mes pouvoirs ! Fais-moi de nouveau immortel !

Nul ne lui répondit, et pour l'être humain qu'il restait, le temps continua de s'écouler inexorablement.

— Elle joue avec mes nerfs… marmonna-t-il en croisant les bras. Elle est décidée à se faire attendre pour que je n'oublie pas ce qu'il en coûte de lui tenir tête.

Aoibheal ne tarderait plus maintenant à se manifester, songea-t-il pour se rassurer. Elle lui ferait la leçon, lui reprocherait ses nombreuses transgressions, le sermonnerait. Docile et repentant, Adam hocherait la tête, baisserait les yeux, promettrait de ne plus recommencer. Et tout redeviendrait comme avant.

Une heure entière s'écoula sans que ses prévisions se vérifient.

Deux heures après, Chloé Zanders s'en alla, le laissant seul dans le silence sépulcral des catacombes. Il se sentit si seul qu'il en vint presque à regretter son raffut de pleureuse...

Trente-six heures plus tard, son corps trop humain se retrouva affamé, assoiffé et – chose incompréhensible pour lui – rompu de fatigue. Un Tuatha Dé Danaan ne dormait jamais. Pourtant, l'esprit habituellement affûté comme une lame d'Adam commençait à le trahir, à s'embrumer, à glisser dans le sommeil sans son consentement.

C'était inacceptable. Plutôt être damné que de laisser une quelconque partie de son être le trahir. Cela ne s'était jamais produit et ne se produirait jamais. Un Tuatha Dé Danaan digne de ce nom restait en pleine possession de ses moyens. Toujours.

Sa dernière pensée consciente fut qu'il aurait préféré être puni de n'importe quelle autre façon – enfermé au sein d'une montagne pour quelques centaines d'années, transformé en monstre marin à trois têtes, obligé de jouer les fous à la cour d'Aoibheal pour un siècle ou deux. N'importe quoi plutôt que de se retrouver si ridiculement... si dérisoirement... si pathétiquement... hum...

PREMIÈRE PARTIE

1

Quelques mois plus tard, Cincinnati, Ohio

Gabrielle O'Callaghan déverrouilla sa portière, grimpa dans sa voiture et ôta avec un soupir de découragement ses lunettes de soleil. L'été, qui était pourtant sa saison favorite, avait cette année complètement failli à ses promesses.

Après avoir ôté son élégante veste de tailleur au prix de nombreuses contorsions et enlevé ses escarpins à talons hauts, elle s'adossa à son siège et ferma les yeux. Tout en se massant les tempes, elle s'obligea à respirer posément. Une migraine carabinée commençait à faire le siège de son crâne.

Elle était encore sous le coup de la dangereuse rencontre qu'elle venait de faire. Cette fois-ci, elle avait bien failli se trahir : le faë l'avait complètement prise au dépourvu. Cela devait arriver un jour, songea-t-elle amèrement. Pourquoi fallait-il qu'ils soient justement si nombreux à croiser sa route, cet été-là ? Elle était restée des années à Cincinnati sans en voir un seul, mais depuis le début de la belle saison, bizarrement, c'était l'invasion !

Ils étaient très exactement apparus en juin et semblaient s'échiner depuis à lui pourrir la vie. Faire mine de ne pas les voir, comme elle y était obligée, n'était pas une mince affaire. Avec leurs corps parfaits, leur peau semblable à du velours doré, leurs yeux iridescents, les faës passaient difficilement inaperçus – du moins à ses yeux.

Tout avait commencé, ce jour-là, par un déjeuner en compagnie de Marian Temple, associée principale du cabinet juridique Temple, Turley & Tucker, dans l'un des restaurants les plus huppés de la ville. Le menu qu'on leur avait servi s'était révélé à la hauteur de la réputation de l'établissement, même si Gabby, tétanisée par l'enjeu de cette entrevue préalable à un entretien d'embauche, n'avait pu réellement en profiter.

Étudiante en troisième année de droit, elle effectuait un stage depuis le début de l'été chez Little & Staller, firme locale d'avocats spécialistes des poursuites en dommages et intérêts pour erreur médicale. Il ne lui avait pas fallu deux heures à son poste pour se rendre compte qu'elle n'était pas prête à dérouler le tapis rouge devant des clients plus ou moins hypocondriaques, persuadés de pouvoir faire fortune au moindre bobo.

À l'exact opposé du spectre juridique se situait Temple, Turley & Tucker. Ne s'adressaient à ce prestigieux cabinet que les clients les plus intéressants, dans les domaines du droit des affaires et du droit successoral. Les rares dossiers criminels traités par ces juristes exigeants étaient de ceux qui faisaient généralement jurisprudence et marquaient la société par leur retentissement.

C'était précisément sur ce genre d'affaires que Gabby était avide de travailler, dût-elle pour y parvenir faire ses preuves durant des années à effectuer d'obscures recherches, voire à servir le café.

La perspective de ce rendez-vous crucial l'avait angoissée durant toute la semaine précédente. TT & T n'accueillait en son sein que la crème de chaque promotion, le dessus du panier. Elle savait qu'elle était sur ce poste en concurrence non seulement avec nombre de ses condisciples, mais aussi avec de brillants étudiants d'autres universités du pays.

En outre, Marian Temple avait dans le métier la réputation bien établie d'exiger de ses collaborateurs la perfection, aussi bien pour ce qui concernait l'apparence que dans le domaine des compétences.

Fort heureusement, grâce aux heures passées à s'entraîner en vue du grand événement en compagnie de sa meilleure amie, Elizabeth, Gabby avait réussi dès le début du repas à se montrer à l'aise, sûre d'elle-même, au mieux de sa forme.

La distante Mme Temple l'avait écoutée lui faire part de son cursus universitaire sans l'interrompre. Gabby avait eu la très nette impression, à l'entendre discourir ensuite, que le cabinet était plutôt favorable à l'embauche d'une femme, ce qui la plaçait en tête de liste.

Tout s'était donc passé comme sur des roulettes, jusqu'au moment où elles étaient sorties du restaurant et s'étaient engagées dans la Cinquième Rue. À l'instant précis où l'avocate proposait à Gabby un deuxième rendez-vous, dans les locaux de la firme, cette fois, et en présence de ses associés, un faë surgi de nulle part était passé entre elles.

Le souffle coupé, Gabrielle s'était raidie, submergée par une entêtante odeur de jasmin et de santal, troublée de sentir l'onde de chaleur corporelle de la créature caresser sa peau comme une brise puissamment érotique. Elle avait dû faire appel à une discipline presque aussi vieille qu'elle pour ne pas reculer d'un pas et lui céder le passage.

Mais dans l'instant de flottement qui avait suivi, le gobelet de café glacé qu'elle avait emporté du restaurant lui avait échappé des mains, avait explosé à ses pieds et inondé le tailleur de l'impeccable Mme Temple.

Instantanément, le faë avait pivoté sur ses talons, les yeux réduits à deux minces fentes. Son visage à la beauté inhumaine était empreint d'une expression de méfiance et d'étonnement.

Au bord de la panique, Gabby avait reporté toute son attention sur Marian Temple, qui suffoquait d'indignation. Avec un empressement proche de l'hystérie, elle avait tiré de son sac une profusion de mouchoirs en papier, afin de tenter d'éponger les dégâts subis par un ensemble ivoire haute couture dont la valeur excédait certainement ses ressources mensuelles.

Tout en s'activant, elle n'avait cessé de s'excuser et de maudire à voix haute sa maladresse, qu'elle avait imputée au fait d'avoir mangé trop gras, de ne pas être habituée à porter des talons hauts et d'avoir été stressée au-delà de toute mesure par la perspective de cet entretien. Bref, en quelques instants, il n'était plus rien resté de l'impression d'aisance, de sophistication et de compétence qu'elle était si laborieusement parvenue à donner durant le repas.

Elle avait été consciente d'anéantir ainsi toutes ses chances d'obtenir le poste, mais elle n'avait pas eu le choix. Dès l'instant où le faë s'était retourné vers elle, sa priorité avait été de tout faire pour le convaincre qu'elle n'était qu'une femme comme les autres, simplement un peu plus godiche et empotée. En y parvenant, comme c'était à prévoir, elle avait également réussi à s'attirer les foudres de celle qui ne risquait plus dorénavant de devenir sa patronne.

Exaspérée, Marian Temple avait repoussé avec agacement les mains affairées de Gabby et l'avait regardée un instant d'un air sévère avant de lancer :

— Comme je vous l'ai expliqué, mademoiselle O'Callaghan, notre cabinet n'offre ses services qu'à des clients triés sur le volet. Ils peuvent se montrer avec nous exigeants et capricieux. Quand des millions sont en jeu, un client est en droit d'attendre le meilleur de ceux qui le représentent. Chez Temple, Turley & Tucker, nous sommes fiers de nous montrer insensibles au stress. Tout à fait franchement, mademoiselle O'Callaghan, vous me paraissez bien trop instable pour faire l'affaire. Je suis persuadée que vous trouverez un poste à votre mesure ailleurs que chez nous.

Trop mortifiée pour lui répondre, Gabby l'avait regardée monter dans la Mercedes que le voiturier du restaurant venait de lui amener. Du coin de l'œil, elle avait remarqué avec soulagement que le faë avait déguerpi lui aussi.

Tandis que la Mercedes couleur perle s'engageait dans la circulation, emportant avec elle le job de ses rêves, Gabby s'était résignée à rejoindre tête basse le parking où les simples étudiants en droit trop instables pour réussir devaient se contenter de garer leur véhicule d'occasion.

— Trop instable… marmonna-t-elle en mimant dans le rétroviseur l'expression dégoûtée de Marian Temple. Elle le serait sûrement, elle aussi, si elle pouvait les voir !

Tout ce que la brillante avocate avait dû ressentir de la présence du faë, c'était un léger déplacement d'air, une hausse infime de température, un soupçon de fragrance exotique. D'ailleurs, même si elle l'avait aperçu, elle se serait arrangée pour refuser de l'admettre.

Gabby avait appris depuis longtemps que la plupart des gens protégeaient à tout prix leur perception rassurante de la réalité – « Bigre ! Je n'ai pas assez dormi cette nuit », voire : « Hou là ! Je n'aurais pas dû boire cette troisième (ou quatrième ou cinquième) bière au déjeuner. » Et quand cela ne suffisait pas, il leur était toujours possible d'avoir recours à l'imparable : « J'ai dû rêver ! »

Que n'aurait-elle pas donné pour pouvoir elle-même se bercer de semblables illusions ! Elle secoua la tête, découragée, et tenta de se consoler en se disant qu'au moins, le faë avait été dupe de sa petite comédie et s'était éclipsé. Elle était sauve. Pour cette fois…

Selon elle, les faës étaient responsables de quatre-vingt-dix-neuf pour cent de ses problèmes. Elle assumait le un pour cent restant, mais c'étaient bien les faës qui transformaient sa vie en enfer depuis le début de l'été. C'était à cause d'eux qu'elle redoutait dorénavant de quitter sa maison, ne sachant jamais à quel coin de rue le prochain allait surgir, ni si elle parviendrait à ne pas se trahir. C'était aussi à cause d'eux que son petit ami l'avait plaquée, il y avait de cela quinze jours, trois heures et – Gabby jeta un coup d'œil morose à sa montre – quarante-deux minutes.

Gabrielle O'Callaghan avait toutes les raisons du monde de haïr les faës autant qu'elle les redoutait. Depuis qu'elle était toute petite, ils l'obligeaient à se méfier en permanence de ses propres réactions.

— Ne détourne jamais le regard trop vite, avait coutume de lui conseiller sa grand-mère, Moïra. Tu dois toujours agir de manière naturelle. Laisse ton regard glisser sur eux comme s'ils n'existaient pas, sinon ils comprendront que tu sais. Et ils te prendront… Tu ne dois jamais te trahir, ma Gabby. Promets-le-moi ! Je ne supporterais pas de te perdre.

Les annales de leur famille rapportaient que l'on n'avait jamais revu celles de leurs aïeules qui s'étaient trahies et que les Traqueurs étaient venus chercher. Certains récits prétendaient que les malheureuses avaient été sauvagement tuées par ces malfaisantes créatures ; d'autres qu'elles avaient été réduites en esclavage dans le royaume des faës. Personne n'était jamais revenu pour en témoigner, et Gabby ne tenait pas à pouvoir un jour le vérifier par elle-même…

Sa grand-mère avait toujours pu les voir, elle aussi, ces êtres étranges et fascinants que nul œil humain ne parvenait à distinguer. Ce « don » se transmettait de mère en fille dans leur famille, mais il arrivait qu'il saute une génération. La mère de Gabby avait eu cette chance. Bien des années plus tôt, elle s'était envolée pour Los Angeles, laissant la petite Gabrielle, alors âgée de sept ans, aux bons soins de Moïra O'Callaghan, « juste le temps de s'établir sur la côte Ouest ».

Il fallait croire qu'elle n'y était jamais parvenue.

Plus tard, Gabby se rendrait compte que tout était de la faute de ce maudit gobelet de café glacé.

Avec la clarté d'une démonstration mathématique, tous les malheurs qui allaient s'abattre sur elle découlaient en droite ligne de cet incident. Sans l'item A (une innocente envie de boisson fraîche), l'item B ne serait pas advenu (perdre toute chance d'être embauchée par Marian Temple), ce qui aurait rendu inutile l'item C (devoir aller travailler chez Little & Staller ce soir-là) et n'aurait pas occasionné l'item D (la chose horrible qui en résulta)... et ainsi de suite.

Il était d'une injustice flagrante qu'une décision aussi anodine puisse bouleverser à ce point la vie d'une femme. Gabby n'omettait pas dans son raisonnement la responsabilité du faë, dont l'apparition lui avait été fatale, mais sa formation juridique lui avait appris à discerner dans un imbroglio le fait saillant qui conduisait à établir une culpabilité.

Et elle ne pouvait nier cette évidence : si elle n'avait pas tenu ce satané gobelet, elle n'aurait pas pu le lâcher, ce qui aurait épargné le tailleur de Marian Temple, l'aurait empêchée de devoir se ridiculiser devant elle pour tromper l'ennemi et n'aurait pas réduit à néant ses chances d'obtenir le poste en or qu'elle convoitait.

Dès lors, sa vie aurait pris un tout autre tournant. Avec la promesse d'un deuxième rendez-vous chez TT & T, elle serait allée ce soir-là fêter dignement sa victoire avec son amie Elizabeth. Mais à cause de ce maudit café glacé, elle dut se résigner à rentrer chez elle, la mort dans l'âme, à prendre un long bain moussant et à se préparer un rapide repas solitaire, le tout en pleurant de dépit.

Plus tard dans la soirée, quand elle fut certaine que les bureaux seraient vides et qu'elle n'aurait pas à affronter les questions insidieuses de ses collègues, elle reprit sa voiture pour gagner le centre-ville et se remettre au travail. À présent que s'était envolée la perspective d'un emploi plus prestigieux, il lui fallait attaquer sérieusement l'énorme pile de dossiers en souffrance qui l'attendait.

Toujours à cause de ce funeste gobelet de café, Gabby broyait du noir et n'était pas sur ses gardes lorsqu'elle se gara devant l'immeuble de bureaux. En d'autres circonstances, elle aurait sans doute repéré au premier coup d'œil le faë à l'allure sombre et dangereuse qui se tenait devant le grand hall d'entrée.

À cause de sa distraction, sa situation déjà mauvaise allait brusquement devenir intenable.

2

D'humeur noire, Adam Black passa une main nerveuse dans ses longs cheveux et quitta l'allée qui menait à l'immeuble de bureaux. Parvenu au niveau d'un banc qui jouxtait une fontaine, il s'y allongea, croisa les mains derrière sa nuque et se mit à contempler le ciel nocturne en se laissant bercer par le murmure de l'eau. De toutes les activités insignifiantes qui emplissaient dorénavant sa vie, celle-ci ne pouvait être plus futile qu'une autre…

Trois mois s'étaient écoulés depuis qu'Aoibheal l'avait, pour son plus grand malheur, transformé en humain. Quatre-vingt-dix-sept jours horribles. Exactement deux mille trois cent vingt-huit interminables heures ; cent trente-neuf mille six cent quatre-vingts minutes parfaitement insupportables.

Pour ne rien arranger, sa conscience toute nouvelle et on ne peut plus humaine de l'écoulement du temps tournait à l'obsession. S'il continuait ainsi, songea-t-il en grimaçant, il allait finir par porter une montre !

Il était longtemps resté persuadé que la souveraine finirait par se lasser et revenir sur le châtiment qu'elle lui avait infligé. Il en aurait mis sa main au feu – enfin, pas tout à fait, puisque maintenant, il n'aurait pu s'y risquer sans hurler de douleur. Mais Aoibheal n'avait pas daigné lui accorder son pardon, et il était las d'attendre qu'elle se décide.

Comme s'il ne suffisait pas que la durée de leur vie fût ridiculement courte, les hommes étaient affligés de besoins qui consumaient une grande partie du peu de temps qui leur était alloué. Le sommeil, à lui seul, dévorait un quart de leur existence ! Adam supportait mal le fait d'être esclave de sa condition physique. Il vivait l'obligation de manger, de se laver, de s'habiller, de dormir, d'uriner, de se raser, de se brosser les dents comme autant d'infimes humiliations quotidiennes. Plus que tout au monde, il voulait être de nouveau lui-même – non pas selon le bon vouloir de la reine, mais tout de suite.

C'était dans ce but qu'il avait quitté Londres afin de se rendre à Cincinnati (la longueur du voyage en avion avait failli le rendre fou). Il comptait y rejoindre le fils qu'il avait conçu un millénaire auparavant avec une mortelle. À demi Tuatha Dé Danaan par son père, Circenn Brodie possédait des pouvoirs dont Adam devait à présent se passer. Après être tombé amoureux d'une femme du XXIe siècle et l'avoir épousée, Circenn s'était établi avec elle à Cincinnati [1].

Mais en arrivant à destination, Adam avait eu la déception de trouver vide la résidence habituelle de son fils. N'ayant aucun moyen de découvrir où il avait pu passer, il s'y était établi en espérant son retour. Depuis, il tuait le temps – en essayant vainement d'oublier que celui-ci lui rendait désormais la pareille.

Les pouvoirs qu'Aoibheal avait eu la bonté de lui laisser se résumaient à presque rien. Il s'était rapidement aperçu qu'elle avait peaufiné sa punition de manière à ce qu'il ne puisse s'y soustraire. Non seulement le *féth fiada* rendait ceux qui s'en servaient indétectables à la vue, à l'ouïe et au toucher, mais il affectait aussi la mémoire à court terme des humains qui croisaient leur route, générant dans leur esprit une certaine confusion.

---

1. *The Highlander's Touch*, troisième roman de Karen Marie Moning, inédit en français (*N.d.T.*).

Si Adam renversait une pile de journaux à l'étal d'un kiosquier, celui-ci maudissait une brusque bourrasque, même si le vent ne soufflait pas ce jour-là. S'amusait-il à vider dans un restaurant l'assiette d'un client que ce dernier restait sur sa faim, convaincu d'avoir avalé son repas et déçu de ne pas en avoir eu pour son argent. S'il renversait sur le trottoir le sac à provisions d'un passant, l'infortuné s'en prenait aussitôt au premier venu (pour le plaisir du sport, Adam ne s'était pas privé de susciter ici ou là de tels pugilats). S'il dérobait son sac à une femme et le lui agitait sous le nez, elle rebroussait chemin sans le voir en se maudissant de l'avoir oublié chez elle. Car, dès l'instant où il s'emparait d'un objet et tant qu'il ne le lâchait pas, celui-ci était affecté lui aussi par l'effet du *féth fiada*.

Il n'y avait rien, absolument rien, qu'il pût faire pour attirer l'attention sur lui. Il avait tout essayé. Il avait la pénible impression de ne pas exister, de ne pas même mériter la misérable place sur Terre qu'Aoibheal lui avait réservée. Il savait parfaitement ce qui l'avait poussée à choisir ce châtiment particulier : parce qu'il s'était rangé du côté des humains lors du petit différend qui les avait opposés, elle avait voulu lui faire goûter la condition humaine de la pire manière possible. Seul. Privé de ses pouvoirs. Sans rien ni personne pour se distraire et l'aider à passer le temps.

Et en l'espace de trois mois, il en avait plus que soupé, de ce traitement particulier ! Alors qu'il pouvait auparavant se déplacer à sa guise dans l'espace et le temps d'un simple clignement de paupières, il devait désormais se contenter d'un seul et unique pouvoir. Il avait en effet découvert qu'il lui était possible de passer instantanément d'un endroit à un autre, mais seulement sur de courtes distances. Il avait été surpris qu'Aoibheal lui ait laissé cette faculté, jusqu'à ce que son don lui permette d'échapper à un bus qui avait failli l'écraser au cœur de Londres.

La reine avait fait en sorte qu'il puisse, malgré sa triste condition, rester en vie. Il en avait déduit deux choses. La première, qu'elle envisageait malgré tout de lui pardonner un jour. La seconde, que ce jour n'arriverait sans doute pas avant très, très longtemps – probablement pas avant que son enveloppe mortelle ne soit sur le point d'expirer…

Cette perspective avait de quoi le faire frémir. Sa raison résisterait-elle à cinquante années supplémentaires de ce calvaire ?

Et même si Circenn finissait par rentrer à Cincinnati, Adam voyait mal comment il allait pouvoir communiquer avec lui. Étant à moitié humain, son fils se laisserait abuser par le *féth fiada* tout autant qu'un mortel…

Ce dont il avait besoin, conclut-il pour la énième fois avec fatalisme, c'était d'une personne qui soit capable de remarquer sa présence et de l'aider. Il lui restait quelques cartes à jouer, mais s'il n'avait pas d'allié pour lui servir d'intermédiaire, il ne pourrait en abattre aucune.

Devoir reconnaître son impuissance ne l'enchantait guère. Pour la première fois de sa longue existence, le puissant Adam Black avait désespérément besoin d'aide. Sur les rivages de sable blanc de l'île de Morar, Aoibheal devait s'en étrangler de joie. Il lui semblait presque entendre les trilles de son rire cristallin, porté par une brise nocturne, cascader à travers les dimensions jusqu'à ses oreilles…

Avec un grognement de fureur, Adam se redressa et s'assit sur le banc, sans se douter que ses vœux étaient sur le point d'être exaucés.

En descendant de voiture, Gabby inspira l'air chaud et humide, chargé d'odeurs végétales, et laissa échapper un soupir découragé.

Habituellement, par une belle nuit d'été, sous un ciel de velours noir piqueté d'étoiles et éclairé par un étroit croissant de lune, rien n'aurait pu la déprimer. Hélas, il lui semblait que jamais son moral n'était descendu aussi bas. Pendant que les uns et les autres profitaient de cette belle soirée pour vivre leur vie, elle se voyait obligée de gaspiller la sienne à tenter de limiter les dégâts causés par les faës. Encore une fois... Elle avait l'impression de ne rien faire d'autre, ces temps-ci.

Elle se surprit soudain à se demander ce que faisait son ex, à l'heure qu'il était. Faisait-il la tournée des bars, avant celle des boîtes ? Avait-il trouvé une autre femme pour se pendre à son bras ? Une femme qui n'était pas vierge à vingt-quatre ans ?

De cela aussi, les faës pouvaient être tenus pour responsables, songea Gabby. Dans sa colère, elle claqua sa portière plus fort qu'elle ne l'aurait dû, et à l'avant du véhicule, une petite pièce chromée tomba sur le sol avec un bruit métallique. C'était le troisième morceau de sa Corolla vieillissante qu'elle perdait ainsi depuis le début de la semaine – mais elle supposait que les adolescents désœuvrés de son quartier n'étaient pas pour rien dans la disparition de son antenne.

Après avoir verrouillé les portières, elle repoussa du bout du pied la pièce sous la voiture et se tourna vers l'immeuble de bureaux. Au même moment, dans le petit square orné d'une fontaine qui séparait le bâtiment de la rue, elle vit un faë s'allonger de tout son long sur un banc. Les mains croisées derrière la tête, il se mit à admirer tranquillement les étoiles, apparemment décidé à ne pas décamper de sitôt.

Gabby serra les poings. Elle était encore si furieuse après ce qui lui était arrivé ce jour-là qu'elle n'était pas certaine de pouvoir passer à côté de *ça* sans lui décocher un coup de pied. À ses yeux, les faës n'étaient jamais « il » ou « elle ». Sa grand-mère lui avait appris dès son plus jeune âge à ne pas penser à eux en ces termes, pour la bonne raison qu'ils n'étaient pas humains et qu'il était dangereux, même dans l'intimité de ses pensées, de faire comme s'ils l'étaient.

Mais mâle, songea-t-elle avec un certain trouble, il – *ça* – l'était sans doute possible. Trop grand pour s'allonger entièrement sur le banc, le faë avait passé une de ses jambes par-dessus l'accoudoir et replié l'autre en une attitude typiquement masculine. Ses vêtements ajustés – un tee-shirt noir, un jean usé et des bottes en cuir – mettaient en valeur les reliefs de sa musculature. Ses cheveux de jais aux reflets soyeux cascadaient sur ses avant-bras repliés, si longs qu'ils balayaient presque le sol. Comparé à la blondeur lumineuse et angélique du responsable de sa débâcle auprès de Marian Temple, ce faë avait la beauté ténébreuse et terriblement attirante du diable.

Deux brassards en or encerclaient ses bras nus aux biceps durs comme de la pierre. Un torque épais, en or lui aussi, entourait son cou, jetant de riches reflets dans la lumière jaune de l'unique réverbère qui éclairait le square.

Le souffle court, fascinée, Gabby comprit ce qu'il fallait en déduire : chez les Tuatha Dé Danaan, seuls les membres des familles royales étaient autorisés à arborer des torques en or. Et jamais avant ce jour il ne lui avait été donné d'observer le représentant d'une de ces familles.

Royal, le faë dont elle ne pouvait détourner le regard ne l'était cependant pas que par ses bijoux. Tout en lui dénotait la majesté : son profil de médaille, ses traits ciselés, sa mâchoire volontaire, son nez aquilin, le tout recouvert de cette somptueuse peau dorée et veloutée qui était l'apanage des siens. Gabby plissa les paupières et remarqua d'autres détails, plus intimes et plus troublants. Une ombre de barbe, une bouche pleine à la lèvre inférieure pulpeuse et provocante…

Il émanait de cette créature un érotisme irrésistible, puissant, primitif. À cette distance, il aurait dû lui être impossible de ressentir sa chaleur corporelle ; pourtant, il lui semblait la percevoir nettement. De même, elle sentait son odeur subtile et exotique. C'était à croire qu'elle se trouvait en présence du prince des faës, vingt fois plus puissant et redoutable que ses congénères...

Gabby comprit rapidement qu'il lui serait impossible de passer à côté du banc en feignant de n'avoir rien vu. Pas ce soir. Tout être humain a ses limites, et elle avait largement atteint les siennes ce jour-là. La prudence lui recommandait de battre en retraite aussi discrètement que possible, sans se retourner, mais elle n'en fit rien. Le faë ne bougeait pas et paraissait parfaitement insensible à sa présence, comme à tout ce qui l'entourait. Elle ne risquait rien à le regarder un peu plus longuement...

De toute façon, songea-t-elle pour s'en convaincre, il était de son devoir de le faire. C'était ainsi que les femmes de sa famille avaient procédé au fil des siècles pour se protéger, elles et leurs enfants : en étudiant l'ennemi, en notant le plus d'informations possible à son sujet dans les nombreux tomes du *Livre des faës*, afin que les générations suivantes, grâce à ce savoir accumulé, aient de meilleures chances de survie.

Le faë qui monopolisait son attention n'avait pas la musculature fine et gracieuse de la plupart des mâles de sa race. À en juger par ses épaules larges, ses bras puissants, ses avant-bras musculeux, ses poignets forts, ses larges mains, celui-ci devait être un guerrier. Le mince tissu de son tee-shirt ne cachait rien des abdominaux sculptés qui jouaient au moindre de ses mouvements.

En fait, songea Gabby, avec ses airs de ténébreux barbare, il lui faisait penser à autre chose qu'à un guerrier... Depuis quelques instants, une image confuse flottait à la périphérie de sa conscience. Vulcain ! réalisa-t-elle soudain avec un sentiment de triomphe. Ce faë ressemblait à un de ces forgerons qui martelaient autrefois leur enclume à longueur de journée, dans le bruit du métal torturé et le jaillissement de gerbes d'étincelles ; un de ces artisans habiles à la force herculéenne, mais capables dans l'accomplissement de leur art de la plus extrême finesse.

De fait, sur ce corps superbe tout en muscles, il semblait n'y avoir pas une once de graisse superflue. Il était difficile de l'observer sans se laisser gagner par une langueur sensuelle. Du dos de la main, Gabby essuya machinalement la sueur qui perlait à son front et se força à inspirer profondément. Une chaleur intense irradiait dans tout son ventre. Elle se sentait aussi brûlante que l'enclume sur laquelle elle l'avait imaginé se déchaîner l'instant précédent. Avec un frisson de délice mêlé d'effroi, elle se vit même aux prises avec lui, esclave de ses mains, soumise à de plus intimes et affolants travaux manuels...

« Sauve-toi ! lui ordonna la voix de la raison. Sauve-toi tout de suite ! »

Mais il était déjà trop tard. À l'instant précis où elle se voyait s'abandonner avec volupté à ses caresses, le faë se redressa, s'assit sur le banc et regarda droit dans sa direction. Ce n'était pas la première fois qu'une telle mésaventure lui arrivait. Elle aurait pu rétablir la situation en faisant semblant de ne pas avoir remarqué sa présence et en détournant le regard de manière habile, comme elle avait appris à le faire, mais cette fois, elle n'y parvint pas.

Le visage du faë, d'une exquise symétrie atténuée par une touche de sauvagerie, était la quintessence même de la beauté masculine. Mais ce furent ses yeux qui captivèrent Gabby et l'empêchèrent de simuler l'indifférence. Des yeux anciens, immortels, des yeux qui avaient vu bien plus de choses qu'elle n'aurait pu en voir au cours d'une centaine de vies. Des yeux emplis d'intelligence, d'orgueil, de malice, mais aussi – son souffle se bloqua dans sa gorge quand elle le vit la dévorer du regard de la tête aux pieds – d'une sensualité débridée. Des yeux noirs comme la nuit et pailletés d'or, sous d'épais cils recourbés.

Gabby en resta bouche bée, incapable d'assimiler ce fait déroutant. Les yeux du faë n'étaient pas iridescents comme l'étaient toujours ceux des siens. Mais s'il n'était pas un faë, qu'était-il ?

De nouveau, son regard glissa le long du corps de Gabby, plus lentement, cette fois. Il s'attarda sur ses seins, puis fixa avec insistance son entrejambe. Alors, sans aucune pudeur, le faë qui n'en était sans doute pas un porta la main à sa braguette et fit en sorte d'ajuster plus commodément ce qui s'y trouvait.

Comme hypnotisée, Gabby suivit le trajet de sa main, les joues en feu, le souffle court. Incapable de s'en empêcher, elle s'attarda sur cette main large, posée sur la bosse proéminente qui déformait de manière suggestive la toile du jean. En la voyant faire, le faë se figea dans sa position équivoque, les yeux soudain agrandis par l'étonnement.

— Par Danu ! lâcha-t-il en se redressant souplement, tel un fauve bondissant sur ses pattes. Tu me vois... Tu me vois vraiment !

— Non ! s'exclama Gabby, avec autant de spontanéité que de stupidité. Ce n'est pas vrai !

Elle referma si brusquement la bouche que ses dents en claquèrent. Sans perdre un instant, elle déverrouilla la portière de sa voiture et grimpa à l'intérieur plus vite qu'elle ne l'aurait cru possible. De même, il ne lui fallut que quelques secondes pour mettre le contact et reculer en marche arrière. Elle ne désirait rien tant que s'enfuir au plus vite, désormais, mais elle ne put s'empêcher de jeter malgré elle un dernier coup d'œil à la créature. Le faë se précipitait vers elle. Une profonde stupeur se lisait sur son visage.

Durant quelques instants, Gabby resta elle aussi figée par l'étonnement. Depuis quand les faës étaient-ils capables d'être surpris par quoi que ce soit ? Les annales de la famille O'Callaghan étaient formelles : les membres du Peuple de la Faërie étaient parfaitement imperméables à toute émotion. Rien de plus naturel, puisqu'ils n'avaient ni cœur ni âme... Il fallait être fou pour s'imaginer qu'il pût en être autrement.

Or, elle, Gabrielle O'Callaghan, n'était pas folle. Le faë l'avait presque rejointe. Avec un long frisson de terreur, elle se ressaisit, passa brusquement la première et enfonça l'accélérateur.

Darroc, doyen du Haut Conseil des Tuatha Dé Danaan, se tenait au sommet du mont Tara, dans la plaine de Meath. Dans la brise nocturne, ses cheveux cuivrés parsemés de mèches dorées jouaient autour d'un visage qui aurait pu être d'une beauté parfaite sans la cicatrice qui le déparait. Il lui aurait été facile de l'effacer, mais il avait choisi de ne pas le faire. Il la gardait pour se rappeler, et pour être certain que nul ne pourrait oublier.

« Ô Irlande qui fut nôtre... » songea-t-il avec amertume, en laissant son regard caresser le paysage luxuriant.

Tara, autrefois appelé Teamir (après avoir été baptisé bien avant cela Cathair Crofhind par les Tuatha Dé Danaan eux-mêmes), haut lieu de la puissance et de la gloire de leur race, était dorénavant une halte touristique envahie d'humains accompagnés de leurs guides qui débitaient avec le plus grand sérieux les contes les plus absurdes au sujet de son peuple.

La colonisation de ce monde par les Tuatha Dé Danaan était bien plus ancienne que ne le disaient les légendes humaines. Mais il ne fallait pas s'attendre à mieux de la part d'insignifiantes et pitoyables créatures dont la vie ne durait que ce que dure un clignement d'œil chez les faës.

Quand les Tuatha Dé Danaan s'étaient installés sur cette planète, ils avaient placé en elle les plus grands espoirs. Il leur avait hélas fallu déchanter lorsque la cohabitation des Tuatha Dé Danaan et des hommes s'était révélée impossible. Les faës avaient alors renoncé à partager avec les mortels cette terre fertile qui offrait tant de similitudes avec celle qu'ils avaient quittée, et ils devaient à présent se terrer dans les régions de leur monde encore inaccessibles aux humains. N'ayant appris à maîtriser le pouvoir de l'atome que récemment, ceux-ci ne présenteraient pas de danger significatif pour eux avant un certain temps. Mais même pour des êtres immortels, le temps finissait par passer. Et qu'arriverait-il quand ils ne seraient plus à l'abri de la vile curiosité des hommes ?

Darroc refusait de voir une telle éventualité se produire. Chassés de leur nouvelle planète tout comme ils avaient été rejetés de leur propre monde, il y avait de cela une éternité, les Tuatha Dé Danaan avaient été forcés de trouver refuge dans les coulisses interdimensionnelles. Exilés autrefois, bannis aujourd'hui. Et demain ?

Les mortels n'étaient pas de taille à les contraindre à l'exil. Pour le moment, du moins… Et pour éviter que cela puisse se produire, les faës devaient revendiquer ce monde comme le leur. Dans des temps très anciens, ils n'avaient pu se rendre maîtres de Danu – les races qu'ils avaient dû affronter s'étaient révélées trop puissantes pour cela –, mais il leur fallait conquérir la Terre dès maintenant, avant que les hommes ne soient en mesure de s'opposer à leur volonté.

— Darroc ?

La voix de Maël, le prince consort, qui venait de se matérialiser à ses côtés, le tira de ses sombres pensées.

— Désolé pour ce retard, poursuivit Maël. J'ai essayé de m'éclipser de la cour plus tôt, mais…

Impatient d'avoir des nouvelles, Darroc l'interrompit vivement.

— Je sais qu'Aoibheal vous tient à l'œil et je m'y attendais.

Quelques jours dans le royaume des faës représentaient plusieurs mois dans le monde humain, où Darroc avait choisi d'attendre Maël.

— Dites-moi vite… reprit-il. S'est-elle enfin décidée à mettre ses menaces à exécution ?

Grand, puissamment musclé, sa peau couleur fauve d'une nuance presque identique à celle de ses cheveux, le dernier favori en date de la reine hocha la tête, ses yeux iridescents brillants d'une joie sans mélange.

— Ça y est ! susurra-t-il. Adam est humain. Mais ce n'est pas tout : elle l'a aussi privé de tous ses pouvoirs... Les mortels ne peuvent ni le voir, ni l'entendre, ni le toucher, mais lui n'est plus capable de nous voir non plus !

Un sourire de triomphe illumina le visage de Darroc. C'était parfait. Il n'aurait pu rêver mieux. Son pire ennemi, cette éternelle épine dans son pied, l'avocat le plus fidèle de l'humanité se retrouvait banni du royaume des faës. Et sans lui, la balance du pouvoir à la cour penchait enfin en faveur de Darroc et de ses amis politiques.

Adam Black était impuissant, désarmé, à sa merci. Un mortel entre les mortels. Une cible ambulante...

— Savez-vous où il se trouve à présent ? demanda Darroc à son compagnon avec une moue gourmande.

Maël secoua la tête.

— Je n'en sais pas plus que ce que je vous ai dit. Dois-je me mettre à sa recherche ?

— Non. Vous en avez assez fait. Il vous faut regagner la cour avant qu'Aoibheal ne s'aperçoive de votre absence. Elle ne doit rien soupçonner.

Darroc regarda Maël se volatiliser pour regagner la cour et se mit à rire joyeusement. Bien qu'il eût toujours pris fait et cause pour les mortels, Adam Black, l'orgueilleux prince du D'Jai, devait détester être devenu l'un d'eux. En le piégeant dans le corps d'une de ces fragiles créatures à l'espérance de vie limitée, la reine venait de rendre un fier service à la cause que servait Darroc. Dès qu'il aurait réussi à retrouver la trace d'Adam, celui-ci apprendrait à ses dépens à quel point il était facile d'abréger une vie humaine déjà dramatiquement courte...

3

Adam avait été tellement pris de court qu'il n'avait pensé que trop tard à effectuer une série de sauts limités pour suivre la jeune femme. Quand il avait enfin repris ses esprits, la voiture délabrée avait disparu, sans qu'il ait la moindre idée de la direction qu'elle avait pu emprunter.

En désespoir de cause, il avait tenté quelques sauts à l'aveuglette, avant de renoncer et de retourner s'asseoir sur son banc. Là, il s'était maudit à mi-voix en une demi-douzaine de langues. Comme il l'espérait depuis des mois, quelqu'un avait fini par le voir. Et lui, qu'avait-il fait pour saisir cette chance unique ? Rien, trahi qu'il avait été par son exaspérante condition humaine.

À cette occasion, il avait pu s'apercevoir que le sexe et le cerveau du mâle humain ne disposaient pas d'un volume de sang suffisant pour fonctionner simultanément. C'était l'un ou l'autre, et l'homme ne pouvait apparemment pas choisir celle de ses fonctions qu'il voulait privilégier. Les Tuatha Dé Danaan, eux, contrôlaient toujours leur désir. Ils gardaient la tête froide même au plus fort de la passion, quand ils n'éprouvaient pas un certain ennui détaché. Pour sa part, en quelques milliers d'années d'existence, Adam avait eu plus que le temps nécessaire pour faire le tour de la question…

Mais en tant que tout nouveau représentant mâle de la race humaine, il avait été surpris de la violence de son désir. Il s'était véritablement retrouvé enchaîné à lui. Une simple érection avait suffi à le transformer en homme de Neandertal guidé par ses pulsions. Cette découverte stupéfiante le plongeait dans un abîme d'interrogations. Dans ces conditions, comment l'humanité s'y était-elle prise pour survivre si longtemps ? Menés qu'ils étaient par leurs instincts primaires, comment les hommes étaient-ils parvenus à s'aventurer aussi loin sur les chemins de la connaissance ?

Adam poussa un long soupir, se leva et se mit à faire les cent pas sur l'allée pavée. Dans son esprit repassaient en accéléré les événements de ces dernières minutes. Lorsqu'il s'était redressé pour s'asseoir sur le banc, il avait eu l'impression d'être l'objet d'une surveillance attentive. Il avait vivement relevé la tête, s'attendant à découvrir un Tuatha Dé Danaan en train de se moquer de lui. En fait, il avait même espéré découvrir l'un des siens, moqueur ou non.

Depuis son bannissement, il guettait en vain l'apparition d'un de ses congénères. Il avait fini par conclure que la reine devait avoir interdit qu'on l'espionne. Il ne pouvait trouver d'autre explication à cette surprenante discrétion. Nombreux devaient être en effet les Tuatha Dé Danaan à avoir envie de le voir souffrir.

Mais au lieu de l'un des siens, il avait découvert une femme, indiscutablement humaine, auréolée de la douce lueur dorée de ce qu'aucun faë ne posséderait jamais : une âme immortelle. Une jeune femme belle et sensuelle, visiblement d'ascendance irlandaise. Ses longs cheveux d'un blond cendré étaient nattés et retenus sur la nuque par une barrette, des mèches plus courtes voletant librement autour de son visage en forme de cœur. Elle avait de grands yeux en amande d'un vert doré comme ceux d'un chat, que faisait briller ce tempérament gaélique passionné qui avait toujours eu le don de le séduire. Sa bouche était pleine et pulpeuse, ses jambes interminables et galbées, ses seins et ses fesses ronds et fermes…

Instantanément, Adam s'était retrouvé aussi dur qu'un roc. Durant quelques instants critiques, son cerveau avait refusé de lui obéir, tandis que son corps entrait en rébellion contre sa volonté. Depuis qu'il avait été frappé par le *féth fiada*, il vivait un célibat aussi douloureux qu'interminable. Et ce n'était pas sa main qui pourrait y remédier…

Fasciné par la jeune beauté, assailli par les images érotiques qu'elle éveillait en lui, il n'avait pas tout de suite remarqué qu'elle ne faisait pas que regarder vaguement dans sa direction. Il ne l'avait compris que lorsqu'elle avait rougi et écarquillé les yeux en le voyant porter la main à sa braguette. En fait, son instinct ne l'avait pas trompé : lorsqu'il avait senti un regard sur lui, elle était bel et bien en train de l'examiner à distance… parce qu'elle le voyait !

Mais avant qu'il ait pu retrouver l'usage de ses jambes, avant même qu'il ait pu se rappeler qu'il avait des jambes, elle avait sauté dans sa voiture et lui avait échappé. Pas pour longtemps, se promit-il en serrant les poings. D'une manière ou d'une autre, il parviendrait à la retrouver. Et alors…

Ce qui ne faisait pour lui pas l'ombre d'un doute, c'était que l'inconnue l'avait vu et avait perçu le son de sa voix. Il ne savait pas comment elle s'y était prise, mais peu lui importait. Une seule chose comptait : elle représentait désormais son ticket de retour pour le paradis. De plus, songea-t-il avec un sourire lascif, il aurait parié qu'elle avait également le pouvoir de le toucher et qu'il pouvait lui rendre la pareille. La logique voulait que si elle était immunisée contre deux des effets du *féth fiada*, elle devait l'être également contre le troisième.

Pour la première fois depuis qu'Aoibheal avait fait de lui un mortel, Adam rejeta la tête en arrière et lança vers le ciel un grand rire libérateur. La gorge et la bouche qui lui donnaient naissance avaient beau être celles d'un homme, le bruit qui se répercuta dans la ruelle n'était pas tout à fait humain.

Adam se retourna et examina d'un œil intéressé l'immeuble devant lequel s'était garée la jeune femme. Depuis le temps qu'il les fréquentait – et les trois mois qui venaient de s'écouler avaient approfondi son expérience –, il avait appris à bien connaître les humains. Ils étaient avant tout des êtres de routine, gouvernés par l'habitude, qui se conduisaient la plupart du temps comme de sages petits moutons des Highlands. Jour après jour, inlassablement, ils empruntaient les mêmes chemins, qui les menaient aux mêmes pâturages. Il y avait nécessairement dans cet immeuble quelque chose qui pousserait la jeune et belle Irlandaise à y revenir.

Il se faisait fort de la retrouver. Elle serait sa planche de salut. Elle l'aiderait à entrer en contact avec Circenn. Il demanderait à son fils de l'entraîner jusqu'à l'île de Morar, où la reine tenait sa cour. Et Adam la persuaderait de mettre fin à sa punition. Il savait qu'Aoibheal ne pourrait soutenir son regard et lui refuser cette faveur.

Et, en attendant le retour de Circenn, il pouvait bien s'amuser un peu… Il n'était plus aussi impatient de reconquérir son statut d'immortel, maintenant que s'offrait à lui la possibilité d'expérimenter les joies du sexe sous une forme humaine. Il était dorénavant bien placé pour le savoir : le corps éthéré d'un faë n'était pas aussi sensible que celui d'un homme. Si une simple érection pouvait le réduire à l'état de bête en rut, qu'en serait-il quand il tiendrait une femme dans ses bras ? Quelles voluptés inédites lui procurerait le fait de pouvoir connaître la jouissance et ses débordements dans la peau d'un humain et non plus dans celle d'un faë ?

Il ne faisait aucun doute à ses yeux qu'il ne tarderait pas à l'apprendre. S'il connaissait bien les hommes, il en savait également beaucoup sur leurs compagnes. Et au cours de ses quelques milliers d'années d'existence, il n'avait jamais vu une femme lui résister.

Gabby ne leva le pied de la pédale d'accélérateur que lorsqu'elle atteignit la pénombre de l'allée qui menait à l'arrière-cour de sa maison. Là, elle freina si brutalement que sa nuque alla valser contre l'appuie-tête. Entre Cincinnati et Newport, elle avait grillé chaque feu rouge qu'elle avait rencontré, espérant vaguement se faire arrêter par la police et jeter en prison, où *cette chose* ne pourrait peut-être pas la retrouver.

En temps ordinaire, elle appréciait le fait de vivre dans le Kentucky[1]. Elle aimait le quartier où elle habitait, mélange de demeures victoriennes et de maisons de style italien, séparées par des clôtures en fer forgé derrière lesquelles s'épanouissaient magnolias et bougainvillées, à quelques encablures de la rivière Ohio. Mais ce soir, sa maison lui semblait beaucoup trop proche de l'endroit où elle avait croisé le faë ; ce soir, la Sibérie elle-même ne lui aurait pas paru suffisamment éloignée.

Après s'être garée aussi près que possible de la maison, Gabby saisit son sac, bondit hors de la voiture, monta les marches du perron quatre à quatre, introduisit la clé dans la serrure aussi vite que le lui permirent ses doigts tremblants, claqua violemment la porte derrière elle, boucla serrure et verrous, puis se laissa enfin glisser sur le sol, à bout de souffle.

Elle lança un regard anxieux autour d'elle, scrutant la pénombre de la cuisine, guettant le moindre bruit. Elle redoutait par-dessus tout que le faë ait pu, malgré la rapidité de sa fuite, la suivre – voire la précéder ! – jusque chez elle. Comme elle aurait aimé posséder un garage ! Sa voiture, garée à l'extérieur, lui semblait aussi compromettante qu'aurait pu l'être une enseigne lumineuse proclamant : « Ici se cache Gabby O'Callaghan. »

1. Cincinnati, dans l'Ohio, est située au point de convergence de cet État avec le Kentucky et l'Indiana. Newport, bien que dans le Kentucky, n'est distante que de quelques kilomètres de Cincinnati (*N.d.T.*).

— Ô Seigneur ! gémit-elle, affolée. Qu'ai-je fait ?

L'étendue du gâchis qu'elle venait de causer commençait seulement à lui apparaître. Vingt-quatre années de vigilance et de clandestinité réduites à néant en l'espace d'une nuit… Si elle avait été encore de ce monde, sa grand-mère aurait sans doute été terriblement déçue, mais pas autant que Gabby l'était elle-même. Elle était restée là, bouche bée, à dévorer le faë des yeux. La piètre excuse qu'elle s'était donnée – observer l'ennemi pour en faire une description aussi précise que possible dans le *Livre des faës* – ne changeait rien à cette évidence : elle avait pour ces créatures une faiblesse coupable, perverse, dont la conscience du danger qu'elle courait n'avait jamais suffi à la guérir.

— Est-ce que tu les trouves attirants ?

Un soir, dans cette même cuisine, dix ans auparavant, autour d'un thé parfumé à l'orange et au gingembre, Moïra O'Callaghan s'était décidée à poser la question à sa petite-fille, alors âgée de quatorze ans. Le nez plongé dans sa tasse, Gabby avait rougi violemment, consternée de se voir si facilement démasquée. Alors que ses copines de classe peuplaient leurs rêveries adolescentes d'acteurs et de chanteurs de rock, elle entretenait le rêve coupable qu'un faë à la beauté surnaturelle viendrait un jour la ravir et l'emmener dans son fabuleux royaume. Naturellement, par amour pour elle, ce prince chimérique trahirait les siens et ferait mentir la réputation d'insensibilité et de cruauté de sa race.

— Réponds-moi, avait insisté sa grand-mère, en butte à son silence gêné.

Gabby, honteuse, avait hoché la tête, sans oser soutenir son regard.

— C'est bien ce qui les rend si dangereux, avait poursuivi sa grand-mère, plus inquiète que fâchée. Bien qu'ils soient plus agréables à regarder, les faës ne valent guère mieux que les Traqueurs qu'ils lancent à nos trousses. Leur beauté est la beauté du diable. Elle n'est qu'un instrument supplémentaire pour provoquer notre perte. Surtout, n'oublie jamais qu'ils n'ont pas d'âme, pas de cœur. Tu te condamnerais donc en vain en leur livrant le tien.

La culpabilité que Gabby avait alors ressentie l'avait guérie de sa dangereuse attirance pour les faës. Du moins l'avait-elle cru. Jusqu'à ce soir...

Avec un grognement de désespoir, Gabby se força à se mettre debout. Se répandre comme une loque sur le sol ne l'aiderait pas à se tirer d'affaire.

— Si jamais tu te trahis, lui avait maintes fois répété sa grand-mère, si l'un d'eux se rend compte que tu peux les voir, tu dois t'enfuir aussitôt. Ne perds pas de temps à faire tes bagages. Saute dans ta voiture et déguerpis aussi vite et aussi loin que tu le peux. J'ai laissé de l'argent sur un compte spécialement prévu pour cela. Cela devrait te permettre de voir venir...

Le cœur serré, Gabby s'appuya au plan de travail le plus proche et ferma les yeux. La raison lui dictait d'obéir à cette injonction, mais elle n'avait nulle envie de partir. Elle voulait rester chez elle, dans la maison où sa grand-mère l'avait élevée. Chaque recoin était pour elle chargé de souvenirs. Chaque centimètre carré de cette demeure victorienne biscornue lui était cher, depuis le toit d'ardoises où s'ouvraient sans cesse de nouvelles fuites jusqu'aux vastes pièces hautes de plafond impossibles à chauffer. L'argent lui manquait pour effectuer les réparations qui s'imposaient. L'hiver, la chaudière antique et le manque d'isolation l'obligeaient à porter plusieurs pulls, à moins de rester collée à un radiateur, et l'été transformait les lieux en étuve, faute d'un système efficace de climatisation, mais pour rien au monde elle n'aurait voulu vivre ailleurs.

Elle avait parfois eu envie de piocher dans son pécule de secours pour restaurer la maison, mais elle avait su résister à la tentation. Elle se rassurait en se disant que sa situation financière s'améliorerait dès qu'elle aurait obtenu son diplôme et trouvé un poste à la mesure de ses ambitions. Alors, il lui serait possible de commencer à rembourser ses prêts étudiants et de parer aux réparations les plus pressées.

En attendant, elle passait le plus clair de son temps dans la tour octogonale, soit au rez-de-chaussée, où se trouvait la bibliothèque, soit à l'étage, où elle avait aménagé une chambre après le décès de sa grand-mère. Avec les fenêtres ouvertes et les pales du ventilateur qui brassaient l'air au plafond, il lui était possible de supporter la chaleur. De plus, elle adorait rester allongée sur son lit, à contempler la richesse des jardins environnants, même s'il lui fallait le faire à travers des grilles en fer forgé délabrées.

Cette maison était sienne, et pas seulement parce que sa grand-mère avait achevé d'en payer les traites bien des années auparavant. Elle était sienne parce qu'elle y avait toujours vécu et qu'elle s'était juré à la mort de sa grand-mère de continuer à y vivre, jusqu'à ce qu'elle puisse un jour emplir ses pièces trop grandes et trop silencieuses des cris et des rires de ses enfants. Et aujourd'hui, à cause de ce satané faë…

Brusquement, un souvenir lui revint. Dans sa panique, elle avait complètement oublié la couleur inhabituelle des yeux de la créature. Bien qu'elle fût toujours restée à distance, elle avait clairement vu qu'ils étaient noirs. Pailletés d'or, mais indéniablement noirs comme la nuit. Or, les faës avaient toujours des yeux iridescents, miroitants, qui passaient par toutes les couleurs de l'arc-en-ciel, jamais des yeux noir et or…

À bien y réfléchir, songea-t-elle, ce n'était pas la seule anomalie qu'elle avait notée. Avait-on déjà vu un faë habillé d'un jean et d'un tee-shirt ? D'ordinaire, ils portaient tous des vêtements taillés dans des matières inconnues des hommes. Et puis, il y avait eu cette étonnante manifestation de stupeur qu'elle avait surprise sur son visage…

Songeuse, Gabby repassa dans sa mémoire l'intégralité de son étrange rencontre. Se pouvait-il que sa situation ne fût pas aussi critique qu'elle l'imaginait ? Celui qui l'avait fait fuir pouvait-il être autre chose qu'un faë ? Pour le vérifier, elle devait se plonger dans le corpus de témoignages précieux rassemblés au cours des siècles par la famille O'Callaghan. Le cœur gonflé d'espoir, elle se précipita sans attendre vers la bibliothèque.

Composé de dix-neuf épais volumes, dont le plus ancien remontait au Ve siècle, le *Livre des faës* regorgeait de légendes, d'anecdotes, de spéculations, d'observations, d'expériences relatives au Peuple de la Faërie. Dans cette masse d'informations devait se trouver celle qui l'aiderait à identifier l'étrange forgeron aux yeux noirs.

Tout en remontant d'un pas pressé le couloir qui menait à la tour, elle se prit à rêver. Peut-être cet individu n'avait-il rien à voir avec les faës. Peut-être n'avait-il pas plus de raisons de s'en prendre à elle qu'elle de s'en prendre à lui. Peut-être, après tout, avait-elle eu tort de s'affoler…

Et peut-être, conclut-elle avec découragement, plusieurs heures plus tard, la lune était-elle taillée dans une meule de gruyère… C'était bien un faë qu'elle avait croisé. Et pas n'importe quel faë, mais le pire de tous !

Quant au désir qu'il avait si éloquemment manifesté, sans doute ne fallait-il y voir qu'un moyen de la tourmenter en titillant un de ses points faibles. Encore pourrait-elle s'estimer heureuse s'il s'en tenait là. Si, par malheur, elle tombait entre ses mains, il pourrait très bien la torturer, jouer avec elle selon son bon plaisir, voire la projeter en pleine bataille médiévale dans les Highlands et s'amuser de la voir piétinée sous les sabots de chevaux affolés. À en croire ce qu'elle venait de lire, aucune de ces possibilités n'était à exclure.

S'il était fidèle à sa réputation (cette seule idée la faisait frémir), il commencerait par la séduire. Plus exactement, corrigea-t-elle aussitôt, par tenter de la séduire. Car, même s'il était dit dans les pages qu'elle venait de consulter qu'aucune femme sur terre n'était de taille à lui résister, elle aurait préféré mourir plutôt que de lui céder.

Les yeux rougis par la fatigue, Gabby se laissa aller dans son fauteuil et secoua la tête. On pouvait compter sur elle pour ne pas faire les choses à moitié… Comme s'il ne lui suffisait pas de se trahir aux yeux d'un faë, il avait fallu de plus qu'elle le fasse auprès du plus dangereux d'entre eux ! Séducteur à la langue habile, il était décrit comme étant si diaboliquement charmeur qu'aucune mortelle ne se rendait compte du danger qu'elle courait avant qu'il ne soit trop tard. On le connaissait chez les humains sous les noms de Puck, Robin Goodfellow ou Wayland Smith[1] – parmi nombre d'autres identités.

« Gredin même parmi les siens… »

Comme elle l'avait craint, elle avait perdu un temps précieux à chercher l'information dont elle avait un besoin si vital. Dix-neuf tomes… Autant chercher une aiguille dans une botte de foin ! Les volumes les plus anciens étaient rédigés en gaélique, langue que, malgré la patience et l'obstination de sa grand-mère, elle n'avait jamais réussi à parler et qu'elle parvenait à peine à lire. Le *Livre des faës* était de plus un maquis inextricable, dont la lecture aurait découragé le plus zélé des érudits. Les calligraphies y étaient nombreuses et pour la plupart indéchiffrables. Les notes obscures abondaient dans la marge de chaque illisible

---

1. Puck, Robin Goodfellow : deux identités d'un même personnage surnaturel du folklore britannique, immortalisé par Shakespeare dans sa pièce *Le Songe d'une nuit d'été*. Wayland Smith : personnage de forgeron fabuleux issu de mythes scandinaves et assimilé par le folklore anglo-saxon (*N.d.T.*).

page, renvoyant à d'autres notes aussi obscures portées sur d'autres pages aussi difficiles à déchiffrer.

À maintes reprises, Gabby avait dit à sa grand-mère que « quelqu'un devrait vraiment se décider à établir un index pour mettre un peu d'ordre dans tout ce fatras ». Et plus d'une fois, Moïra O'Callaghan avait souri et lui avait répondu d'un air rusé :

— Je suis bien d'accord avec toi. Qu'est-ce que tu attends pour t'y mettre ?

Gabby aurait fait n'importe quoi pour sa grand-mère bien-aimée, mais elle s'était toujours refusée à lui donner satisfaction sur ce point. S'immerger dans de très rationnels et modernes traités juridiques était bien moins perturbant que d'éplucher d'antiques et obscurs ouvrages consacrés à un univers dont il lui fallait feindre d'ignorer l'existence pour espérer pouvoir vivre une vie normale et heureuse.

Après des heures de recherches inutiles, alors qu'elle faisait les cent pas dans la pièce pour se calmer, elle avait fini par remarquer un autre livre, qu'il lui semblait n'avoir jamais vu auparavant. Moins épais et plus petit que les autres, le volume s'était glissé dans le coin d'une étagère, comme poussé là par inadvertance et oublié depuis.

Retrouvant espoir, Gabby s'était emparée du livre et avait soufflé énergiquement dessus pour le débarrasser de sa couche de poussière. Recouvert d'un fin cuir noir, l'ouvrage qu'elle avait failli négliger contenait, elle l'avait tout de suite deviné, l'information qu'elle recherchait. Ses aïeules avaient accordé au sujet une telle importance qu'elles lui avaient consacré tout un tome.

Contrairement aux autres volumes, rédigés à la manière décousue et sporadique d'un journal et traitant du monde des faës en général, celui-ci était consacré à un seul d'entre eux et était composé de façon chronologique et ordonnée. Il était en outre enrichi de nombreux dessins et portait un titre, alors que les autres tomes étaient simplement numérotés en chiffres romains. *Livre du sin siriche du*. Autrement dit – elle était au moins capable de faire cette simple traduction du gaélique –, *Livre du faë le plus malfaisant*. Gabby venait d'identifier la créature devant laquelle elle s'était bêtement trahie : Adam Black, redouté plus que le diable par les femmes de sa famille depuis des siècles.

Les entrées les plus anciennes du manuscrit consistaient en de minutieuses descriptions de l'être surnaturel dans ses diverses apparitions, en de sévères mises en garde contre sa profonde malignité, sa sexualité hyperactive et son penchant pour les femmes. « Si satisfaite est celle qu'il honore, avait-elle lu avec un certain trouble, qu'elle reste coite et l'esprit en déroute durant des semaines. »

À l'approche du premier millénaire, cependant, les comptes rendus se faisaient plus longs et plus détaillés. Aux alentours de l'an 850, comme prise de frénésie, la créature avait multiplié les méfaits, se mêlant aux affaires humaines dans le seul but apparent de semer terreur et désolation derrière elle, causant dans toute l'Écosse de nombreuses et sanglantes batailles entre clans. Des milliers d'hommes et de femmes avaient péri par sa faute.

Durant cette période, la chose avait été vue à maintes reprises, souriante et satisfaite que le sang coule à flots sur divers champs de bataille. Il y avait même eu un temps où les femmes de la famille O'Callaghan n'avaient plus été les seules à voir Adam Black. Dans son arrogance souveraine, le *sin siriche du* ne faisait plus le moindre effort pour se cacher. Les aïeules de Gabby avaient rassemblé dans ce livre les témoignages de ceux qui, pour leur malheur, l'avaient approché.

« Il est sans conteste et de loin le plus dangereux et le plus imprévisible des faës… »

Avant lui, aucun autre membre du Peuple de la Faërie ne s'était mêlé à ce point et avec autant d'impudence au genre humain.

Le carillon de la pendule posée sur la cheminée fit sursauter Gabby, la tirant de sa torpeur. Elle se frotta les yeux, surprise de constater que la nuit s'achevait. Les premières lueurs de l'aube apparaissaient derrière les lourds rideaux qu'elle avait soigneusement tirés, la veille, avant d'allumer la lumière dans la pièce. Elle était éveillée depuis plus de vingt-quatre heures. Pas étonnant, dans ces conditions, que ses yeux la piquent et que ses paupières pèsent des tonnes.

« Son apparence favorite est celle d'un forgeron des Highlands au sex-appeal puissant... »

Lentement, Gabby baissa les yeux vers le livre posé sur ses genoux, ouvert sur un dessin représentant « le plus sombre des faës » à l'œuvre.

Elle ne pouvait s'y tromper. La ressemblance était stupéfiante. C'était bien la créature qui l'avait fascinée et horrifiée au premier regard. Fallait-il y voir l'effet d'une mémoire génétique ? se demanda-t-elle. La connaissance emmagasinée par les femmes de sa famille s'inscrivait-elle autant dans l'ADN transmis de génération en génération que dans le *Livre des faës* ?

Cela aurait expliqué pourquoi un signal d'alarme s'était déclenché en elle dès que ses yeux s'étaient posés sur le faë, et pourquoi elle l'avait instinctivement comparé à un antique forgeron. C'était à croire que dans les recoins les plus reculés et les plus inexplorés de son esprit, elle avait su reconnaître son ennemi principal, et celui de bien d'autres femmes de son sang avant elle.

Le dessin à la plume n'était pas d'une fidélité parfaite, mais celle qui l'avait réalisé avait su capter l'essence de son modèle. Il se rapportait à une apparition d'Adam Black aux temps médiévaux, dans un lieu du nom de Dalkeith-Upon-the-Sea, où il était attesté qu'il avait causé la mort d'une jeune gitane[6]. Tout en

1. *Beyond the Highland Mist*, premier roman de Karen Marie Moning, inédit en français (*N.d.T.*).

muscles et d'une sensualité triomphante, Adam Black portait un kilt pour tout vêtement. Debout devant une forge située près d'un bouquet de sorbiers, un magnifique château se profilant à l'arrière-plan, il brandissait un lourd marteau de forgeron prêt à s'abattre sur l'enclume. Ses cheveux emmêlés par le vent s'agitaient autour de son visage et retombaient en un rideau de soie noire jusqu'à ses hanches. Sur ses lèvres jouait un sourire que Gabby n'eut aucun mal à reconnaître : c'était le sourire de prédateur qu'il avait posé sur elle la veille, avant de comprendre qu'elle était capable de le voir.

La gorge serrée, elle prit connaissance de la légende du dessin et sentit son pouls s'accélérer.

« Éviter impérativement tout contact avec lui. »

— Oh, grand-mère ! gémit-elle, les yeux soudain embués de larmes brûlantes. Tu avais raison...

Elle sut alors qu'il lui fallait partir. Au plus vite.

En une demi-heure, en lieu et place d'un sommeil dont elle aurait eu tant besoin, Gabby fit dans la précipitation ses préparatifs de départ.

Il lui était impossible de laisser derrière elle les précieux tomes du *Livre des faës*. Elle ne pouvait savoir s'il lui serait possible de venir les rechercher, et elle était fermement résolue à les léguer un jour à ses propres enfants. Aussi décida-t-elle de les prendre. Elle ne put résister à l'envie d'empaqueter aussi quelques autres possessions – un châle en cachemire que Moïra avait achevé pour elle peu de temps avant de mourir, un album photo, son médaillon de naissance, ainsi que ses jeans, pulls, sous-vêtements et chaussures favoris.

Elle coupa court à ses larmes, qu'elle ne pouvait se permettre de laisser couler. Plus tard, dans quelque autre ville, à l'abri de murs étrangers, elle pourrait déplorer tout à son aise la perte de la maison de son enfance et d'à peu près tout ce qu'elle possédait. Bien plus tard encore, il lui faudrait trouver le courage d'endosser de nouveau son identité véritable pour achever ses études dans une autre université. Mais pour l'instant, elle se tenait debout devant la porte de service, une valise dans chaque main, un sac lourdement chargé sur le dos, prête à partir mais incapable de trouver le ressort nécessaire pour le faire.

Les banques ouvriraient sous peu, mais elle ne voulait pas prendre le risque d'attendre plus longtemps. En fin d'après-midi, quand elle aurait suffisamment roulé, elle chercherait une succursale où vider le compte que sa grand-mère avait ouvert pour elle. Ensuite, il ne lui resterait plus qu'à trouver un trou perdu où elle pourrait s'oublier elle-même et devenir une autre.

Les yeux brouillés par les larmes en dépit de ses résolutions, Gabby jeta un dernier coup d'œil à la cuisine où elle avait appris à faire des cookies et où elle avait pleuré les trahisons de ses petits amis successifs (y compris celle du dernier en date). Elle avait partagé tant de confidences, d'espoirs et de rêves avec sa grand-mère dans l'intimité chaleureuse de cette pièce !

La colère qu'elle ressentait envers ce maudit faë qui la contraignait à quitter sans espoir de retour tout ce qu'elle avait de plus cher l'aida à chasser le reste de panique qui l'habitait encore. Le plus sombre des faës n'avait qu'à bien se tenir… Elle était intelligente, elle était forte et, plus que tout, elle était déterminée à lui échapper. Elle se sortirait de cette situation. Elle finirait par obtenir cette vie normale et digne à laquelle elle aspirait – une carrière, un mari, des enfants, une maison. Et si, pour y parvenir, il lui fallait changer de nom et partir à l'aventure, elle le ferait.

La main ferme sur la poignée, Gabby ouvrit la porte… et découvrit son ennemi intime de l'autre côté. Son corps puissant lui barrait le passage. Un sourire féroce retroussait ses lèvres tentatrices.

— Bonjour, Gabrielle… dit Adam Black.

4

En arrivant au 735 Monroe Street, Adam s'était attendu que la jeune femme se montre un peu nerveuse. Ne venait-elle pas de s'enfuir en l'apercevant, impressionnée sans doute par son extrême virilité ? Telle était souvent la première réaction des femmes à son égard, surtout lorsqu'il se débarrassait de son pantalon devant elles – ou de son kilt, suivant les époques. Une fois cette timidité initiale surmontée, lorsqu'elles l'avaient regardé d'un peu plus près, elles se jetaient généralement à son cou. Il lui fallait alors répondre à leur frénésie sexuelle débridée. Mais ce n'était pas pour lui déplaire, et il était bien de taille à les satisfaire.

Depuis qu'il avait déniché dans le bureau des ressources humaines de Little & Staller l'identité et les coordonnées de sa petite Irlandaise, il n'avait cessé d'imaginer divers scénarios érotiques qu'il lui tardait de mettre en pratique avec elle. Mais rien dans son vaste répertoire d'expériences avec les humains ne l'avait préparé à l'accueil que lui avait réservé Gabrielle O'Callaghan. Avec un regard horrifié, la petite démone s'était contentée de poser sur le sol les deux valises qu'elle portait et de lui assener en plein visage un coup de poing rageur qui lui avait fait voir trente-six chandelles.

L'instant d'après, la porte lui claquait au nez, le laissant sonné sur le perron, la lèvre en sang. Au moins avait-il eu ainsi confirmation que la jeune femme était bien totalement immunisée contre les effets du *féth fiada*, sinon il lui aurait été impossible de le blesser. Pour sa part, il avait imaginé d'autres moyens de le vérifier…

Le premier effet de surprise passé, ses yeux se plissèrent, et un sourire vengeur se dessina sur ses lèvres. Jamais il n'avait été traité ainsi. Aucune femme ne s'était risquée à lever la main sur lui. Toutes l'adoraient, depuis toujours. Mieux encore : elles le vénéraient et ne pouvaient se passer de lui une fois qu'il leur avait ouvert les bras. En quoi celle-ci différait-elle des autres ? Quel pouvait bien être son problème ?

Satanés Irlandais ! songea Adam. Bien malin qui aurait pu prédire l'humeur de ces fiers et ombrageux Gaëls. Inflexibles comme des rocs, ils traversaient les siècles inchangés, aussi téméraires et barbares aujourd'hui qu'ils l'étaient depuis l'âge de fer.

Après un instant de réflexion, il estima que Gabrielle O'Callaghan devait avoir envie de s'amuser un peu. Peut-être ne l'avait-elle provoqué que parce qu'elle aimait que ses amants se montrent agressifs, dominateurs et dangereux. Adam haussa les épaules. Libre à elle de choisir les règles du jeu. Après ces trois mois d'enfer, ces trois misérables mois de célibat forcé, il se sentait plus que motivé pour lui donner satisfaction…

Gabby se trouvait déjà devant la porte d'entrée, la main posée sur la poignée, lorsque la porte qui donnait accès à l'arrière-cour vola en éclats dans la cuisine, avec un bruit effroyable.

Sachant qu'elle ne disposait que de quelques secondes d'avance, elle se hâta d'abaisser la poignée pour se précipiter à l'extérieur. Mais au moment où elle tirait la porte à elle, elle sentit deux fortes mains se plaquer de part et d'autre de sa tête et fut projetée de tout son corps contre le battant, qui se referma sèchement.

Trop effrayée pour se mettre à crier, Gabby tenta de comprendre ce qui venait de se passer. Il était impossible que le faë ait traversé la maison aussi vite pour la rejoindre… Et pourtant, il fallait croire qu'il l'avait fait, puisqu'elle se retrouvait à présent coincée entre un dur panneau de chêne devant elle et, dans son dos, un mur de muscles bandés tout aussi ferme et inébranlable.

Gabby se contorsionna pour tenter de se libérer. Mais plus elle se débattait, plus son agresseur affermissait sa prise. Il anticipait le moindre de ses mouvements, paraissait deviner chacune de ses tactiques. Les bras passés de part et d'autre de son corps, les mains posées à plat sur la porte, il l'emprisonnait de toute la force de son corps d'athlète. Finalement, renonçant à s'évader, elle se tint aussi tranquille qu'un animal acculé dans un recoin. Une douzaine de phrases lui traversèrent l'esprit, toutes introduites par le même pathétique « par pitié ». Elle se mordit la langue pour ne pas les prononcer. Si elle devait mourir, au moins le ferait-elle fièrement.

Stoïque, elle se raidit contre lui, prête à affronter la fin horrible qu'il lui réservait sûrement. Mais il lui fallut bientôt se rendre à l'évidence : le faë semblait avoir de tout autres plans pour elle. Tout en frottant sa joue contre ses cheveux, il poussait un grognement rauque, sensuel, sur la nature duquel elle ne pouvait se tromper.

Gabby retint son souffle. Visiblement, il s'apprêtait à la séduire avant de la tuer, exactement comme l'affirmait le livre qu'elle venait de lire. Comme pour lui donner raison, il s'empara de ses mains et les leva au-dessus de sa tête, tandis que son corps, derrière elle, épousait intimement les courbes de son dos. Les yeux écarquillés, elle tenta de se débattre, mais elle n'était pas de taille à s'opposer à sa force herculéenne. La langueur traîtresse qui s'emparait d'elle n'était pas non plus pour l'y aider…

Gabby déglutit péniblement, une fois, puis deux. C'était son premier contact – tellement fantasmé mais si déviant, interdit, dangereux – avec un faë. Malgré leurs vêtements, il lui semblait que sa peau était en feu aux endroits où leurs corps se touchaient. Qu'en serait-il, se demanda-t-elle confusément, s'ils se retrouvaient nus dans les bras l'un de l'autre ? Partirait-elle en fumée ?

— Est-ce l'amour à la dure que tu cherches, belle Irlandaise ?

Pendant un long moment, le cerveau de Gabby renonça à assimiler la signification de ces paroles, chuchotées par le faë au creux de son oreille. Son accent épais, rocailleux, primitif, dont elle aurait juré qu'aucune oreille humaine ne l'avait entendu depuis des siècles, faisait de chaque mot une caresse. Puis sa question fit sens en elle. Elle la prit tellement au dépourvu qu'elle ne put que bredouiller :

— P… pardon ?

— Dis-moi ce que tu aimerais… reprit la créature en lui effleurant le lobe de l'oreille du bout des lèvres. Un peu de bondage ? Une bonne fessée ?

Une lente, langoureuse, affolante rotation de son bassin contre les fesses de Gabrielle ponctua sa dernière question.

— À moins que ce ne soit tout simplement une bonne et vigoureuse partie de jambes en l'air ?

Comme un poisson tiré de son élément, Gabby ouvrit et referma la bouche plusieurs fois sans émettre le moindre son, avant que l'indignation ne libère sa colère et sa langue.

— Rien de tout cela ! dit-elle d'une voix tremblante de rage. Ce que j'aimerais, c'est que vous éloigniez cette… chose de mes fesses !

— Cette chose-là ? s'étonna-t-il avec un nouveau mouvement suggestif des hanches. Pour quelle raison voudrais-tu t'en priver ?

« Allez, laisse-toi tenter… chuchota en elle une voix agacée, qui ressemblait furieusement à celle de l'adolescente de quatorze ans qu'elle avait été. Qu'est-ce que ça peut faire ? »

« Ça peut faire, protesta Gabby dans le secret de ses pensées, que cette créature est là pour me tuer ! »

« Et alors ? rétorqua son *alter ego*. Quitte à mourir, pourquoi mourir vierge ? »

L'espace d'une seconde, Gabby trouva cette question parfaitement légitime, raisonnable, sensée. Elle comprit alors qu'elle commençait à lâcher prise et à glisser le long d'une pente sur laquelle il lui serait difficile de reprendre pied.

Adam Black sentit-il cet infime fléchissement ? Ce fut en tout cas cet instant qu'il choisit pour tenter de la faire pivoter sur elle-même. Pour la forme, elle s'efforça de résister, bien qu'elle sût que cela ne servirait qu'à lui faire gagner quelques secondes – mais quelques secondes de vie supplémentaires n'étaient-elles pas déjà bonnes à prendre ?

Sentir le faë se presser contre son dos avait déjà été un supplice, mais elle savait que devoir lui faire face risquait de lui être fatal. Sa tête se retrouva au niveau du sternum de la malfaisante créature. Cela ne suffisait donc pas qu'il soit si diablement sexy ? Pourquoi fallait-il qu'il ait, de plus, la taille d'un géant ? Avec son mètre soixante-cinq, Gabby était habituée à devoir lever la tête pour parler aux hommes. Mais le *sin siriche du* dépassait toute mesure : il devait approcher les deux mètres et peser près de deux fois son poids.

Il glissa un doigt sous son menton et susurra :

— Regarde-moi.

Toujours cette voix incroyable, qui lui arrachait des frissons… Les jambes tremblantes, Gabby parvint cependant à ne pas obéir à son injonction.

— Gabrielle O'Callaghan, reprit-il avec un soupçon d'impatience dans la voix, je t'ai demandé de me regarder !

Elle n'aurait jamais imaginé qu'entendre son nom prononcé par un homme – par un faë ! – pût avoir sur elle un effet aphrodisiaque, mais elle parvint à tenir bon. Cette fois, sa résistance parut amuser Adam Black, et ce fut d'un ton moqueur qu'il lança :

— Aurais-tu peur, Gabrielle ? Où est passée la fière Irlandaise qui m'a décoché un coup de poing de charretier et fait saigner ?

Plus sous l'effet de la surprise que de la raillerie, Gabby leva les yeux vers son visage. Un filet de sang perlait effectivement à la commissure de ses lèvres, ce qui entrait en totale contradiction avec tout ce qu'elle savait des faës. Comment Adam Black pouvait-il saigner, puisque, comme tous ceux de sa race, il ne possédait ni cœur ni appareil circulatoire ?

— Avant de réclamer vengeance, conclut celui-ci en fixant ses yeux si étrangement noirs sur les lèvres de Gabrielle, je te donne une chance de te racheter. Il te suffit d'effacer les dégâts. Avec ta bouche, par exemple. Ou même ta langue, si tu le souhaites…

L'air buté, Gabby détourna le visage, ce qui suscita chez son tourmenteur un sourire suffisant.

— Un peu de bonne volonté, *ka-lyrra* ! Pourquoi refuser de goûter à mes lèvres, puisque nous savons tous les deux que tu en meurs d'envie ?

Qu'il n'ait pas tout à fait tort sur ce point ne fit qu'exacerber la colère de Gabrielle, déjà exaspérée par la suprême arrogance de cette créature. Debout depuis plus de vingt-quatre heures, elle était psychologiquement et physiquement épuisée par ce qui s'était révélé être la pire journée de son existence.

— Retourne en enfer, Adam Black ! lâcha-t-elle entre ses dents serrées.

L'espace d'un instant, il en resta pantois. Puis il rejeta la tête en arrière et se mit à rire bruyamment. Gabby frissonna en entendant son rire résonner à travers la maison. Ses derniers doutes quant à la nature surnaturelle de la créature s'envolèrent : ce rire n'était certainement pas humain.

— Oh, ma belle Irlandaise ! s'exclama Adam Black en mettant un brusque terme à son hilarité. Si tu savais… L'enfer, pour moi, c'est ici.

Il prit dans sa main puissante et chaude le menton de Gabrielle et l'obligea à le regarder avant d'ajouter :

— Sais-tu ce que cela signifie ?

Fascinée par ce regard immémorial qui semblait lire au fond de son âme, Gabby secoua la tête, autant que son emprise sur son menton le lui permettait.

— Cela signifie que je n'ai plus rien à perdre.

Le pouce appuyé sur sa lèvre inférieure, le *sin siriche du* la força à entrouvrir la bouche et pencha avec une lenteur éprouvante son visage vers le sien.

— Mais je suis sûr que ce n'est pas ton cas, conclut-il avec un sourire diabolique. Je parie que tu as encore tout un tas de choses à perdre. N'est-ce pas, jeune et innocente Gabrielle ?

5

En voyant les lèvres du faë s'approcher des siennes, Gabby songea qu'elle avait effectivement beaucoup trop de choses à perdre. Si elle le laissait parvenir à ses fins, elle devrait renoncer à sa virginité, son honneur, sa vie – probablement dans cet ordre.

Au tout dernier moment, juste avant que leurs bouches entrent en contact, elle sentit l'emprise de sa main se relâcher sur son menton et fit la première chose qui lui vint à l'esprit : résolument, elle lui donna un coup de tête, prit de nouveau un peu d'élan et lui en assena un autre, aussi fort qu'elle le put, en plein visage.

La violence du choc fut telle qu'elle en resta étourdie. Fort heureusement, Adam Black devait l'avoir été plus qu'elle, car elle reprit ses esprits la première. Assez vite, en tout cas, pour lui donner un coup de genou dans le bas-ventre.

Tandis que le faë tombait sur ses fesses en grognant et en gémissant de douleur, Gabby s'empressa de prendre la poudre d'escampette. Dédaignant la porte principale, elle se rua vers la cuisine. Si elle voulait avoir une chance de lui échapper, elle avait besoin de sa voiture.

Au fond de la pièce, le rectangle de lumière de la porte fracassée lui apparut, passeport pour la liberté. Adam Black en était encore à grogner à l'autre bout de la maison lorsqu'elle atteignit le seuil.

Abandonnant ses bagages où ils se trouvaient – elle pourrait s'estimer heureuse si elle s'en sortait vivante ! – Gabby se précipita dehors et… vint heurter violemment le corps dur comme du granit de son agresseur. Elle cria lorsqu'il referma brusquement ses bras sur elle, avant de la soulever jusqu'à ce que ses pieds quittent le sol.

L'expression glaciale qu'elle lut sur ses traits figés par la fureur la terrifia. Il la tenait fermement, les bras serrés si fort autour d'elle qu'elle avait du mal à respirer. Elle comprit que s'il ne relâchait pas bientôt sa prise, elle finirait par ne plus pouvoir respirer du tout.

Il la maintint ainsi captive durant de longues et pénibles minutes. Impuissante, elle s'abandonna contre lui, la joue pressée contre son torque en or, dans l'espoir que si elle n'offrait plus la moindre résistance, il finirait peut-être par se calmer. Instinctivement, elle avait compris que les coups qu'elle lui avait donnés l'avaient poussé à bout et qu'à la moindre velléité de violence de sa part, il répondrait par une violence décuplée.

Ainsi, songea-t-elle avec effarement, les faës pouvaient réellement se déplacer d'un endroit à un autre en un clin d'œil. Comment diable allait-elle pouvoir échapper à un adversaire capable de tels prodiges ? Et quels autres pouvoirs stupéfiants possédait-il encore ?

Soudain, tout ce que sa grand-mère lui avait raconté des pouvoirs phénoménaux de leurs ennemis lui revint en mémoire, notamment cette faculté qu'ils avaient de subjuguer les humains, de les contrôler corps et âme, de les soumettre aux moindres de leurs caprices. Autant regarder les choses en face : elle aurait difficilement pu se trouver dans de plus sales draps.

Enfin, après ce qui lui parut durer une éternité, Adam Black desserra le terrible étau de ses bras et lâcha dans un soupir :

— À présent, ce n'est pas seulement ma bouche qu'il te faudra embrasser si tu tiens à te faire pardonner…

Cinq minutes plus tard, Gabby se retrouva solidement ligotée à une chaise de la salle à manger avec son propre linge de table, à se demander comment il était possible de tomber si vite en enfer. Vingt-quatre heures plus tôt, son plus grand souci était de savoir ce qu'elle allait porter pour son rendez-vous avec Marian Temple. À présent, la seule question qui lui importait était de savoir si elle verrait le soleil se coucher ce jour-là.

Adam Black tira une chaise à lui pour s'installer devant elle et s'assit. Les jambes écartées, les coudes sur les genoux, il se pencha vers Gabby, si près qu'elle sentit son souffle lui caresser la joue. Un long voile de cheveux noirs glissa de son épaule et vint lui effleurer la cuisse, ajoutant à son trouble. Et comme si cela ne suffisait pas, il leva la main vers son visage, la faisant tressaillir.

Sa réaction le fit sourire. Avec mille précautions, comme pour apprivoiser un animal craintif, il lui caressa la joue, puis parcourut du bout du pouce le contour de sa bouche. Gabby tourna la tête sur le côté pour se soustraire à ce contact, mais il glissa un doigt sous son menton pour l'obliger à lever les yeux vers lui.

— Tout doux… murmura-t-il, une lueur de convoitise dans ses yeux noirs. Je t'aime beaucoup mieux ainsi, tu sais ?

Gabby s'efforça de soutenir son regard sans ciller. Sa dignité, se rappela-t-elle, était tout ce qui lui restait. Elle la conserverait jusqu'à la mort.

— Et moi, lança-t-elle fièrement, je ne vous aime pas du tout ! De quelque manière que ce soit.

— Cela ne m'avait pas échappé, ma belle… Mais peut-être devrais-tu garder présent à l'esprit le fait que tu es à ma merci et que, pour échapper aux justes représailles que pourraient te valoir tes coups de tête inconsidérés, il vaudrait mieux que tu restes un tant soit peu dans mes bonnes grâces.

D'un regard grave, il lui fit comprendre que sa menace n'était pas à prendre à la légère.

— Sommes-nous d'accord ? insista-t-il.

Gabby se garda bien de répondre, ce que le faë décida d'interpréter comme un gage de bonne volonté.

— Bien ! déclara-t-il en tapant dans ses mains. À présent, Gabrielle O'Callaghan, si tu me disais ce que tu t'imagines que les miens font subir aux *sidhe-seers* ?

Gabby haussa nonchalamment les épaules – du moins, autant qu'elle le pouvait, attachée comme elle l'était. Il lui avait donné le nom archaïque – *sidhe-seer* – qu'elle avait rencontré à de nombreuses reprises dans le *Livre des faës*, mais qu'il ne lui avait jamais été donné d'entendre prononcer à haute voix.

— Je n'ai absolument aucune idée de ce que vous…

Adam Black secoua la tête d'un air attristé et posa l'index sur ses lèvres pour la faire taire.

— Ne joue pas à l'innocente avec moi, belle Irlandaise. Je n'ai pas la patience de t'écouter débiter des mensonges. Le *féth fiada* n'a aucun effet sur toi, et tu m'as appelé par mon nom. Tu es une *sidhe-seer*, il n'y a pas d'autre explication à ton comportement. C'est la raison pour laquelle tu m'as si farouchement combattu. Tu es au courant de tout ce qui concerne ma race, n'est-ce pas ?

Après un instant d'hésitation, Gabby se résigna à hocher la tête en signe d'assentiment. Décidément, elle semblait condamnée à commettre bévue sur bévue en présence de ce faë hors du commun. Non contente de s'être fait surprendre en train de le dévorer des yeux, il avait fallu en plus qu'elle l'appelle par son nom !

— Qu'allez-vous faire ? demanda-t-elle sèchement. Vous en savez assez pour me tuer.

— Je n'ai pas l'intention de te tuer, *ka-lyrra*. S'il y eut effectivement une époque où les miens devaient se résoudre à mettre à mort les *sidhe-seers* qui se trahissaient, ce temps est révolu depuis qu'a été signé le Pacte entre nos deux races. Aucun Tuatha Dé Danaan n'a versé le sang d'un humain depuis.

Comme pour lui prouver que ses intentions étaient pacifiques, Adam Black fit passer derrière l'oreille de Gabby une mèche qui lui chatouillait le visage, puis laissa sa main s'attarder le long de sa mâchoire en une lente caresse.

— Je n'ai pas non plus l'intention de te faire du mal, reprit-il d'une voix patiente, à moins que tu ne m'en fasses de nouveau, auquel cas je décline toute responsabilité quant à ce qui pourrait advenir. À ce point de nos relations, je veux bien remettre les compteurs à zéro. Nous considérerons donc que ton accès de violence à mon égard ne reposait que sur un malentendu. Néanmoins, à présent que celui-ci est dissipé, toute nouvelle tentative de t'en prendre à moi sera vengée au centuple. Est-ce bien compris ?

Une nouvelle fois, Gabby acquiesça d'un bref hochement de tête. Elle était prête à approuver tout ce qu'il voulait, du moment qu'il arrêtait de la toucher. Le moindre contact de ses doigts sur sa peau nue lui donnait la chair de poule et faisait naître dans son ventre d'étranges langueurs. La vie n'était pas juste… Pourquoi avait-il fallu que le plus brûlant de ses fantasmes s'incarne dans le pire de ses ennemis ?

Satisfait de son petit discours, Adam Black s'adossa à son siège, allongea les jambes devant lui et croisa les doigts derrière sa nuque. Tous les muscles de ses bras puissants jouèrent en même temps, depuis ses épaules rondes sous son tee-shirt noir jusqu'à ses biceps massifs enserrés dans leurs brassards d'or, qui étincelaient dans la vive lumière matinale pénétrant à flots par les grandes fenêtres. En faisant appel à toute sa volonté, Gabby parvint à garder les yeux fixés sur son visage, à les empêcher d'aller fureter sur ce corps trop parfait complaisamment offert à son regard.

Le *Livre des faës* était rempli d'histoires d'autrefois dans lesquelles, par les nuits de pleine lune, de jeunes vierges saisies par une fièvre dionysiaque allaient courir de leur plein gré à leur perte dans les bois, dans l'espoir d'y être possédées par de vigoureux faës mâles. Mais Gabrielle O'Callaghan ne serait jamais une de ces jeunes écervelées. Quoi que le *sin siriche du* pût avoir en tête pour elle, elle était prête à se défendre bec et ongles.

— Tu es donc une *sidhe-seer*… murmura celui-ci en l'observant rêveusement. Il ne me serait jamais venu à l'idée de chercher l'une d'entre vous. Aoibheal s'imagine que les Traqueurs vous ont toutes éliminées il y a une éternité, ce dont j'étais convaincu moi aussi. Combien d'autres dans ta lignée possèdent encore le don ?

— Je suis la dernière.

Gabby n'avait pas eu à mentir. Pour la première fois de son existence, elle se félicita qu'il n'y ait pas d'autres membres de sa famille pour partager sa malédiction. Personne d'autre qu'elle n'était en danger.

Pendant qu'il l'étudiait avec une moue dubitative, elle songea à ce qu'il venait de lui révéler. Aoibheal – il avait prononcé « Ah-veel » – n'était pas une inconnue pour elle. La reine toute-puissante des Tuatha Dé Danaan était maintes fois mentionnée dans le *Livre des faës*, de même que les Traqueurs. Depuis qu'elle était toute petite, ils étaient pour elle l'incarnation du croquemitaine, du monstre tapi dans le placard ou sous le lit que redoutent les enfants dans le noir – à cette différence qu'ils existaient vraiment.

— Ta mère n'est plus de ce monde ? demanda le faë au bout d'un instant.

— Elle ne possède pas le don.

— Dans ce cas, comment a-t-elle fait pour te protéger ?

À ces mots, Gabby ne put s'empêcher de tressaillir.

— Comment veux-tu que je la protège de quelque chose que je ne peux pas voir ? s'était exclamée Jilly O'Callaghan par une sombre nuit enneigée, il y avait une éternité de cela, alors que, blottie contre la rampe de l'escalier, elle l'écoutait se disputer avec Moïra.

Trois jours plus tard, sa grand-mère avait dû se résoudre à lui avouer que sa mère était partie.

— Qui t'a appris à faire semblant de nous ignorer ? insista Adam Black. Non que tu y réussisses si bien que cela, d'ailleurs...

Un sourire suffisant mais incroyablement sexy joua sur ses lèvres de rêve avant qu'il ajoute :

— Mais il est vrai qu'aucune femme ne parvient jamais à détourner les yeux de moi.

S'il ne visait par ces mots qu'à la faire sortir de sa réserve, il y parvint parfaitement.

— Vous ne manquez pas de toupet ! s'écria Gabby. Au risque de vous décevoir, je n'arrivais simplement pas à savoir si vous étiez un faë ou non.

Un sourcil noir et parfaitement dessiné s'arqua au-dessus d'un œil tout aussi noir et brillant de malice.

— Et c'est pour trouver la réponse à cette question que tu fixais si intensément ma braguette ?

— Je n'y aurais pas prêté attention si vous n'aviez pas si ostensiblement... replacé votre... vos... protesta Gabby en se sentant rougir.

Elle renonça à conclure et lança avec véhémence :

— Pourquoi faut-il que les hommes se conduisent avec un tel sans-gêne ? Jamais une femme ne se permettrait de toucher ses... parties intimes en public !

Instantanément, les yeux du faë se portèrent sur les seins de Gabby.

— C'est bien dommage ! Personnellement, je trouverais cela tout à fait fascinant.

Sous le feu de son regard brûlant et sensuel, Gabby sentit la pointe de ses seins se durcir. Comment un simple coup d'œil pouvait-il avoir sur elle le même effet qu'une caresse ?

— Au risque de vous décevoir, dit-elle, ce n'était pas votre braguette qui m'intriguait, mais vos yeux. J'étais convaincue que tous les faës avaient les yeux iridescents. J'ai été déstabilisée par la couleur des vôtres, c'est pourquoi je n'arrivais pas à déterminer si vous étiez un faë ou non.

— Mes yeux… répéta-t-il vaguement, tandis que son regard revenait se fixer sur le sien. Je vois. Mais tu n'as pas répondu à ma question. Qui t'a appris à te méfier de nous ?

Gabby poussa un soupir résigné.

— Ma grand-mère était également une *sidhe-seer*. C'est elle qui m'a élevée. Mais elle est morte, à présent. Je suis la dernière *sidhe-seer* de la famille.

Après avoir marqué une pause, elle se décida, piquée par la curiosité, à poser la question qui lui brûlait les lèvres.

— Vous non plus, vous ne m'avez pas répondu. Pour quelle raison vos yeux sont-ils d'une couleur différente de ceux des vôtres ?

— C'est une longue histoire, *ka-lyrra*. Une histoire à laquelle tu ne pourras qu'être mêlée, que cela te plaise ou non.

Sous le coup d'un espoir insensé, le cœur de Gabby se mit à battre à tout rompre. Un frisson parcourut sa colonne vertébrale.

— Vous n'allez donc pas me tuer ? demanda-t-elle avec circonspection.

Elle se sentait à bout de forces. Depuis les coups de tête qu'elle lui avait donnés, une migraine tenace faisait le siège de son crâne. C'était plus fort qu'elle, elle avait besoin de réconfort, dût-il venir de son pire ennemi.

— Te tuer ! s'exclama-t-il d'une voix scandalisée. Quel gâchis ce serait… J'ai de bien meilleurs plans en ce qui te concerne.

6

Adam Black se laissa aller contre le dossier de sa chaise pour mieux profiter du spectacle. Les émotions passaient sur le visage de sa prisonnière comme les nuages dans un ciel d'orage. La colère le disputait à l'épuisement, la frustration à la peur. Une chose était sûre : cela ne la rendait que plus belle. Mais la beauté seule chez une femme n'avait jamais suffi à piquer son intérêt. C'était la passion qu'il recherchait chez les mortelles, une passion dont la chaleur essentiellement humaine atténuait la froideur de sa nature de faë.

Chez Gabrielle O'Callaghan, songea-t-il, les réserves de passion semblaient inépuisables. Par Danu, quelle petite chose fière et farouche elle faisait ! Provocante, courageuse, agressive, même… L'éclat doré de son âme immortelle était plus vibrant, plus intense que chez la plupart des humains. Une aura couleur d'ambre chaud l'entourait tout entière, faisant de son être physique un noyau d'énergie brute au cœur d'une gangue d'or en fusion.

Alors qu'elle était deux fois moins puissante que lui, elle n'avait pas hésité une seconde à l'attaquer comme une tigresse, une furie dotée d'une tête meurtrière et d'un genou imparable. Adam avait souffert bien plus au cours de la demi-heure précédente que pendant toute son existence, mais à sa propre surprise, il n'en était pas vraiment mécontent. Un peu froissé dans sa fierté masculine, sans doute, mais pas spécialement fâché…

L'essentiel était qu'à présent, chose inespérée, il avait sa propre *sidhe-seer* à disposition. Qui plus est, un puissant désir de la faire sienne le consumait. Goûter aux joies du sexe en tant qu'homme à part entière promettait d'être une expérience nouvelle, rare, inoubliable dans une vie d'immortel. Le fait de sentir les courbes de Gabrielle, coincée contre la porte, épouser les siennes ; de presser avec impatience son sexe dressé contre le sillon de ses fesses émouvantes avait suffi à le faire trembler de désir.

Trembler ! Lui qui n'avait jamais éprouvé le moindre frisson involontaire…

Voyeur impénitent, il s'était fait un plaisir d'épier, au fil des millénaires, d'innombrables amants et avait étudié leurs jeux sensuels avec intérêt. Il avait vu des hommes semblables à des géants, des guerriers aux corps couturés de cicatrices et au cœur de glace, rendus impitoyables par la guerre, la faim et le spectacle de la mort, trembler comme des adolescents sans expérience sous la caresse d'une femme. Il n'avait jamais compris pourquoi. À présent, ce n'était plus un mystère pour lui.

Au contact des fesses de Gabrielle contre son sexe durci, un besoin primaire de possession l'avait envahi. Jamais avant elle aucune femme n'avait suscité en lui un tel accès de luxure, jamais il ne lui avait paru si délicieusement insupportable de ne pouvoir assouvir son désir.

En dépit de la douleur provoquée par les coups de Gabrielle, dont les effets se faisaient encore sentir, il mourait d'envie de la toucher, de réduire à néant l'espace qui les séparait, de presser une nouvelle fois son corps contre le sien. Il se redressa sur sa chaise et fit passer un de ses genoux entre les jambes de Gabrielle, de manière à effleurer sa cuisse. Aussitôt, la jeune femme se raidit, le souffle coupé. Pendant un long moment, il ne put détacher son regard de ses seins ronds, dont les pointes dressées se dessinaient nettement sous son tee-shirt.

La gorge sèche, il se vit relever cette barrière de tissu et étancher à pleine bouche, à pleine langue, sa soif de les embrasser. Il savait pourtant qu'il n'userait jamais de violence pour parvenir à ses fins. Adam Black n'avait pas besoin de recourir à de telles manœuvres. Il pouvait séduire, induire en tentation, manipuler au besoin, mais l'amoureux des femmes qu'il était n'avait jamais recours à la force avec elles. Celles qui succombaient à son charme le faisaient de leur plein gré. Lorsqu'elles choisissaient d'accepter ce qu'il avait à leur offrir – ce qu'elles faisaient toujours – , elles ne pouvaient s'en prendre qu'à elles-mêmes si elles en éprouvaient ensuite des regrets. Et ce n'était pas une *sidhe-seer*, si forte et déterminée soit-elle, qui ferait mentir sa réputation.

En outre, s'il voulait qu'elle lui soit utile, il avait tout intérêt à s'attirer les bonnes grâces de Gabrielle O'Callaghan. Dans le jeu qui l'opposait à sa reine, elle était sa carte maîtresse. Quand elle avait choisi de le punir comme elle l'avait fait, Aoibheal ne se doutait pas que le hasard – même si des millénaires de sagesse faë prouvaient que celui-ci n'existait pas – le mettrait en présence de la dernière femme sur terre à être immunisée contre les effets du *féth fiada*. Tout le monde à la cour était persuadé que la lignée de ces voyantes autrefois pourchassées par les Traqueurs s'était éteinte. Y compris lui.

Sa dernière rencontre avec l'une d'elles remontait au Ier siècle de l'ère chrétienne. Dans une impénétrable et sombre forêt d'Irlande, il avait découvert cette vieille femme ratatinée et desséchée, qui se mourait seule dans les bois, rejetée par les siens. Il avait eu pitié d'elle et n'avait pas pris la peine d'alerter les Traqueurs. À quoi cela aurait-il servi, puisque la pauvre vieille tutoyait déjà la mort ?

Il s'était assis près d'elle, lui avait raconté des histoires et avait répondu sans rechigner à toutes ses questions. Et quand ses derniers instants étaient arrivés, il avait pris dans ses bras la vieillarde décharnée et l'avait emmenée sur une plage retirée de l'île de Morar. Elle était morte en contemplant un océan d'une couleur aigue-marine si intense qu'aucun humain ne pouvait le fixer sans pleurer de bonheur. Loin de l'atmosphère confinée et fétide de sa hutte de branchages, elle avait expiré un sourire aux lèvres, les narines emplies d'une odeur de santal et de jasmin.

Mais la *sidhe-seer* que la destinée venait quasiment de jeter dans ses bras – jeune, forte, fière, magnifique – était aux antipodes de son ancêtre. Difficile de ne pas y voir un signe du destin. Les Parques des Romains, les Moires des Grecs n'étaient-elles pas des femmes ? Et les femmes étaient depuis toujours les alliées d'Adam Black. Elles lui venaient en aide, tout comme la jeune Gabrielle le ferait dès qu'il aurait réussi à dissiper les malentendus qui les séparaient.

Gabrielle avait été élevée par sa grand-mère dans la crainte du Peuple de la Faërie. Il lui faudrait mener sa campagne de séduction avec prudence et minutie. Des siècles plus tôt, sa nature de faë aurait suffi à inspirer à cette mortelle une obéissance respectueuse. Mais le monde avait bien changé, et les femmes avaient changé avec lui. Elles étaient devenues plus fortes et beaucoup plus indépendantes. La perspective de transmettre à leur progéniture un don qui risquait d'en faire à tout moment la proie des Traqueurs ne suffisait plus à les contraindre à se terrer au fond de forêts obscures.

Oui, les temps avaient bien changé, et les Tuatha Dé Danaan eux-mêmes n'avaient pu échapper à cette évolution. C'était la raison pour laquelle leur reine avait accepté au nom de leur race les termes du Pacte conclu avec les humains. Depuis qu'il était entré en application, il était interdit aux faës de verser le sang des mortels. La mort – la pire des sanctions pour un être privé d'âme – attendait celui des faës qui s'y risquerait malgré tout.

Aussi la vie de la dernière des *sidhe-seers* n'était-elle nullement menacée, contrairement à ce qu'elle craignait. Même si Aoibheal finissait par apprendre son existence et lançait les Traqueurs à ses trousses, il serait formellement interdit à ceux-ci de mettre à mort leur proie. Mais cela, Gabrielle ne pouvait le savoir. Tout avait été fait pour que la plupart des humains ignorent l'existence du Pacte. Seuls les MacKeltar, un clan des Highlands descendant des premiers druides, entretenaient son souvenir et faisaient en sorte de remplir les devoirs et obligations qu'il exigeait de leur part.

Il n'y avait donc rien d'étonnant à ce que Gabrielle ait été convaincue de devoir combattre pour sa survie, lorsqu'il était apparu sur le seuil de sa maison. Comment aurait-elle pu deviner qu'elle n'avait rien à craindre de lui ? Même aux plus sombres moments de son existence, au cours de ces siècles où il avait été le plus indomptable des faës, réfractaire à toute morale et à toute discipline, jamais il n'aurait touché à un cheveu de sa tête. S'amuser d'elle sans merci ni vergogne ? Oui, sans doute. La tuer ? Jamais.

Spontanément, il lui avait donné le surnom de *ka-lyrra*, sans même réaliser à quel point il lui convenait. Le *ka-lyrra* était un petit animal originaire de Danu, patrie perdue des Tuatha Dé Danaan. Doté d'une fourrure soyeuse au dessin merveilleux, il avait de grands yeux phosphorescents, de fines pattes de velours et une queue touffue et rayée. Sa beauté délicate était attirante, mais sa morsure était dangereuse, même pour un faë. Si elle n'était pas mortelle, elle causait néanmoins de vives et longues souffrances. Bien peu s'étaient risqués à essayer de l'apprivoiser, et encore plus rares étaient ceux à y être parvenus.

Oui, vraiment, ce surnom allait comme un gant à Gabby O'Callaghan. De toutes les femmes qui avaient croisé sa route, elle était la seconde à ne pas se transformer devant lui en courtisane uniquement soucieuse de s'attirer ses faveurs. Même la vieille *sidhe-seer* à l'article de la mort s'était montrée coquette et entreprenante avec lui… À la toute fin, l'espace d'un instant, il lui avait fait la grâce de lui rendre l'éclat de sa jeunesse d'antan et lui avait pris son dernier souffle dans un baiser.

— Eh bien ? lança Gabrielle, le tirant de sa rêverie. De quels « plans » s'agit-il ?

Avant de lui répondre, Adam la dévisagea un instant. La colère retroussait ses lèvres en un rictus caustique et faisait frémir ses narines délicates. Pourtant, en dépit de cette attitude bravache, un soupçon d'appréhension hantait encore ses jolis yeux. Pour rien au monde il ne voulait qu'elle le craigne. La peur ne ferait que contrarier ses plans, en retardant le moment où il pourrait la séduire et la convaincre de l'aider à reconquérir son immortalité.

— Je t'ai déjà dit que je n'avais pas l'intention de te faire du mal, répondit-il enfin. J'ai juste besoin de ton aide pour résoudre… un petit problème.

— Vous, vous avez besoin de mon aide ? s'étonna-t-elle en plissant les yeux avec méfiance. En quoi pourrais-je aider un faë tout-puissant ?

— Justement… grommela-t-il. Je ne suis plus tout-puissant pour le moment.

Voilà qui serait peut-être de nature à la rassurer.

— Vraiment ? Expliquez-moi cela.

Elle l'étudiait à présent avec un intérêt un peu trop calculateur à son goût… La rassurer était une chose, mais il ne tenait pas à devoir constamment rester sur ses gardes en sa présence.

— Gabrielle… susurra-t-il en secouant la tête d'un air attristé. Je ne suis peut-être plus tout-puissant, mais je reste incomparablement plus fort que toi et que la plupart des humains. Veux-tu que je te le prouve ?

Avec une lenteur de culturiste effectuant ses exercices, il s'étira sur sa chaise, pleinement conscient de tous les muscles qui jouaient souplement sous sa peau. Sa belle Irlandaise eut beau feindre l'indifférence, il lui fut impossible de ne pas enregistrer d'un œil gourmand sa démonstration de force.

— Je vois que nous nous comprenons… conclut-il en se penchant vers elle, un sourire satisfait aux lèvres. Maintenant, écoute-moi bien, *sidhe-seer*…

Gabby écouta avec attention Adam Black, les yeux plissés par la concentration, en s'efforçant de prendre mentalement des notes. Ce qu'il lui révéla suffit à entretenir la petite flamme d'espérance qui s'était allumée au fond de son cœur. Non seulement Adam Black n'était plus tout-puissant, mais il se retrouvait de plus piégé dans le corps d'un homme de chair et de sang.

« Waouh ! roucoula une voix traîtresse en elle. Ce splendide spécimen de la gent masculine serait donc humain, après tout ? »

« Ferme-la un peu ! » ordonna Gabby en son for intérieur. Pourquoi fallait-il qu'une version à peine pubère d'elle-même continuât de vivre ainsi en elle ?

Non seulement le plus dangereux des faës était à présent humain – ce qui expliquait qu'il n'ait pas les yeux iridescents et qu'il ait saigné sous ses coups –, mais il devait également subir en permanence le triple effet du *féth fiada*. Hormis elle, aucun mortel ne pouvait le voir, l'entendre ou le toucher. Situation d'autant plus inconfortable pour Adam Black que, privé de ses pouvoirs, il était condamné à rester prisonnier du monde des hommes.

Mais une chose intriguait Gabby plus que tout : pour quelle raison prenait-il le risque de lui avouer tout ceci, de lui révéler qu'il ne représentait plus pour elle qu'une menace purement physique et qu'il lui était impossible de faire appel aux Traqueurs ? Lorsqu'elle lui demanda pourquoi la reine des Tuatha Dé Danaan lui avait infligé un tel châtiment, il ne lui répondit pas. Mais, après tout, que lui importait ? Elle n'allait pas mourir, et c'était bien tout ce qui comptait pour elle… Il ne pouvait pas la tuer sans se priver du même coup de la seule personne sur terre capable de lui tenir compagnie. En réalité, il avait terriblement besoin d'elle.

Un doute vint soudain tempérer le soulagement que lui procurait cette prise de conscience.

— Attendez… dit-elle d'une voix suspicieuse. Comment faites-vous pour vous mouvoir aussi vite qu'un faë, si vous êtes vraiment aussi inoffensif que vous le prétendez ?

Adam Black haussa les épaules et croisa les bras d'un air boudeur.

— C'est le seul pouvoir que ma reine m'ait laissé, reconnut-il. Et encore, je ne peux franchir ainsi que de courtes distances. Je suppose qu'elle m'a accordé ce pouvoir pour que je sois capable de me maintenir en vie maintenant que je suis mortel. Elle veut me voir souffrir, pas disparaître…

— Et mis à part celui-ci, insista Gabrielle, elle ne vous a vraiment laissé aucun autre pouvoir ?

Adam Black lui adressa un regard glacial et lui lança d'une voix menaçante :

— N'espère pas pouvoir m'échapper, belle Irlandaise. Je ne le permettrai pas. Il serait malavisé de ta part d'imaginer que je suis…

Il marqua une pause, comme pour choisir ses mots avec soin, et conclut avec un sourire entendu :

— … impuissant, de quelque manière que ce soit.

Gabby préféra ne pas relever. Il ne lui serait pas venu à l'esprit de sous-estimer la virilité de cette bombe sexuelle bourrée de testostérone.

— Pourquoi tenez-vous à ce point à parler à ce Circenn Brodie ? reprit-elle.

— Parce qu'il a le pouvoir de me ramener au royaume des faës.

— C'en est un, lui aussi ?

Instantanément, Gabby s'était raidie sur son siège. Il lui suffisait amplement de s'être trahie aux yeux d'un faë. Pour rien au monde elle n'accepterait d'aller se jeter de son plein gré dans les pattes d'un autre.

— À moitié seulement. Il est aussi à moitié humain, et il a choisi de résider dans le monde des mortels.

Gabby ignorait qu'un tel métissage pût exister, mais cela ne la rassurait en rien.

— Et une fois que je vous aurai servi d'intermédiaire et qu'il vous aura ramené chez vous, que se passera-t-il ? demanda-t-elle.

— Alors, tout redeviendra comme avant, et je serai de nouveau invincible et immortel.

À défaut de pouvoir hausser les épaules, Gabby leva les yeux au plafond et soupira.

— Je voulais dire : qu'adviendra-t-il de moi ? Vous êtes sans doute le principal sujet de préoccupation de votre petit monde narcissique, mais au risque de vous surprendre, sachez qu'il en va de même pour moi.

Après un instant de surprise, Adam Black rejeta la tête en arrière et éclata d'un rire tonitruant, les yeux étincelants de gaieté. Sans se départir de son impassibilité, Gabby l'examina. Son corps était peut-être humain, songea-t-elle, mais il avait encore la beauté exotique et terriblement dangereuse de celui d'un faë.

Quand il eut repris son sérieux, Adam Black la fixa droit dans les yeux et susurra d'une voix enjôleuse :

— Il adviendra de toi ce qu'il te plaira, *ka-lyrra*... Tu n'auras qu'à exprimer tes souhaits les plus chers, tes désirs les plus secrets, et je ferai en sorte de les exaucer.

Peut-être Gabby aurait-elle pu se laisser tenter par ses promesses voilées de délices sensuelles infinies si elle avait été bercée dans son enfance par des contes de fées et les films de Walt Disney. Mais, n'en déplaise à l'adolescente qui trépignait en elle et la poussait à accepter sans rechigner le marché de dupes qu'il lui proposait, elle avait grandi dans la crainte que lui inspiraient les terrifiantes histoires de faës abusant d'innocentes jeunes filles que lui racontait sa grand-mère.

— Et si je refuse ? s'enquit-elle.

Adam Black haussa un sourcil étonné.

— Si tu refuses quoi ?

— De vous aider.

— Pourquoi refuserais-tu de m'aider ? Ce que je te demande n'est pas grand-chose en comparaison de ce que j'ai à t'offrir.

Gabby émit un claquement de langue agacé.

— Cessez de me prendre pour une imbécile ! Comment pouvez-vous croire un seul instant que je vais me signaler ainsi à l'attention des faës ? Je ne suis pas stupide. Jamais ils ne laisseront une *sidhe-seer* leur échapper.

Toute trace d'amusement disparut brusquement du visage d'Adam Black. Le regard empli d'une troublante intensité, il posa les coudes sur ses genoux et se pencha vers elle.

— S'il le faut, je te protégerai, promit-il avec solennité. Tu as ma parole.

— Fantastique ! s'exclama-t-elle d'un ton railleur. J'ai la parole du plus sombre des faës, connu depuis des siècles pour mentir et tromper sans vergogne pour parvenir à ses fins.

Un muscle tressaillit dans la mâchoire de son interlocuteur.

— Je n'ai pas été que cela ! protesta-t-il, comme si sa remarque l'avait réellement blessé. J'ai également été – et je continue d'être – beaucoup d'autres choses encore.

— Oh, bien sûr ! Où avais-je la tête ? J'oubliais votre réputation de séducteur sans scrupules et de corrupteur de vierges innocentes…

En le voyant plisser les yeux avec gourmandise, Gabby comprit qu'elle aurait mieux fait de se taire.

— Je ne t'ai pas encore pris ta virginité, *ka-lyrra*. Et pourtant, rien n'aurait pu m'empêcher de le faire si je l'avais voulu, étant donné que je suis deux fois plus fort que toi.

Les joues brûlantes, elle releva le menton et lâcha sèchement :

— Et quelle garantie puis-je avoir que vous ne le ferez pas ?

Un sourire dangereux joua sur les lèvres du faë.

— Aucune, reconnut-il. En fait, tout ce que je peux te garantir, c'est que je serai ravi de te voler ta virginité et ton innocence. Mais je veux bien t'accorder cette promesse : quand je le ferai, ce sera parce que tu me l'auras toi-même demandé ; parce que tu m'auras supplié, les yeux dans les yeux, de te faire l'amour comme tu le mérites.

Ses paroles laissèrent Gabby sans voix, et elle dut se faire violence pour se remettre à respirer normalement. Force lui était de reconnaître qu'en matière d'intimidation, Adam Black possédait un indéniable savoir-faire...

Pour la forme, elle s'apprêtait à monter sur ses grands chevaux, à jurer qu'il gèlerait en enfer avant que ce jour arrive, mais Adam Black ne lui en laissa pas le temps. Il se redressa d'un bond et la domina de toute sa hauteur.

— C'en est assez. J'attends ta réponse. Acceptes-tu de m'aider, oui ou non ?

Gabby déglutit péniblement. Si elle accédait à sa requête, elle savait qu'elle n'en sortirait pas indemne – vivante, peut-être, mais sûrement pas libre de ses mouvements. Si les faës apprenaient son existence, il n'y avait aucune chance pour qu'ils la laissent filer comme si de rien n'était. Ils n'avaient pas passé des millénaires à pourchasser ses semblables pour lui permettre aujourd'hui de s'en tirer à si bon compte. D'autant qu'à son âge, elle était parfaitement apte à donner naissance à toute une lignée de *sidhe-seers*...

Certes, Adam Black avait promis de la protéger. Mais en admettant qu'elle puisse lui faire confiance et qu'il n'oublie pas sa promesse dès qu'il aurait recouvré ses pouvoirs – ce qui n'était en tout état de cause qu'une hypothèse d'école – , quel poids pèserait sa volonté face à la toute-puissante Aoibheal ?

Tout bien réfléchi, il ne lui restait qu'une solution.

Se préparant à affronter la rage du faë qui attendait sa réponse, Gabby renversa la tête en arrière, de manière à soutenir son regard impérieux fixé sur elle.

— Non, répondit-elle enfin. Je refuse de vous aider.

Elle retint son souffle, attendant sa réaction. Adam Black la dévisagea un long moment, le regard indéchiffrable, le visage de marbre, sans rien faire ni rien dire. Les nerfs tendus comme des cordes de piano prêtes à se rompre, Gabby se tassa sur elle-même, certaine qu'il tenterait de lui arracher par la force l'accord qu'il n'était pas parvenu à obtenir par la persuasion.

Elle fit une prière rapide pour avoir la force de supporter ce qu'il lui réservait sans flancher. Bien qu'humain physiquement, il restait tout de même un faë, habitué à obtenir tout ce qu'il voulait. N'ayant ni âme, ni cœur, ni sentiments, il ne fallait pas espérer de sa part la moindre indulgence. En fait, elle s'attendait à tout, sauf à ce qu'il finit par faire, au terme d'une insupportable attente.

Après s'être incliné brièvement, comme pour se plier à sa volonté, il s'accroupit et lui délia les jambes. Puis, avant qu'elle ait pu réaliser ce qui lui arrivait, il passa ses bras puissants autour d'elle pour détacher ses mains. Comme elle demeurait assise sur sa chaise, trop surprise pour bouger, il s'écarta et se redressa. Elle eut le temps de voir un sourire satisfait se dessiner sur ses lèvres sensuelles. L'instant d'après, il avait disparu.

7

Soutenue par une douche glacée, une dose massive de caféine et un impérieux besoin de normalité, Gabby se rendit au travail. Sa vie partait peut-être à vau-l'eau, mais il ne lui était pas interdit de faire comme si de rien n'était…

De toute façon, malgré son épuisement, elle savait qu'il lui aurait été impossible de dormir. Depuis qu'Adam Black s'était inexplicablement éclipsé, elle était trop à cran, trop constamment sur ses gardes pour se risquer à fermer l'œil. Avec appréhension, elle guettait sa réapparition, car il ne faisait aucun doute pour elle qu'il ne s'avouerait pas si facilement vaincu et qu'elle devrait tôt ou tard repousser de nouveaux assauts.

Lorsqu'il l'avait libérée, sa première réaction avait été de mettre son plan de fuite à exécution, de sauter dans sa voiture pour laisser derrière elle le plus de kilomètres possible. Mais il lui avait suffi d'y réfléchir à deux fois pour y renoncer. Rien ne lui prouvait que le faë ne lui avait pas menti en affirmant ne plus posséder qu'un pouvoir limité.

De toute façon, l'aurait-il laissée libre de ses mouvements, alors qu'elle était la seule à pouvoir communiquer avec lui, s'il n'avait pas été sûr de la retrouver ? Dans ces conditions, pourquoi chercher à fuir ? Il n'en résulterait qu'une perte d'énergie inutile, et mieux valait qu'elle préserve ses forces pour l'inévitable bataille à venir.

Parmi les questions qui la taraudaient, il en était une qui la troublait particulièrement. Pourquoi, alors que cela lui aurait été si facile, n'avait-il pas fait usage de la force pour l'obliger à lui obéir ? Il s'était contenté de sourire, avant de disparaître sans même une menace.

Mais peut-être ce sourire était-il en lui-même menaçant, et peut-être Adam Black gardait-il en réserve un moyen de coercition plus efficace et plus imparable que la violence. Même si elle se doutait qu'elle le saurait bien assez tôt, Gabby n'était pas pressée de le découvrir.

— O'Callaghan, pourriez-vous me dire par hasard où en est le dossier Brighton ?

Le patron de Gabby, Brad Staller, venait de surgir à l'improviste, comme à son habitude. Penché au-dessus de son minuscule bureau encombré de dossiers et de livres de lois, appuyé sur ses bras tendus, il la dévisageait d'un air sévère qui n'augurait rien de bon.

— Ce travail aurait dû être bouclé la semaine dernière, reprit-il. À présent, nous aurons de la chance si nous pouvons obtenir une audience en septembre.

Le cœur battant à tout rompre, Gabby se redressa et fit de son mieux pour se ressaisir. Surprise par l'intrusion de Staller, elle avait failli renverser son quatrième café de la journée. Les yeux brûlants de larmes contenues, elle jeta un coup d'œil à la pendule derrière lui. Déjà 14 h 30…

— Vous l'aurez sur votre bureau à 16 heures, promit-elle. Sans faute.

Staller ne se dérida pas pour autant.

— C'est bien à cette heure-là mais hier que vous étiez censée me l'apporter… Seulement, vous n'avez même pas daigné vous montrer après le déjeuner. Serait-ce trop vous demander de me dire pourquoi ?

Gabby garda les yeux fixés sur la pendule derrière lui, préférant éviter son regard. Elle n'avait jamais été une très bonne menteuse.

— Je… euh… j'étais malade. Très malade. Sans doute à cause des *sushis* que j'avais mangés.

— Des *sushis* ? s'étonna-t-il. Vous ne m'aviez pas dit que vous alliez manger un *chili* avec une amie ?

Gabby chercha désespérément un nouveau mensonge à invoquer, tout en maudissant mentalement son patron. Pourquoi diable s'encombrait-il l'esprit avec des détails insignifiants ? N'avait-il donc rien de mieux à faire ? Avant de sortir déjeuner, la veille, elle lui avait donné ce prétexte pour couvrir son rendez-vous avec Marian Temple, sans se douter qu'il lui reviendrait comme un boomerang en pleine figure…

— Mon amie s'est décommandée, expliqua-t-elle d'une voix trop haut perchée. Alors, j'ai dû changer mes plans. Je suis désolée de n'avoir pu vous appeler, mais je me sentais vraiment trop mal. Vous savez comme ces intoxications alimentaires sont redoutables…

Pour donner plus de poids à ses paroles, elle se força à soutenir son regard inquisiteur. Ses yeux cernés et son visage rendu blême par le manque de sommeil plaideraient en sa faveur mieux qu'un long discours.

— Eh bien… fit derrière elle une voix masculine reconnaissable entre toutes. Et c'est moi qui suis menteur et manipulateur ? À t'entendre, *ka-lyrra*, nous avons au moins quelque chose en commun…

Sachant déjà à quoi s'attendre, Gabby tourna lentement la tête et découvrit Adam Black, allongé avec grâce et insouciance sur le grand secrétaire en bois où elle rangeait ses dossiers. S'il portait toujours son torque et ses brassards en or, il avait remplacé son jean usé et sexy par un pantalon en cuir noir moulant et son tee-shirt ajusté par une chemise en soie, noire elle aussi. Le tout paraissait provenir de la plus chic et de la plus chère des boutiques, tout comme les bottes en cuir fin et manifestement hors de prix qui complétaient sa tenue. Protégé comme il l'était par le *féth fiada*, il avait les moyens de jouer les gravures de mode, songea-t-elle. Menteur, manipulateur et voleur…

— Fichez-moi la paix ! marmonna-t-elle tout bas. Nous n'avons rien en commun.

— Que dites-vous ? demanda Brad Staller, interloqué, en suivant la direction empruntée par son regard. Vous vous sentez bien, O'Callaghan ?

Gabby tourna brusquement la tête vers lui et se lança dans un torrent d'explications maladroites et embrouillées.

— Je voulais dire que sur ce point, on ne se ressemble sans doute pas, tous les deux. J'ai toujours eu un système digestif très fragile. J'aurais dû savoir qu'il n'était pas prudent d'acheter des *sushis* à un vendeur ambulant… Pourtant, ils avaient l'air bons, et j'avais si faim que je me suis laissé tenter. Dieu sait qu'on ne m'y reprendra plus ! Quoi qu'il en soit, monsieur Staller, je vous prie de m'excuser et je vous promets que le dossier Brighton sera sur votre bureau à 16 heures. Sans faute.

À bout de souffle, elle ponctua son discours d'un sourire qui se voulait éblouissant, mais qui dut ressembler bien plus à une douloureuse grimace.

Le visage impassible, manifestement aussi insensible à son charme qu'à ses explications, Staller grommela :

— Trop tard, O'Callaghan. Je suis attendu au tribunal dans un quart d'heure et je ne repasserai pas ici aujourd'hui. Mais il vaudrait mieux pour vous que ce dossier soit sur mon bureau demain matin à la première heure. Pensez aussi au dossier Desny et au décryptage de l'expertise Elliot, que je vous réclame depuis quinze jours. Compris ?

— Oui, monsieur, acquiesça Gabby en serrant les dents.

Dès que son patron eut tourné les talons, elle lança par-dessus son épaule un regard noir au faë, qui n'avait pas bougé de son poste d'observation. Sans s'émouvoir, celui-ci lui décocha un clin d'œil assorti d'un sourire langoureux.

— Oh, j'oubliais, O'Callaghan…

Elle tourna précipitamment la tête pour assister au retour de son patron.

— Pendant que vous y serez, ajouta-t-il avec un sourire froid, rassemblez-moi les éléments de jurisprudence pour le dossier Rollins. Disons… pour lundi matin.

Gabby attendit qu'il soit définitivement sorti de la pièce pour pousser un long soupir découragé et laisser sa tête retomber sur le bureau.

— Pourquoi moisis-tu ici, *ka-lyrra* ? s'étonna la voix tentatrice d'Adam Black dans son dos. La journée est splendide. Le soleil brille. Le monde fourmille d'aventures qui ne demandent qu'à être vécues. Pourquoi t'obstiner à rester des heures dans ce réduit encombré, à supporter les brimades de ce tyran ?

Gabby ne prit pas la peine de relever la tête pour le regarder. Elle avait toujours autant de raisons d'avoir peur et de se méfier de lui, mais elle était trop fatiguée pour être encore effrayée. La peur requérait un minimum d'énergie, et elle n'en avait plus depuis des heures.

— Parce que j'ai des factures à payer, répondit-elle d'une voix morne. Parce qu'on ne peut pas tous être tout-puissants. Parce que la vie est ainsi.

— Ceci n'est pas la vie, c'est l'enfer.

Piquée au vif, Gabby trouva le courage de se redresser et ouvrit la bouche pour protester. Puis elle jeta un coup d'œil autour d'elle et la referma. Elle n'aurait pas trop du reste de ce jeudi pour venir à bout du dossier Brighton. Le cas Desny et l'expertise Elliot lui prendraient toute la journée du lendemain. Quant à la jurisprudence pour le dossier Rollins, autant installer un lit de camp dans son bureau et y consacrer tout le week-end. Le faë avait vu juste : si ce n'était pas l'enfer, Little & Staller en était au moins l'antichambre sur terre…

— Qu'êtes-vous venu faire ici ? s'enquit-elle sèchement sans se retourner. Me torturer ? Vous amuser à me voir souffrir ? Faites ce que vous avez à faire, mais faites-le vite ! Si vous voulez me tuer et mettre un terme à cette vie de misère, allez-y. Mais si vous ne le faites pas, partez. J'ai du travail.

Le silence retomba dans la pièce. La tentation était grande de se retourner pour voir s'il lui avait obéi, mais elle parvint à y résister. Quand la voix d'Adam Black retentit de nouveau, tout contre son oreille, elle ne put s'empêcher de sursauter.

— La violence est le refuge des faibles d'esprit, *kalyrra*. Seul un fou cherche à conquérir quand il peut séduire.

— Fantastique ! lança-t-elle en serrant les poings sur son bureau. Un faë qui lit Voltaire… À présent, laissez-moi.

— Erreur, corrigea-t-il. Un faë qui a connu Voltaire. Quant à te laisser, je crois que tu n'as pas encore très bien saisi la situation, Gabrielle. Je fais dorénavant partie intégrante de ton existence. Nous avons tant de choses à partager, tous les deux ! Je ne te laisserai jamais.

Ce fut bien après minuit que Gabby se retrouva enfin allongée dans son lit, entièrement habillée, le drap relevé jusqu'au menton et retenu entre ses poings serrés. Ivre de fatigue, elle redoutait pourtant de fermer les yeux, de peur de découvrir à son réveil Adam Black dans le lit à ses côtés. Le pire serait de ne pas se réveiller à temps pour l'empêcher de parvenir à ses fins avec elle. Au moins, en restant habillée, ne lui faciliterait-elle pas la tâche et aurait-elle des chances de se réveiller avant qu'il ne soit trop tard.

Comme pour lui prouver qu'il ne plaisantait pas quand il avait déclaré qu'il ne la laisserait jamais, le faë était resté pendu à ses basques tout l'après-midi. Après l'avoir entendue à plusieurs reprises pester à voix haute et parler toute seule, la moitié de ses collègues devaient être à présent convaincus qu'elle était bonne pour l'asile… Il n'y avait guère qu'aux toilettes qu'Adam Black ne l'avait pas accompagnée. Et encore avait-elle dû lui claquer la porte au nez pour lui barrer la route.

Avec une totale impudeur, il n'avait cessé de la tenter, de la provoquer, de frotter à la moindre occasion contre elle ce corps de dieu antique dont il paraissait – à juste titre – si fier. Bref, il s'était montré à la hauteur de sa réputation et s'était ingénié à lui rendre la vie impossible.

Elle était restée au cabinet bien longtemps après que les autres étaient partis, le nez plongé dans ses dossiers, si fatiguée et distraite qu'il lui fallait deux fois plus de temps qu'à l'ordinaire pour accomplir la moindre tâche. Vers 21 heures, elle avait connu un bref soulagement en constatant que son encombrant compagnon s'était éclipsé. Un quart d'heure plus tard, il était réapparu, les bras chargés d'un somptueux dîner directement prélevé dans les cuisines du restaurant français le plus réputé de la ville.

Trop exténuée pour protester, elle l'avait laissé disposer avec soin les victuailles sur son bureau.

— Mange, Gabrielle… lui avait-il glissé à l'oreille avant de se poster derrière elle, les mains posées sur ses épaules.

Puis l'une de ses mains avait pris en coupe la base de son crâne, tandis que l'autre entamait un savant massage de sa nuque. Au lieu de laisser libre cours à son indignation, comme elle aurait dû le faire, elle avait fermé les yeux et failli se mettre à ronronner de bonheur. Et quand, dans un ultime sursaut de fierté, elle s'était dérobée à ce contact et lui avait dit ce qu'il pouvait faire du fruit de ses larcins, seuls le vide et le silence des bureaux déserts lui avaient répondu. Depuis, elle ne l'avait pas revu.

Elle savait à présent à quoi s'en tenir quant à sa stratégie, et ce n'était pas pour la rassurer. Bien trop intelligent pour faire usage de la force, Adam Black allait s'attacher à ses pas comme son ombre, la rendre folle par sa constante présence, épuiser sa résistance en la tentant de mille et une manières. Il allait s'efforcer de surmonter ses réticences en se montrant non pas cruel et brutal, mais, au contraire, gentil et attentionné, charmant et séducteur. Son plan était à ce point habile que c'en était à se demander s'il n'avait pas percé à jour son fantasme secret. Bien malgré elle, était-elle sur le point de trouver ce prince charmant faë qui avait nourri ses rêveries adolescentes ?

« Le monde fourmille d'aventures qui ne demandent qu'à être vécues », lui avait-il susurré dans son bureau gris et triste à mourir, entouré de dizaines d'autres bureaux gris et tristes à mourir, dans un immeuble tout aussi gris et triste à mourir. Quant au soleil avec lequel il avait essayé de la tenter, il lui fallait bien reconnaître qu'elle ne le voyait plus beaucoup. La plupart du temps, il n'était pas encore levé quand elle arrivait au cabinet, et la nuit était déjà tombée lorsqu'elle en repartait.

Avec un grognement d'exaspération, Gabby se retourna dans son lit et martela son oreiller de ses poings, avant d'y enfouir sa tête. Son pantalon de jogging tire-bouchonnait autour de ses jambes. L'armature de son soutien-gorge lui meurtrissait la poitrine. Son tee-shirt remontait sur son ventre. Ses chaussettes glissaient inexorablement sur ses pieds. Elle n'avait jamais dormi tout habillée, et en dépit de la fenêtre ouverte et du ventilateur, il faisait chaud comme dans un four dans sa chambre au premier étage de la tour octogonale. Déjà, ses cheveux pendaient en mèches humides contre son cou, et un filet de sueur coulait entre ses seins.

— Je vais te tuer, Adam Black ! marmonna-t-elle entre ses dents serrées.

Soudain frappée de plein fouet par une évidence qui lui avait jusqu'alors échappé, Gabby rouvrit grand les yeux et se redressa dans son lit.

Adam Black n'avait plus la toute-puissance d'un faë immortel. Pris au piège d'un corps humain, il pouvait être tué… Pourquoi chercher plus loin la solution à ses problèmes ?

— Je n'ai besoin que de quatre d'entre vous, expliqua Darroc, incapable de masquer totalement son dégoût.

Il aurait tout aussi bien pu l'afficher clairement. Les Traqueurs étaient des créatures trop barbares pour s'en offusquer.

— Une escouade serait plus efficace, protesta Bastion.

Le plus puissant et le plus ancien des Traqueurs fit battre faiblement ses ailes en cuir et jeta de longs regards affamés sur le paysage verdoyant de collines et de bois qu'ils dominaient. En voyant ses narines frémir d'une rage meurtrière irrépressible, Darroc se demanda s'il avait bien fait de tirer cette créature du royaume glacé où les siens croupissaient. Pour lui expliquer ce qu'il attendait de lui, il avait choisi le sommet du mont Tara, afin de lui rappeler tout ce que ses semblables avaient perdu… et tout ce qu'ils avaient à gagner à faire alliance avec lui.

— Là où le nombre risquerait d'échouer, répondit-il sèchement, la discrétion triomphera. Une escouade de Traqueurs lâchée dans le monde des hommes serait trop visible et ruinerait mes plans. Désires-tu pouvoir fondre à ta guise sur les humains, Bastion, comme vous le faisiez, toi et les tiens, avant le Pacte ?

— Tu le sais bien…

— Fais ce que je te dis et ce jour viendra. Désobéis-moi et il ne se lèvera jamais.

Dans le dos du Traqueur, les ailes noires s'agitèrent nerveusement.

— Les Traqueurs n'obéissent à personne ! gronda-t-il en tournant vers lui ses yeux couleur de flamme.

— Depuis que le Pacte a été signé, nous devons tous lui obéir, répliqua Darroc, à bout de patience. Et c'est bien à cette situation intolérable que je veux mettre un terme. Acceptes-tu de suivre mes ordres ou dois-je conclure que tu te satisfais de ta prison glacée, où la reine vous maintient sous le joug, comme des bœufs à l'étable ?

Les lèvres retroussées sur ses impressionnantes dents jaunes en un rictus de dépit, Bastion hocha brièvement la tête en signe d'assentiment.

— Très bien, grommela-t-il. Quatre Traqueurs, pas un de plus. As-tu une idée de l'endroit où nous pourrons le trouver ?

— Pas encore. Aoibheal n'a rien voulu révéler de son sort et a interdit que l'on prononce désormais son nom à la cour. Quant à mes espions, ils ne sont pas encore parvenus à le localiser. Essayez d'abord l'Écosse, les Highlands. Il y a donné naissance à un fils, un bâtard mi-humain, mi-faë, autrefois.

— Et quand nous l'aurons découvert ?

Un sourire de contentement s'épanouit sur les lèvres de Darroc. Il partageait l'impatience du doyen des Traqueurs. Son désir d'en revenir au bon vieux temps faisait écho au sien. Il se sentait tout aussi prisonnier sur l'île de Morar que Bastion dans son royaume glacé.

— Vous pourrez le tuer, répondit-il tranquillement. Mais attention ! Il vous faudra faire en sorte qu'on ne puisse soupçonner votre intervention. Mettre Adam Black hors d'état de nuire n'est que la première étape de mon plan. Aoibheal ne doit se douter de rien.

8

Gabby émergea d'un sommeil de plomb un peu avant l'aube. L'espace d'un délicieux instant, alors que son corps s'éveillait mais que son esprit était encore dans les brumes du rêve, elle put croire que commençait pour elle un jour comme un autre, normal, paisible, rempli de tâches banales et de soucis ordinaires.

Puis, brusquement, les souvenirs de ses mésaventures récentes lui revinrent en mémoire. Non contente d'avoir raté le job de sa vie, elle s'était trahie aux yeux du plus dangereux des faës, avait récolté une semaine de travail à faire en un week-end et transformé sa vie en enfer.

Avec un grognement de protestation, elle roula sur le côté, dans l'espoir de replonger dans le sommeil et d'oublier une si cruelle réalité. Hélas, il fallait croire que rien ne lui serait épargné.

Adam Black se trouvait chez elle, sous la douche, à quelques mètres à peine de son lit. Elle l'entendait se laver en chantant gaiement une chanson d'amour. Elle n'avait aucune difficulté à l'imaginer – aussi grand, dangereux et sexy que la veille, mais beaucoup, beaucoup plus déshabillé. De sa voix grave et veloutée aux troublants accents celtiques, il proclamait à qui voulait l'entendre à quel point il serait un homme heureux le jour où « sa chérie » serait à lui.

« Et moi donc ! » soupira au tréfonds d'elle-même une voix d'adolescente enamourée qui n'était sûrement pas celle de sa conscience.

— J'ai besoin d'une arme, marmonna-t-elle.

Et à défaut de pouvoir faire taire les deux voix qui la harcelaient, elle plongea la tête sous l'oreiller.

Lorsque Gabby arriva à son bureau, Jay, le collègue qui occupait le box voisin du sien, travaillait déjà.

— Il me faut un revolver, lui annonça-t-elle sans préambule, après avoir glissé son sac dans un tiroir et posé son café sur son sous-main. Tu sais où je pourrais m'en procurer un ?

— Que veux-tu en faire ? s'étonna-t-il, sans détourner les yeux de son écran.

— Je ne me sens pas très en sécurité, toute seule dans ma grande maison.

Le mensonge lui était venu tout naturellement aux lèvres. Il fallait croire qu'elle faisait des progrès dans ce domaine. Peu lui importait ce que son collègue allait penser, puisqu'elle n'avait pas à assurer ses arrières. Pour prouver qu'il y avait eu meurtre, il fallait un cadavre. Or, elle était la seule à pouvoir distinguer la future victime. Pas de corps, pas de crime… C'était aussi simple que cela. Qui plus est, il ne fallait pas perdre de vue qu'il s'agissait de légitime défense, purement et simplement.

— Prends des cours de karaté, conseilla Jay.

Gabby leva les yeux au plafond.

— Et pendant les quelques années qu'il me faudra pour devenir ceinture noire, qu'est-ce que je fais ?

Toujours hypnotisé par son écran, son collègue haussa les épaules.

— Demande à ton petit ami d'emménager chez toi.

Cette fois, ce fut à Gabby de hausser les épaules.

— Je n'ai plus de petit ami, avoua-t-elle piteusement.

Cela parut surprendre suffisamment Jay pour qu'il quitte des yeux son ordinateur et lui jette un regard apitoyé.

— C'est sans doute parce que tu travailles trop, Gabby... Je parie qu'il en a eu plus qu'assez de te voir mariée à ton job. Je le comprends. Tu sais...

Après avoir regardé à droite et à gauche pour s'assurer que personne n'arrivait, il conclut, en baissant prudemment la voix :

— Brad ne t'accablerait pas autant de travail si tu ne le laissais pas faire. Que crois-tu qu'il ait prévu de faire ce week-end pendant que tu resteras cloîtrée ici, à potasser pour lui le dossier Rollins ? Je l'ai entendu ce matin téléphoner à des amis pour organiser une partie de golf.

— Merci du renseignement, rétorqua Gabby, qui sentait la moutarde lui monter au nez. Mais je ne t'ai pas demandé d'avis sur moi, ni sur mon ex-petit ami, ni sur mon patron. Tout ce que je veux savoir, c'est où on peut se procurer un revolver !

— Franchement, tu me fais peur, Gabby, déclara Jay en retournant à son travail en cours. Je ne te dirai rien. Je ne veux pas être mêlé à ça.

Gabby soupira et tourna les talons.

— Merci de ton aide ! lança-t-elle par-dessus son épaule. Heureusement, il me reste l'annuaire.

En pestant tout bas contre les étudiants en droit que leur connaissance des arcanes de la justice transformait en lâches, elle regagna son bureau.

Elle y avait à peine pénétré qu'elle se figea sur place, les dents serrées. Un insupportable sourire de contentement aux lèvres, Adam Black l'attendait, perché sur ce qui était devenu son poste d'observation habituel. Le pantalon de la veille avait été remplacé par un autre, toujours en cuir, mais anthracite, cette fois, seconde peau si ajustée et révélatrice qu'il lui fallut faire un effort pour en détourner les yeux. Moulant et révélateur, le tee-shirt blanc qu'il avait enfilé l'était aussi. Quant aux souliers en daim couleur granit qu'il portait, elle osait à peine imaginer ce qu'ils lui auraient coûté s'il avait dû les payer.

Il lui tendait l'épais volume des pages jaunes. Ses cheveux noirs cascadaient jusqu'à ses hanches, et deux tresses à l'écossaise ornaient ses tempes. Il suffisait à Gabby de le regarder pour avoir la gorge sèche, les paumes moites, et pour que se déverse en elle un flot d'hormones en folie.

— Est-ce déjà la guerre entre nous, *ka-lyrra* ? demanda-t-il d'une voix douce.

D'un geste brusque, Gabby lui arracha l'annuaire des mains.

— C'est la guerre entre nous depuis toujours, dit-elle sèchement. Depuis la première seconde où vous vous êtes imposé dans ma vie.

— Comment ? fit Jay dans le box voisin.

— Rien ! cria-t-elle.

— Je ne vois pas pourquoi il devrait en être ainsi, belle Irlandaise, reprit le faë de sa voix de velours. Les choses pourraient être tellement plus agréables entre nous !

— Vous ne faites pas grand-chose pour ça, répliqua-t-elle en prenant place à son bureau, l'annuaire grand ouvert devant elle. Parce que vous monopolisiez ma salle de bains ce matin, j'ai dû me passer de mon séchoir et de mes pinces à cheveux. En plus, vous avez vidé mon cumulus !

Le souvenir de la douche glacée qu'elle avait dû prendre à toute vitesse au rez-de-chaussée suffisait à entretenir sa mauvaise humeur. Mais le manque d'eau chaude n'était pour rien dans la hâte qu'elle avait mise à se sécher, à s'habiller et à quitter la maison sans même petit-déjeuner. C'étaient la crainte de le voir se matérialiser devant elle au moment le plus inopportun et l'envie de l'éviter qui l'avaient poussée à se dépêcher ainsi.

— Gabby ?

Cette fois, derrière la mince cloison qui les séparait, Jay paraissait vraiment inquiet.

— Je suis au téléphone, Jay !

— Oh ! Désolé... dit-il, manifestement soulagé.

Dans le dos de Gabby, Adam Black laissa éclater un rire complice.

— Tant de mensonges dans une si jolie bouche ! lança-t-il gaiement. Dans ce domaine, je dois reconnaître que tu n'as rien à m'envier. Tu mens tout autant – et tout aussi bien – que moi. Mais ces idées de meurtre me surprennent de ta part et m'amènent à me demander à quelle malfaisante créature le destin m'a lié…

— Oh ! s'écria Gabby en se relevant pour lui faire face. Comment osez-vous inverser les rôles et prétendre que…

Mais il lui fut impossible de laisser libre cours à son indignation. En lui adressant un petit salut ironique de la main, l'imprévisible et insupportable faë se volatilisa.

Plus furieuse que jamais, Gabby se rassit et referma l'annuaire. À présent qu'Adam Black était au courant de ses projets, se procurer une arme ne faisait plus partie de ses priorités. Sans compter qu'elle se leurrait sans doute en imaginant qu'elle aurait le cran de lui tirer dessus. Il avait beau ne pas être humain, il ressemblait bougrement à un homme, et elle n'avait aucune vocation pour le crime.

Résolue à profiter de son absence momentanée pour abattre le plus de travail possible, elle alluma son ordinateur et mit mentalement de côté l'option du meurtre comme solution d'ultime recours, au cas où les choses viendraient à empirer. Que la situation ne fût pas encore à ses yeux suffisamment grave pour requérir des moyens radicaux aurait dû l'inquiéter, mais elle était déjà passée à d'autres sujets de préoccupation.

Avec un soupir à fendre l'âme, elle saisit au sommet de l'impressionnante pile de documents qui l'attendaient le dossier Desny. Elle l'ouvrit devant elle, résignée à s'immerger dans ce cas complexe durant de longues heures. Ce qu'elle découvrit alors à l'intérieur lui fit écarquiller les yeux de surprise.

Adam Black avait décidément l'esprit de contradiction, songea Gabby au terme de sa journée de travail. Jamais là quand on avait besoin de lui, toujours prêt à apparaître au moment le moins opportun… Il ne s'était pas montré à elle depuis le matin, et elle ne pouvait s'empêcher de trouver cette discrétion aussi inquiétante que son omniprésence de la veille. À quel coup tordu devait-elle encore s'attendre de sa part ?

Elle l'apprit quand il se matérialisa devant elle, un peu après 19 h 30, alors qu'elle se retrouvait une fois de plus seule dans les locaux du cabinet. En le voyant apparaître là où, l'instant précédent, il n'y avait que le vide, Gabby sursauta. Elle avait beau être habituée depuis qu'elle était toute petite aux allées et venues des faës, elle avait du mal à se faire aux apparitions d'Adam Black.

Parfaitement à l'aise, il vint se percher sur le coin de son bureau, sur lequel il déposa deux grosses boîtes en carton de nourriture à emporter d'où s'échappait une odeur alléchante. Pour ne pas céder à ce genre de tentation, elle avait cette fois pris ses précautions et s'était gavée au fil des heures de barres de céréales chocolatées. Mais quand elle découvrit sur les boîtes l'estampille élégante du traiteur – *La Maisonnette*, cinq étoiles, rien de moins ! –, son estomac la trahit en émettant un gargouillis revendicatif.

Le doigt pointé sur un épais dossier cartonné dans lequel elle avait rassemblé son travail terminé, elle le fusilla du regard et demanda laconiquement :

— Comment ?

Il feignit la surprise avec talent et s'étonna :

— Comment quoi, *ka-lyrra* ?

— Comment vous y êtes-vous pris pour faire mon travail à ma place ? Ou, plus exactement, quand avez-vous trouvé le temps de le faire ?

Il fit rouler nonchalamment ses épaules puissantes et croisa les bras.

— Je n'ai pas besoin d'autant de sommeil que toi.

— Vous prétendez donc qu'en quelques heures, la nuit passée, vous êtes parvenu à traiter de fond en comble sept de mes dossiers en cours ?

— Neuf, pour être précis. Quand je me suis rendu compte que deux d'entre eux ne t'étaient pas assignés, je les ai mis de côté.

Toujours dubitative, Gabby le dévisagea un long moment, en se tapotant les lèvres d'un air pensif.

— En admettant que vous ayez eu matériellement le temps d'effectuer ce travail, reprit-elle enfin, où avez-vous trouvé les compétences nécessaires ?

— Ne m'insulte pas, s'il te plaît ! protesta-t-il, sincèrement choqué. J'ai derrière moi plusieurs milliers d'années d'existence et j'ai consacré nombre d'entre elles à observer les humains. Il m'a suffi de lire dans tes archives un ou deux de tes travaux pour m'en inspirer. Vos lois sont tellement simples, pour ne pas dire puériles… Je me suis ingénié à rejeter le blâme sur toutes les parties citées au dossier sauf sur celle que tu représentes, en mettant résolument de côté tout élément susceptible d'être retenu à charge. N'est-ce pas ainsi qu'il fallait procéder ?

Gabby s'efforça de ne pas rire. Elle fit vraiment de son mieux pour ne pas même paraître amusée. Mais il avait débité son petit discours avec une telle ingénuité, résumant en quelques phrases tout ce qu'elle détestait dans le travail qu'on lui confiait chez Little & Staller, qu'elle n'y parvint pas. Un petit rire semblable à un hoquet lui échappa, bien vite suivi d'un véritable éclat de rire. Et s'il ne s'était pas montré si satisfait de la voir réagir ainsi, sans doute aurait-elle laissé libre cours à son hilarité encore plus longtemps.

— C'est la première fois que je te vois rire, Gabrielle… murmura-t-il avec un sourire rêveur. Tu es encore plus belle quand tu ris.

Refroidie par ces paroles, Gabby se tut brusquement et eut un mouvement de recul pour tenter d'échapper à la main qu'il tendait vers elle. Mais il était déjà trop tard. Ses doigts lui caressèrent la joue, faisant naître en elle un frisson puissamment érotique.

— Ne me touchez pas ! lança-t-elle d'une voix sifflante. Ne me flattez pas ! Et ne vous avisez plus de faire mon travail à ma place.

— Je voulais juste t'aider, dit-il sans se vexer. Tu paraissais tellement fatiguée, la nuit dernière…

— Qu'est-ce que ça peut vous faire ? Restez en dehors de mon chemin !

— Impossible.

— Pourquoi ? demanda-t-elle d'un ton amer. Parce que je refuse de sacrifier ma vie pour que vous puissiez tranquillement retrouver la vôtre ?

— Tu te trompes, répondit-il d'une voix égale, sans la quitter des yeux. Je ne peux pas rester en dehors de ton chemin parce que je n'aime pas ton patron. Je n'aime ni la façon dont il te traite, ni la façon dont il te regarde. Il n'y a rien chez cet imbécile que j'apprécie. Au lieu de transformer ta vie en enfer, il devrait baiser le sol que tu foules. Quand je serai de nouveau moi-même, je jure de réparer cette injustice !

Figée derrière son bureau, Gabby avait bien du mal à en croire ses oreilles. À en juger par sa réaction enflammée, on aurait pu penser qu'il était réellement furieux et choqué par le traitement que lui réservait son patron. En tout cas, qu'il n'hésitât pas à feindre de s'inquiéter pour elle prouvait clairement qu'il était prêt à tout pour la séduire. À elle de ne pas oublier que, n'ayant ni âme ni cœur, Adam Black était incapable d'éprouver la moindre émotion.

Après avoir récupéré son sac dans le tiroir de son bureau, Gabby se leva et quitta son box sans un regard derrière elle.

Une heure et demie plus tard, tout en triant sans y penser du linge sale dans sa chambre, Gabby continuait de broyer du noir. La routine des tâches ménagères l'aidait à oublier que le *sin siriche du* en personne s'était installé dans sa cuisine, où il était fort occupé à surfer sur Internet – sur l'ordinateur portable qu'il lui avait emprunté sans lui demander son avis –, tout en portant régulièrement à ses lèvres une bouteille de scotch Macallan.

Lorsqu'elle était rentrée chez elle, il s'y trouvait déjà et avait eu le temps de préparer minutieusement l'étape suivante de son entreprise de séduction. Le dîner cinq étoiles qu'elle avait dédaigné au bureau l'attendait sur la table de la salle à manger, servi dans de la vaisselle précieuse qui ne lui appartenait pas.

Sans accorder plus qu'un regard à ce festin, elle avait filé directement vers l'escalier. Mais Adam Black s'était placé résolument en travers de son chemin et l'avait attrapée par le bras. Elle n'avait rien dit, n'avait pas esquissé un geste pour se libérer, même quand il s'était rapproché au point de se retrouver nez à nez avec elle. Stoïquement, elle avait résisté à l'envie de passer sa langue sur ses lèvres, en un geste immémorial d'invite érotique. Elle était parvenue à rester ferme sur ses jambes, à soutenir sans ciller le regard de braise qu'il dardait sur elle, refusant de croire qu'il pût y avoir dans ces yeux noirs pailletés d'or autre chose que de l'égoïsme et une froide détermination. Et si, l'espace d'un instant, il lui avait semblé y lire l'expression d'un désir impérieux, d'une frustration toute masculine, ce ne pouvait être qu'un reflet des chandelles qu'il avait allumées sur la table, rien de plus.

Mais s'il lui était possible de mettre en doute l'attirance qu'il faisait mine d'éprouver pour elle, Gabby ne pouvait nier ses talents de juriste. Les dossiers qu'il avait préparés, les synthèses qu'il avait rédigées à sa place étaient bien meilleurs que tout ce qu'elle avait jamais produit dans sa courte carrière. Lorsqu'elle les avait lus, elle lui avait envié le brio avec lequel il avait su se tirer des deux cas les plus épineux. Au vu des éléments rassemblés, la culpabilité des clients que le cabinet avait à défendre ne faisait aucun doute. Pourtant, il avait su se montrer tellement brillant qu'après avoir lu la défense qu'il avait préparée pour eux, elle aurait juré de leur innocence…

S'il n'avait ni âme ni cœur, conclut-elle en achevant de trier son linge, Adam Black était doté d'une intelligence nettement supérieure à la moyenne. Mais cela n'avait rien de bien surprenant pour un être qui revendiquait plusieurs milliers d'années d'existence, qui avait possédé le pouvoir de se déplacer à sa guise dans l'espace et le temps, et dont les connaissances et l'expérience devaient être phénoménales.

Un tee-shirt blanc serré entre les mains, Gabby se figea, aussi immobile qu'une statue. Elle n'avait pas à examiner le vêtement de plus près pour savoir qu'il n'était pas à elle et pour deviner l'identité de son propriétaire. Elle se mordit la lèvre, hésitante. Que faire ? À n'en pas douter, la dignité imposait d'aller de ce pas dire sa façon de penser à ce sans-gêne qui, non content de s'imposer dans son existence, se croyait de plus autorisé à lui donner son linge sale à laver.

Pourtant, avec un soupir résigné, il lui fallut céder aux injonctions de l'adolescente hystérique qui trépignait de nouveau d'excitation en elle. Les yeux fermés, elle leva le tee-shirt jusqu'à ses narines, inspira profondément et se laissa envahir par un vertigineux trouble sensuel. Comment un homme – fût-il un faë déchu – pouvait-il sentir à ce point le péché ? Une fragrance de jasmin. Une pointe de santal. Un souvenir de senteur marine. Des fumets de ténèbres, d'épices et de sexe. Une incitation aux plaisirs interdits, ceux-là mêmes dont cherchaient à se protéger les croyants en priant Dieu de leur éviter la tentation et de les délivrer du mal…

La décision de Gabby était prise. Pour rien au monde elle ne laverait le tee-shirt porté ce jour-là par Adam Black, mais il ne le récupérerait pas pour autant…

Bien longtemps après avoir entendu Gabby se mettre au lit au premier étage de la tour octogonale, Adam se risqua à passer la tête par l'entrebâillement de la porte de sa chambre. Avec satisfaction, il vit qu'elle dormait à poings fermés et s'en félicita. Sa petite Irlandaise travaillait bien trop dur à son goût. Elle permettait trop facilement à d'autres de se décharger sur elle de leurs responsabilités.

Dès que possible, il mettrait un terme à ces abus. La vie était bien trop courte pour un mortel. S'ils en avaient eu pleinement conscience, les humains auraient passé moins de temps à s'infliger des tâches assommantes, et beaucoup plus à profiter des joies de l'existence. Il ferait en sorte de permettre à Gabrielle de les savourer, en récompense de l'aide qu'elle allait lui apporter. Dès qu'il serait de nouveau immortel, plus jamais elle n'aurait à perdre sa vie à la gagner.

Toutes les fenêtres étaient ouvertes. Une brise nocturne parfumée venait caresser le drap sous lequel se dessinait la forme troublante de son corps. L'éclat de la pleine lune baignait le lit, teintant d'argent ses cheveux déployés sur l'oreiller et d'ambre sa peau laiteuse.

Avec un sourire amusé, Adam remarqua qu'elle dormait tout habillée. Sage précaution… Si elle avait pris le risque de dormir dans le plus simple appareil, sans doute n'aurait-il pas trouvé le courage de se contenter de l'innocente mission qu'il s'était donnée. Le simple fait de l'imaginer nue dans ce lit suffisait à l'emplir de désirs lubriques. Il était obsédé par la perfection de ses formes, par la rondeur de ses seins, par la constante tentation exercée sur lui par ses fesses éminemment féminines, par ses lèvres charnues, par sa chevelure, ses yeux, ses mains, et plus que tout encore par le feu qui brûlait en elle.

Même sa virginité excitait ses sens, l'emplissait d'un besoin primitif de possession. Il était bouleversé à l'idée qu'il serait le premier à s'introduire en elle, à la combler de plaisir, à la toucher où personne ne l'avait jamais touchée. Il se promettait de la séduire tant et si bien qu'elle ne pourrait plus ensuite concevoir sa vie sans lui. Elle serait sienne, incapable de se dérober, toujours prête à s'offrir à lui, n'importe où, n'importe quand, et de quelque façon qu'il lui plairait.

Il savait qu'elle s'était attendue qu'il la prenne de force. Il l'avait lu dans ses yeux lorsqu'elle s'était retrouvée à sa merci, ligotée sur une chaise mais aussi hérissée et agressive qu'un chat sur la défensive. Ce qui prouvait à quel point, contrairement à ce qu'elle pensait, elle le connaissait mal.

La veille, il avait profité de ce qu'elle était partie travailler pour se familiariser avec l'environnement qui était le sien, afin d'en apprendre le plus possible sur elle. Il avait pu examiner tout à son aise les livres qu'elle lisait, les vêtements qui emplissaient ses placards ; découvrir le type de lingerie qui avait l'honneur de protéger ses parties intimes, le savon et le parfum qui caressaient sa peau. Il avait admiré les tableaux accrochés aux murs, les photos dans leurs cadres et étudié le contenu des bagages qu'elle avait jugé bon d'emporter dans sa tentative de fuite précipitée. Chaque découverte n'avait fait qu'accentuer son désir pour elle. Gabrielle O'Callaghan était vive, brillante, courageuse. Elle n'avait pas renoncé, malgré la dureté de sa vie, à ses rêves et à ses espoirs.

Le *Livre des faës* l'avait bien fait rire, à l'exception du tome qui lui était exclusivement consacré. En y découvrant le portrait diabolique qui était fait de lui, il avait compris pourquoi elle l'avait si farouchement combattu. Il souhaitait corriger cela, mais c'était plus par des actes que par des mots qu'il ferait la conquête de sa petite *sidhe-seer*. Quelques gestes soigneusement choisis, de la tendresse et une attention de tous les instants valaient mieux que de longs discours.

En la regardant dormir, engoncée dans ses vêtements, Adam s'épongea le front d'un revers de main et songea qu'il faisait décidément trop chaud dans cette maison, même au rez-de-chaussée où il avait travaillé. Cela aussi, il ferait en sorte d'y remédier. Ses recherches sur Internet s'étaient révélées infructueuses. Aucune de ces bases de données dont les humains étaient si friands ne lui avait permis de retrouver la trace de Circenn. Cela ne l'étonnait pas. Non seulement son fils à moitié faë pouvait se trouver n'importe où dans le monde, mais il pouvait de plus avoir migré n'importe quand dans le temps. Il était fort possible qu'il ait choisi de ramener sa femme et ses enfants à son époque d'origine, dans son Écosse natale, pour y vivre une vie plus simple et plus conforme à ses attentes.

Mais en dépit de cet échec, la journée s'était révélée très riche et prometteuse pour lui. Elle lui avait permis de semer quelques graines qui prenaient déjà racine. L'une d'elles n'était autre qu'un banal tee-shirt. Il avait entendu Gabrielle faire sa lessive, ce soir. Mais il ne l'avait pas vue débarquer dans la cuisine, folle de rage, pour lui jeter à la figure son tee-shirt et lui dire ses quatre vérités… Non qu'il attendît d'elle qu'elle lui lave son linge. Il lui suffisait pour se changer de se servir dans les magasins.

À pas de loup, il pénétra dans sa chambre et se dirigea vers la commode où il savait qu'elle rangeait ses sous-vêtements. Il ouvrit un tiroir, puis un autre, qu'il fouilla sans succès, mais le troisième lui livra ce qu'il pensait y trouver : son tee-shirt. Toujours sale, mais soigneusement plié et caché sous un pyjama.

Il referma le tiroir en douceur et gagna la penderie, qu'il ouvrit pour examiner le panier à linge. Un sourire satisfait se dessina sur ses lèvres. Comme il s'y attendait, elle n'avait pas lavé ce qu'elle avait porté ce jour-là. En un tournemain, sa petite culotte se retrouva dans sa poche.

— Échange de bons procédés, *ka-lyrra*… murmura-t-il tout bas à la forme endormie.

Incapable de résister à la tentation, Adam s'approcha du lit. Il lui suffit de la regarder pour que son corps vibre de désir. Cette petite Irlandaise enflammait tous ses sens et suscitait en lui des émotions et des sentiments qu'il avait connus un jour, mais oubliés des siècles plus tôt. Depuis qu'elle avait croisé sa route, il se sentait intensément, passionnément, merveilleusement vivant. Grâce à elle, la plus triviale corvée prenait un relief inattendu. Par exemple, s'habiller chaque matin chez Saks devenait une expérience fascinante.

Il sélectionnait longuement chaque pièce de vêtement en fonction de ce qu'il savait qu'elle aimerait voir sur lui, de ce qui dilaterait ses pupilles lorsqu'elle le découvrirait, de ce qui lui entrouvrirait les lèvres de saisissement l'espace d'un instant. Jusque-là, il avait opté pour le cuir parce qu'il devinait qu'elle était femme à aimer cette matière sur un homme. Quant à lui, il savait parfaitement ce qu'il désirait voir sur elle : rien. Rien que les pointes de ses seins dressées et brillantes de salive sous sa langue, ses fesses nues sous ses mains quand il porterait la bouche à son sexe pour goûter…

Un grognement bas et rauque monta dans sa gorge. Les dents serrées, il se força à reculer d'un pas. Il n'était pas encore temps de céder à ses désirs. Mais le moment viendrait où elle saurait qui il était vraiment. Elle finirait par comprendre qu'il ne ressemblait en rien à ce stupide et ridicule portrait que le *Livre du sin siriche du* faisait de lui. Il avait passé plusieurs heures ce jour-là à en corriger les erreurs, biffant des passages entiers, arrachant des pages pour les remplacer par de nouvelles plus conformes à la vérité.

En fait, réalisa-t-il soudain, le risque que Circenn Brodie ne remette plus jamais les pieds au XXIe siècle ne lui paraissait plus si désespérant, désormais.

Demeurer aux côtés de Gabrielle O'Callaghan pour le reste de la vie de mortel qui lui était allouée, en attendant qu'Aoibheal lui rende sa condition de faë tout-puissant, était une perspective finalement plutôt réjouissante…

Avant de quitter la pièce, Adam désactiva le bouton de l'alarme du réveil. Il n'avait pas l'intention de la laisser se rendre au travail le lendemain.

9

— Allez-vous-en ! Ne me touchez pas !

Réveillée en sursaut, Gabby se redressa et se tapit contre la tête du lit, les yeux écarquillés et le drap serré contre sa poitrine.

À deux pas d'elle, un plateau sur les bras, Adam Black offrait l'image de la plus parfaite innocence.

— Doucement, *ka-lyrra*... Je ne fais que t'apporter ton petit déjeuner. Pour ne pas t'effrayer, j'ai frappé à la porte, dit bonjour à trois reprises, un peu plus fort chaque fois. Ce n'est tout de même pas de ma faute si tu dors d'un sommeil de plomb. Quand comprendras-tu enfin que tu n'as rien à craindre de moi ? Si je voulais m'en prendre physiquement à toi, ce serait fait depuis longtemps.

Avec une lenteur prudente, il alla poser le plateau sur la table de chevet et lui tendit une tasse fumante.

— Double expresso, dit-il avec un sourire engageant. Bien serré, comme tu l'aimes.

Gabby cligna des paupières et se frotta les yeux. Son cœur battait toujours aussi fort, mais ce n'était plus pour les mêmes raisons. À son chevet, Adam Black la dominait du haut de ses deux mètres de muscles, uniquement habillé d'un jean délavé qui lui tombait sur les hanches et de ses habituels bijoux. Le pantalon aurait pu le faire passer pour un homme moderne, mais le torque et les brassards en or, de même que ses si fascinants yeux noirs, rappelaient que sa naissance était antérieure à l'ère chrétienne, de plusieurs millénaires sans doute.

— Quel âge avez-vous exactement ? s'enquit-elle, en une tentative pour ne pas perdre de vue que ce corps indéniablement humain (et ô combien affolant !) abritait une intelligence on ne peut plus inhumaine.

— Entre cinq et six mille ans, répondit-il en haussant les épaules. Difficile de garder le compte, quand on se balade dans le temps aussi fréquemment que je l'ai fait. Aoibheal, notre reine, a quant à elle près de soixante mille ans. Comparé à elle, je fais figure de gamin...

— Je vois.

Ce que Gabby voyait, en réalité, c'était que le géant qu'elle avait devant elle paraissait avoir à peine trente ans, malgré les rides d'expression qui marquaient légèrement son visage.

Il reposa la tasse qu'elle n'avait pas prise sur le plateau, dont il désigna le contenu d'un ample geste de la main.

— Un croissant ? Ça ne te dit rien ? Un peu de salade de fruits, alors ?

D'un œil maussade mais secrètement gourmand, Gabby regarda le bol rempli de morceaux de fraises, de mangues et de kiwis frais.

— Comment peux-tu ne pas avoir faim ? s'étonna-t-il, en butte à son silence obstiné. Moi, je suis toujours affamé au réveil.

Gabby se retint d'éclater de rire. Elle aussi avait un appétit d'ogre. Malheureusement, c'était lui seul et non le plateau qu'il lui avait apporté qui aurait pu la rassasier. De nouveau, elle avait quatorze ans, et le prince charmant qui hantait tous ses rêves secrets se dressait devant elle, séduisant et tentateur en diable.

Le regard fixé sur l'impressionnant torque en or, elle demanda d'un ton irrité :

— Allez-vous enfin me dire ce que vous êtes ?

Adam Black redressa le menton et fronça les sourcils.

— Je suis un Tuatha Dé Danaan. Mais cela, tu le sais.

— Ce torque… précisa-t-elle. Que signifie-t-il ?

— Oh, cela ! s'exclama-t-il, rassuré. C'est l'insigne de mon rang. Je suis le dernier prince de la maison D'Jai.

— Un p… prince ? balbutia-t-elle.

— Oui. Cela te pose problème ?

Incapable de lui répondre, Gabby ne protesta pas lorsqu'il grimpa au pied de son lit et croisa souplement les jambes pour s'y asseoir en tailleur.

— Cela ne doit pas t'impressionner, reprit-il, car tu n'es pas dénuée de noblesse, toi non plus.

— Que voulez-vous dire ? demanda-t-elle, méfiante.

Elle se tenait sur ses gardes, mais il paraissait n'avoir d'autre but que de rester là, assis sur son lit, à papoter, parfaitement à l'aise dans le décor foncièrement féminin de sa chambre, qui le faisait paraître plus viril encore.

— Bois ton café et je te le dirai.

Avec un soupir résigné, Gabby tendit le bras pour saisir la tasse sur le plateau et s'exécuta. Outre qu'il lui était difficile de résister plus longtemps à l'arôme délicieux qui lui chatouillait les narines, il avait su piquer sa curiosité. L'homme – ou plus exactement le faë – qui se trouvait devant elle avait vécu des milliers d'années et en savait plus sur l'histoire humaine que le plus érudit des historiens. Qu'allait-il pouvoir lui apprendre sur ses ancêtres ?

— Tu es une *sidhe-seer*, commença-t-il en la regardant avec satisfaction siroter son café. La lignée dont tu es issue remonte très loin dans le temps, bien plus loin que celles de tous vos rois et reines d'aujourd'hui. Il y a de cela très, très longtemps, des milliers d'années avant la naissance du Christ, tes semblables étaient honorées et respectées à l'égal des princesses de sang royal en Irlande. Vous seules étiez capables de protéger les hommes des menaces invisibles qui pesaient sur eux. Les meilleurs guerriers de tous les clans se battaient en tournoi pour obtenir la main d'une *sidhe-seer*. Nombre de valeureux chevaliers ont perdu la vie pour obtenir ce privilège. Une *sidhe-seer* ne devait obéissance à personne, pas même au roi, tant son prestige était grand. Elle n'avait pas à travailler et vivait dans la plus grande opulence, protégée et vénérée par la communauté à laquelle, par sa présence, elle accordait sa protection.

En dépit de la méfiance qu'il lui inspirait, Gabby ne put s'empêcher de l'écouter avec fascination. Elle eut un pincement au cœur en l'entendant lui décrire une condition si éloignée de la sienne. Elle, Gabrielle O'Callaghan, incapable de conserver un petit ami, aurait été convoitée par la fine fleur de la gent masculine si elle était née quelques milliers d'années plus tôt… Elle n'aurait pas eu à se cacher et à vivre dans la peur constante de se trahir, mais aurait été traitée comme une reine. Au lieu d'être seule au monde, elle aurait pu vivre entourée d'une nombreuse famille, aimée par une mère qui aurait eu toutes les raisons d'être fière de sa fille…

« Il est en train de t'avoir, O'Callaghan ! » protesta en elle la voix de la raison.

« Non, certainement pas ! rétorqua-t-elle silencieusement. Quel mal y a-t-il à boire un café en parlant un peu histoire avec lui ? »

Gabby n'avait plus personne avec qui aborder ces sujets depuis la mort de sa grand-mère, quatre ans auparavant. Jusqu'à cette minute, elle n'avait pas réalisé à quel point cela lui manquait.

« Folle que tu es ! s'exclama la voix véhémente de la raison en son for intérieur. C'est justement ainsi qu'il compte te séduire… »

Gabby secoua la tête pour mettre un terme à ce dialogue intérieur. N'en déplaise à la petite voix paranoïaque, ses défenses restaient en place. Elle gardait le contrôle de la situation. La caféine courait agréablement dans ses veines. Il était non seulement inoffensif mais agréable de rester au lit, à discuter avec un faë tout disposé à répondre à ses questions.

— Je vous écoute, fit-elle en tendant le bras pour attraper un croissant. Dites-m'en plus sur mes ancêtres.

Gabby resta une éternité sous la douche, plus sereine et détendue qu'elle ne l'avait été depuis longtemps. Elle était parvenue à entrer la première dans la salle de bains et était bien décidée à utiliser jusqu'à la dernière goutte d'eau chaude. Elle se savonna, se fit un gommage et s'épila jusqu'à ce que ses jambes soient toutes douces – elle n'avait pas l'intention de laisser quiconque les caresser, mais prendre soin de son corps lui donnait toujours confiance en elle.

Elle avait décidé de rester tranquillement chez elle au lieu de se rendre au travail, comme elle avait prévu de le faire ce week-end. Non pas à cause d'Adam Black – même si elle se doutait qu'elle lui devait ce réveil inexplicablement muet ce matin –, mais parce qu'elle voulait faire comprendre à son exploiteur de patron qu'elle n'était pas son esclave personnelle. De plus, passer un peu plus de temps en compagnie du mystérieux et fascinant *sin siriche du* pouvait se révéler utile. Si elle parvenait à l'amener à se confier à elle, peut-être décèlerait-elle quelque point faible chez lui, quelque vulnérabilité dont elle pourrait tirer avantage.

De toute façon, avait-elle le choix ? Le plus sombre des faës avait emménagé chez elle sans lui demander son avis. De toute évidence, il n'en bougerait pas tant qu'elle n'aurait pas réussi à le faire déguerpir.

— Reste proche de tes amis, avait coutume de dire en riant sa grand-mère. Mais reste plus proche encore de tes ennemis…

— Dites-moi… Qu'avez-vous bien pu faire pour que votre reine vous inflige un tel châtiment ?

Debout dans la cuisine, Adam mangeait les restes du repas que Gabrielle n'avait pas touché la veille quand la jeune femme l'avait rejoint, tout juste sortie de la douche et apparemment décidée à laisser libre cours à sa curiosité.

— Joker ! s'exclama-t-il en engloutissant une dernière bouchée de filet mignon. Cela, je ne peux pas te le dire.

Même avec la meilleure volonté du monde, il aurait été incapable de lui répondre. De toutes les questions qu'elle aurait pu lui poser, elle avait choisi la plus épineuse, celle sur laquelle il préférait lui-même ne pas s'appesantir. Il s'était écoulé plusieurs mois depuis qu'il avait pris la décision qui lui avait coûté son immortalité, mais il n'était pas encore sûr des raisons qui l'avaient poussé à faire ce qu'il avait fait. Sachant qu'il allait devoir le payer au prix fort, comment avait-il pu défier Aoibheal devant sa cour tout entière en lui demandant d'épargner Dageus MacKeltar, un homme qui ne lui était rien et qui avait en outre amplement mérité le châtiment qu'il avait cherché à lui éviter ?

— Dans ce cas, dites-moi au moins ce qui vous rend si sûr qu'elle va vous pardonner, insista Gabrielle sans se laisser décourager.

Adam prit appui contre un plan de travail et répondit en haussant les épaules :

— Parce qu'elle finit toujours par s'y résoudre. Elle ne supporterait pas l'éternité sans moi.

— Où avais-je la tête ? s'exclama-t-elle en se frappant le front du plat de la main. J'oubliais à quel point vous êtes irrésistible.

— Oh, non ! Tu ne l'oublies pas… lança-t-il avec son sourire le plus désarmant. Je le lis dans tes yeux chaque fois qu'ils se tournent vers moi.

— Ce que je ne parviens pas à comprendre, s'empressa-t-elle d'enchaîner, les joues roses, c'est pourquoi vous ne demandez pas aux autres faës qui traînent dans le secteur d'intervenir en votre faveur… Ils ne voudraient pas vous aider, eux non plus ?

Pendant un long moment, Adam en resta muet de surprise. Aoibheal lui avait-elle également joué ce tour-là ? L'avait-elle rendu incapable de discerner ses propres congénères ? Puis la vérité se fit jour en lui, avec la soudaineté d'un éclair illuminant un paysage nocturne.

Il ne pouvait plus voir les faës tout simplement parce qu'il n'était plus des leurs… Ne possédant pas les pouvoirs d'une *sidhe-seer*, il subissait comme n'importe quel humain les effets du *féth fiada* ! Comment une vérité aussi simple et évidente avait-elle pu lui échapper si longtemps ?

— De quels autres faës parles-tu ? demanda-t-il, les dents serrées.

Mal à l'aise, il ne put s'empêcher de lancer autour de lui un long regard circulaire. Peut-être, sans qu'il puisse s'en rendre compte, les siens se pressaient-ils depuis le début autour de lui, riant sans fin de sa disgrâce…

— De tous ceux qui pullulent dans cette ville depuis le début de l'été et qui…

Sans doute frappée à son tour par l'évidence, Gabby se tut brusquement. Les yeux écarquillés, elle porta la main à sa bouche.

— Ô mon Dieu ! murmura-t-elle. Vous ne les voyez pas, n'est-ce pas ?

— Réponds-moi ! ordonna-t-il sèchement, en s'approchant d'elle. Combien de Tuatha Dé Danaan as-tu aperçus dans cette ville dernièrement ?

— Pas… pas beaucoup, bredouilla-t-elle en battant en retraite, le visage blême. À peine deux ou trois. Et cela fait un bon moment que je n'en ai pas vu. En fait, j'ai même entendu l'un d'eux affirmer qu'ils allaient quitter la ville…

Telle une serre de rapace, la main d'Adam s'abattit sur son avant-bras.

— Ne t'avise pas de me mentir, *sidhe-seer* ! Et puisque tu les vois, tu vas m'aider à entrer en contact avec eux.

Il n'en fallut pas plus pour que la jeune femme monte de nouveau sur ses grands chevaux. Furieuse, elle se libéra d'un geste sec et le foudroya du regard.

— C'est hors de question ! rétorqua-t-elle. Plutôt mourir que d'aborder l'un d'eux pour vous. Un demi-faë comme ce Circenn dont vous m'avez parlé, passe encore, mais eux, ce sont de vrais Tuatha Dé Danaan, tout-puissants comme vous l'étiez vous-même. De dangereux faës immortels aux yeux iridescents, sans âme et susceptibles de faire appel aux Traqueurs à tout moment.

Le visage d'Adam se figea sur un sourire douloureux. Pourquoi diable mettait-elle cette histoire d'âme sur le tapis ? Pourquoi fallait-il toujours que les femmes se focalisent là-dessus ? Ne pouvaient-elles se satisfaire de tout ce qu'il avait à leur donner ? Des expériences sexuelles inégalables, que nul mâle humain n'était en mesure de leur offrir, la fortune, la gloire, le total accomplissement du moindre de leurs souhaits. Tout ce qu'elles pouvaient désirer, il le mettait à leurs pieds. Mais non, ce n'était jamais assez pour elles. Sans cesse, il leur fallait chercher cette âme à laquelle il ne pouvait prétendre.

— Comme tu voudras, dit-il d'une voix cassante. Tu préfères mourir plutôt que de m'aider ? Que ton vœu soit exaucé… Il me suffit de continuer à rester auprès de toi sans cesser de te parler et de te faire réagir à ma présence. Combien de temps s'écoulera-t-il, à ton avis, avant que l'un des miens ne finisse par nous remarquer et te dénoncer aux Traqueurs ? Combien sont-ils en ville, m'as-tu dit ? Deux ou trois, comme tu me l'as affirmé, ou beaucoup plus ?

— Vous ne feriez pas ça… protesta-t-elle en secouant la tête comme pour mieux nier cette éventualité. Vous avez besoin de moi. Vous…

Sans doute dut-elle lire dans son regard qu'il était loin de plaisanter, car elle se tut et baissa la tête, l'air abattu. Adam s'était largement éloigné de la ligne de conduite qu'il s'était fixée, mais la fureur avait le même effet sur lui que le désir : elle le rendait primitif et intraitable. L'idée que ceux de sa race puissent se moquer de lui à chaque coin de rue lui était insupportable. Et avec le petit couplet de Gabrielle sur le défaut d'âme des faës qui résonnait encore à ses oreilles, il ne se sentait plus d'humeur à la patience et à la séduction. Elle imaginait qu'il était mauvais, égoïste et manipulateur ? Elle n'avait encore rien vu... L'Adam Black qu'elle connaissait était un enfant de chœur à côté de celui qu'il pouvait être quand la situation l'exigeait.

De toute façon, songea-t-il pour faire taire ses scrupules, il ne s'écoulerait pas longtemps avant que les faës remarquent l'existence de Gabrielle, qu'il le veuille ou non. Si, comme il le croyait, certains des siens l'espionnaient et s'amusaient de le voir humilié, il était même surprenant qu'ils ne l'aient pas encore repérée. Mais peut-être gardaient-ils leurs distances, craignant que son châtiment ne dure pas et ne souhaitant pas se trouver dans les parages le jour où la reine lui rendrait ses pouvoirs.

— Alors ? demanda-t-il avec impatience. Que décidestu, *sidhe-seer* ?

— J'ai besoin d'y réfléchir, répondit-elle sèchement.

— C'est ton droit. Je te donne une heure.

10

Nerveusement, Gabby arpentait le tapis de sa chambre, l'œil rivé à la pendule qui dévorait allègrement les trop rares minutes du délai qui lui était imparti.

Ce devait être le plan le plus stupide qui lui ait jamais traversé l'esprit, songea-t-elle en se reprochant une énième fois son imprudence. Mieux connaître l'ennemi pour lui trouver des faiblesses ? Quelle idiotie ! Comment avait-elle pu s'imaginer une seconde qu'elle serait de taille à rivaliser avec le plus sombre des faës, le prince des menteurs, celui que des générations de ses aïeules avaient appris à redouter ? En deux questions à peine, il avait retourné la situation à son avantage et l'avait amenée à lui révéler ce qu'il ignorait encore.

Mais le pire était qu'il n'avait pas tort : ses congénères ne tarderaient pas à la remarquer et à la percer à jour, maintenant qu'il lui collait aux basques. Autant se promener en ville avec un écriteau autour du cou proclamant : « Venez me chercher, je suis une *sidhe-seer*. »

L'alternative qui s'offrait à elle n'était guère réjouissante : soit elle acceptait de l'aider (en espérant qu'il tiendrait sa promesse de la protéger ensuite et qu'il serait de taille à résister à la redoutable Aoibheal), soit il la livrait pieds et poings liés aux autres faës, dont elle savait ne devoir attendre aucune pitié. Au moins la première solution aurait-elle l'avantage de lui valoir la reconnaissance du *sin siriche du* – si tant est que ce mot ait une signification pour lui.

Gabby était surprise et troublée d'avoir vu Adam Black réagir comme il l'avait fait. Découvrir que, à l'instar de n'importe quel humain, il était incapable de voir les faës l'avait plongé dans une colère noire. Jusqu'à ce jour, elle avait pu prétendre que les émotions qu'il lui arrivait de manifester étaient feintes. Mais la fureur dont elle avait été témoin dans la cuisine était trop intense pour ne pas être sincère.

Elle ne l'avait pas vu seulement submergé par la colère, mais aussi par la fierté blessée et par quelque chose d'autre, d'indéfinissable mais de plus douloureux, qui était passé sur son visage quand elle avait souligné que les faës n'avaient pas d'âme. Était-il possible, se demanda-t-elle, sidérée par cette éventualité, que son nouveau corps humain permette à Adam Black d'éprouver des sentiments ?

Impossible d'en avoir la certitude… Elle n'avait jamais rien lu de tel dans le *Livre des faës*, et un coup d'œil à la pendule lui confirma qu'elle n'avait pas le temps d'aller compulser les divers volumes pour le vérifier. Malheureusement, elle se retrouvait dos au mur et ne pouvait que prier pour qu'Adam Black soit devenu suffisamment humain pour tenir parole. Que cela lui plaise ou non – et cela ne lui plaisait certes pas –, elle était condamnée à l'aider.

— D'accord, dit Gabby platement, en pénétrant dans la cuisine. J'accepte de vous aider, mais à certaines conditions.

Adam s'était douché et habillé pendant qu'elle était dans sa chambre. Une fois encore, son corps était gainé de cuir et plus sexy que jamais. Assis sur une chaise, ses longues jambes négligemment posées sur la table, les bras croisés derrière la tête, il paraissait aussi à l'aise et séducteur qu'à l'accoutumée. Sa fureur semblait s'être évanouie.

— Sage décision, *ka-lyrra*…

Son regard noir s'attarda sur elle, la parcourant de la tête aux pieds, caresse érotique presque palpable qui fit frissonner Gabby et lui rappela à quel point son corps était prêt à la trahir, en dépit de sa volonté de lui résister.

Un sourire indulgent aux lèvres, il pencha la tête sur le côté et ajouta d'un ton magnanime :

— Je suis heureux que tu acceptes de m'aider et je suis prêt à entendre tes conditions.

Son attitude suffisante énervait toujours autant Gabby, mais sa situation était trop critique pour qu'elle perde du temps à s'en offusquer.

— Premièrement, dit-elle d'un ton résolu, je ne prendrai contact qu'avec un faë. Je refuse de me mettre en danger plus que nécessaire.

— Tu auras bien du mal à trouver un faë seul, répondit-il en secouant la tête. Toi qui peux les voir, n'as-tu jamais remarqué qu'ils se déplacent à plusieurs ?

Troublée par son objection, Gabby se mordit la lèvre et réfléchit un instant. Il lui fallut bien vite reconnaître qu'il avait raison. Elle ne se rappelait pas avoir vu un faë autrement qu'en couple ou accompagné de plusieurs de ses congénères. Même celui qui était passé entre Marian Temple et elle s'était détaché d'un groupe qui se trouvait à proximité et qu'il avait rejoint après s'être détourné d'elles.

— Pour quelle raison ? s'enquit-elle.

— Les Tuatha Dé Danaan préfèrent visiter votre monde accompagnés. Un peu comme les touristes amateurs de voyages organisés… Seuls les originaux et les asociaux s'y risquent seuls.

— Comme vous ?

— Oui. La plupart des faës redoutent la solitude. Il vaut mieux ne pas trop se fier à ceux qui se mettent à l'écart de leurs semblables.

— Comme c'est intéressant !

— Je suis l'exception qui confirme la règle, naturellement, ajouta-t-il avec un sourire enjôleur.

Jugeant inutile de le contredire sur ce point, Gabby alla se servir une tasse de café et décréta :

— J'aborderai un couple, alors. M'exposer le moins possible au danger reste mon objectif.

— Je comprends.

— Et quand j'aurai accompli ma mission, vous garantirez non seulement ma sécurité vis-à-vis des vôtres, mais aussi celle de mes enfants et de tous leurs descendants. Vous devez me promettre que je pourrai vivre le reste de mon existence en paix, à l'abri des faës et des Traqueurs, tout comme ceux que j'aime. Vous pouvez le faire ?

— Oui.

— Comment ?

Avant de lui répondre, Adam parcourut de nouveau son corps d'un regard appréciateur.

— Il va falloir me faire confiance, *ka-lyrra*. Je ne peux que te donner ma parole. Et quoi que tu puisses en penser, elle est fiable.

Gabby fit la moue et reposa brusquement sa tasse sur la table. Probablement n'en obtiendrait-elle pas plus de lui, songea-t-elle. Les décisions qu'il lui fallait prendre, dès cet instant, réclamaient d'elle qu'elle accepte de jouer le jeu et de se jeter dans le vide sans filet. Elle se faisait un peu l'impression de signer un pacte en lettres de sang avec le diable, mais, de toute évidence, elle n'avait pas le choix.

— Très bien, lâcha-t-elle dans un souffle. Sachez que je ne suis pas assez stupide pour prendre la parole du *sin siriche du* pour argent comptant. Je ne m'y résous que parce que je ne peux pas faire autrement. Mais si jamais vous ne respectez pas votre promesse, je ferai de votre existence, immortelle ou non, un enfer. Même après ma mort, mon fantôme reviendra vous hanter pour l'éternité. Et si vous vous imaginez que ce sont des paroles en l'air, c'est que vous connaissez bien mal les *sidhe-seers*. Nous autres O'Callaghan ne renonçons jamais !

À l'exception de sa mère, ajouta-t-elle amèrement pour elle-même. Mais il fallait dire à la décharge de Jilly O'Callaghan qu'elle ne possédait pas le don.

Un sourire désabusé flotta quelques instants sur les lèvres d'Adam Black. Il aurait été chagriné qu'elle ne lui fasse pas confiance qu'il n'aurait pas eu d'autre expression, mais, qu'il joue la comédie ou non, Gabby ne pouvait se permettre de le ménager.

— Viens, *ka-lyrra*… dit-il enfin. Tu pourras continuer à vitupérer contre moi et à me menacer pendant que nous nous rendrons en ville.

En le voyant se lever et se diriger vers elle, la main tendue, elle recula en hâte.

— Je n'ai aucune envie d'être… téléportée comme vous le faites ! s'exclama-t-elle, les bras croisés derrière son dos.

— À ta guise, répondit-il en haussant les épaules. Dans ce cas, il ne nous reste qu'à prendre la route. À ce propos, j'ai une surprise pour toi.

Plus tard, Gabby songea que son expression amusée et sa rapide capitulation auraient dû la mettre en garde. Le précédant à l'extérieur, elle se figea en haut des marches du perron de l'arrière-cour.

— D'accord, dit-elle après avoir inspiré profondément. Qu'est-il arrivé à ma voiture ?

— Tu l'as sous les yeux.

— Je n'ai peut-être plus toute ma tête, protesta-t-elle, mais je sais encore reconnaître ma voiture. Je conduis une vieille Toyota Corolla bleue cabossée de toutes parts et sans antenne.

— Tu la conduisais jusqu'à aujourd'hui, corrigea-t-il derrière elle, en effleurant de ses lèvres sa chevelure. Tu conduiras dorénavant une BMW. Une Alpina Roadster V8, pour être précis. Je prends soin de ce qui est à moi, et cette Toyota n'était pas sûre.

Avec un claquement de langue agacé, Gabby fit un pas de côté pour se soustraire à sa présence. Les mains sur les hanches, elle lui fit face et répliqua, décidée à mettre les choses au point :

— Que j'aie été forcée d'accepter votre marché ne veut pas dire que je suis à vous ! Et si vous vous imaginez que je vais conduire une voiture volée…

— Elle n'est pas volée, rétorqua-t-il tranquillement. Elle t'a officiellement coûté cent trente-sept mille huit cent cinquante-six dollars. La facture acquittée se trouve dans la boîte à gants. J'ai rempli tous les papiers moi-même. Et crois-moi, il y en avait un nombre ridiculement élevé ! Je ne comprendrai jamais pourquoi vous, les humains, aimez à ce point les paperasses… Vous avez tant de temps que ça à perdre ? Les faës ont tout le temps qu'ils désirent, mais tu ne les verras jamais le perdre à remplir des papiers. Quoi qu'il en soit, te voilà à présent tout à fait légalement propriétaire de ce petit bolide. Personne ne pourra prouver le contraire. Si tu rapportais cette voiture chez le concessionnaire, tu ne pourrais même pas la lui rendre. Le *féth fiada* présente tout de même quelques petits avantages, Gabrielle…

Plus tentateur que jamais, il lui tendait à bout de bras un trousseau de clés. Indécise, Gabby se mordit la lèvre et jeta par-dessus son épaule un coup d'œil à l'endroit où elle avait l'habitude de garer sa voiture, transformée par un coup de baguette magique en une merveille technologique écarlate, scintillante, et de plus décapotable. Comment celui qui ressemblait au prince de ses fantasmes avait-il fait pour dénicher le carrosse dont elle rêvait en secret depuis toujours ?

Déjà, l'agaçante petite voix adolescente qui l'habitait insinuait que puisqu'elle acceptait de mettre sa vie en danger, cela méritait bien une compensation. « Je prends soin de ce qui est à moi… » avait susurré Adam avec son arrogance habituelle. À ces mots, la femme moderne et indépendante en elle s'était à juste titre insurgée, mais une autre part d'elle-même, plus enfouie et plus féminine, n'avait pu s'empêcher de frissonner.

Sans un mot, elle s'empara du trousseau qu'il lui tendait et descendit les marches quatre à quatre, impatiente d'essayer sa nouvelle voiture.

— Cincinnati, annonça Maël en se matérialisant à côté de Darroc.

Celui-ci, qui ne s'était pas attendu à un dénouement si rapide, sursauta et s'exclama :

— Quoi ? Vous l'avez trouvé ?

— Oui. Apparemment, il cherche à retrouver dans cette ville la trace de son fils demi-sang.

— Vous en êtes certain ?

— Je ne m'y suis pas rendu moi-même, mais Callan l'y a vu il y a quelques jours. C'est un brusque afflux de visiteurs faës à cet endroit habituellement peu fréquenté par les nôtres qui l'a mis sur la piste. Il m'a confirmé qu'Adam se trouvait à Cincinnati et qu'il lui était impossible de nous voir.

— Excellent, Maël… Beau travail.

Avec un sourire de triomphe, Darroc songea que son souhait le plus cher allait enfin pouvoir se réaliser. Il allait se faire un plaisir de regarder mourir Adam Black. Et pour que sa jouissance soit plus complète, il ordonnerait aux Traqueurs de ne pas l'achever tout de suite…

11

La journée s'était écoulée et le soleil disparaissait entre les gratte-ciel du centre-ville lorsque Gabby trouva enfin le couple de faës qu'il allait lui falloir aborder.

Durant la journée, elle avait remarqué plusieurs faës et avait constaté qu'ils s'intéressaient effectivement à Adam. Il était assis sur un banc, dans un square, et à distance, elle les avait vus s'approcher pour l'observer. Mais ils ne lui avaient prêté qu'une attention distraite avant de s'éloigner, jugeant sans doute son immobilité de statue trop peu spectaculaire à leur goût.

Le couple de faës qu'elle s'était finalement décidée à aborder – un mâle et une femelle assez menus, tous deux blonds – semblait plus intéressé. Depuis un bon moment, ils se tenaient à quelques mètres du banc et discutaient en épiant leur congénère déchu à la dérobée. Gabby avait jeté son dévolu sur eux parce qu'ils semblaient moins époustouflants que les autres, en espérant que leur relatif manque de beauté les rendrait plus abordables.

— Qu'est-ce qu'il y a ? demanda Adam dans un souffle lorsqu'elle le rejoignit. Tu as vu quelque chose ?

Cette voix mâle à l'accent celtique prononcé avait-elle réellement tremblé, comme elle en avait eu l'impression ? Gabby rejeta cette improbable éventualité. Le soleil qui lui tapait sur la tête depuis des heures avait dû lui troubler les esprits.

— Juste là, sur votre droite… répondit-elle en désignant du menton les deux faës en conciliabule.

Effaré, il tenta de suivre la direction de son regard et marmonna tout bas :

— Où ça ? Bon sang ! Je ne peux même pas les voir. Est-ce qu'ils me regardent ?

— Pas pour le moment, répondit-elle dans un chuchotement. Ils ne se trouvent pas tout à fait où vous regardez, mais dix pas plus à gauche, à moins d'un mètre de la poubelle.

Gabby prit une profonde inspiration et rassembla tout son courage pour rejoindre le couple de faës. Mais avant qu'elle ait pu faire un pas, le faë mâle se retourna et regarda droit vers elle.

— Bonjour ! lança-t-elle, le cœur battant. J'aimerais vous parler un moment. J'ai besoin de...

— Je crois que cette chose nous voit, Aina... fit-il en s'adressant d'un air ennuyé à sa compagne.

Elle, une chose ? Indignée, Gabby serra les poings, avant de s'efforcer de se calmer. Après tout, ils pouvaient croire ce qu'ils voulaient, elle savait, elle, qui avait une âme et qui n'en avait pas.

— Allez au diable ! reprit-elle crânement. Je suis juste là pour vous transmettre un message. Adam Black me demande de vous dire...

Comme ils se détournaient pour se parler à l'oreille, Gabby s'interrompit et fit un pas vers eux. Deux secondes plus tard, ils s'étaient volatilisés.

— Vous êtes donc tous aussi arrogants les uns que les autres ? demanda-t-elle à Adam entre ses dents serrées.

— Pourquoi ? s'inquiéta celui-ci. Qu'ont-ils dit ?

— Rien du tout, justement. Ils sont partis. Le mâle s'est contenté de me traiter de « chose », avant de glisser un mot à l'oreille de sa compagne et de disparaître avec elle sans m'écouter.

Les yeux plissés, Adam la dévisagea avec suspicion.

— Si tu essaies de me tromper, *sidhe-seer*...

Gabby émit un claquement de langue agacé.

— Pourquoi vous mentirais-je ? Je vous jure qu'ils étaient là. Un couple, mâle et femelle. Vous m'avez entendue, j'ai essayé de leur parler. Ils ne m'ont même pas laissée finir ma phrase avant de prendre la poudre d'escampette !

— À quoi ressemblaient-ils ?

Gabby les décrivit aussi précisément qu'elle le put, en ajoutant que le mâle avait appelé sa compagne « Aina ».

Adam hocha la tête avec soulagement.

— Je la connais, grommela-t-il. C'est une princesse de la maison D'Anu, la lignée d'Aoibheal. Il n'y a que sa faculté à se rendre insupportable qui est royale, mais elle va m'aider.

— Vous en êtes sûr ? demanda Gabby avec une moue dubitative.

Adam hocha de nouveau la tête et croisa les bras.

— Oui. Attendons-la. Aina a toujours eu un petit faible pour moi. Pour rester modeste. En fait…

Avant de conclure, il soupira avec lassitude.

— Autant dire les choses clairement : elle est dingue de moi.

Gabby n'avait aucun mal à le croire. Elle n'était sans doute pas née, celle qui, humaine ou faë, résisterait aux charmes du *sin siriche du*. Il aurait fallu mettre au point un vaccin contre l'effet produit par Adam Black sur la gent féminine et l'inoculer à la naissance à toutes ses victimes potentielles…

Du plat de la main, il tapota le banc à côté de lui et ajouta :

— Assieds-toi là. Ce ne sera pas long. Aina ne peut rien me refuser.

Gabby s'apprêtait à s'exécuter quand elle vit un autre faë apparaître à côté d'une fontaine, au centre du square. Celui-ci était seul. Exactement ce qu'elle avait cherché tout l'après-midi. Exactement ce que, d'après Adam, elle ne trouverait pas.

Peut-être parce que cette histoire d'Aina-qui-ne-pouvait-rien-lui-refuser l'avait agacée, elle saisit cette occasion de lui rabattre un peu son caquet.

— Finalement, vous vous trompiez. Un autre faë vient de se matérialiser à côté de la fontaine. Et il est tout seul.

Adam tressaillit et scruta discrètement l'endroit qu'elle lui avait indiqué.

— Quoi ? s'exclama-t-il à mi-voix. Où ça ? Non ! Surtout, ne me le montre pas du doigt. Ne le regarde même pas et évite de tourner les yeux vers moi. Éloigne-toi de quelques pas, tourne-moi le dos et décris-le-moi.

En dépit de ses recommandations, Gabby le dévisagea avec inquiétude. Il paraissait si inquiet que ce fut plus fort qu'elle.

— Ne me regarde pas ! insista-t-il d'une voix pressante. Et fais ce que je te dis.

Gabby s'appuya des deux mains sur une balustrade en pierre qui dominait une pelouse bordée d'arbres en contrebas et fit mine de s'absorber dans la contemplation de la vue. Le dos tourné au nouveau venu, elle le décrivit de mémoire à Adam.

— Il est grand. Les cheveux d'une couleur cuivrée, avec des mèches blondes. Son torque et ses brassards sont noirs, et il porte…

— Une chasuble et un pantalon blancs.

— Oui.

— Gabrielle, reprit Adam d'un ton sans réplique, tu vas t'éloigner de moi aussi vite que possible et ne pas te retourner. Fais-le… Maintenant !

Adam aurait dû se douter qu'elle ne lui obéirait pas. Malgré l'urgence de la situation, sa belle Irlandaise n'en fit qu'à sa tête. Elle se retourna et le dévisagea avec étonnement. Était-ce également de l'inquiétude qu'il vit passer dans ses beaux yeux verts ? Se faisait-elle du souci pour lui ?

Hélas, il n'avait pas le temps de se réjouir de cette première manifestation d'intérêt. C'était Darroc qu'elle venait de décrire, et si son pire ennemi s'emparait de lui dans l'état de faiblesse où il était, il ne donnait pas cher de sa vie, mortelle ou immortelle. Quant à Gabrielle, s'il mettait la main sur elle…

Adam se raidit, refusant que cette pensée s'imprime dans son esprit. Il allait redonner à Gabby l'ordre de s'enfuir sans attendre quand il vit son visage changer d'expression. Ses yeux n'étaient plus fixés sur lui, mais sur un point situé derrière son épaule droite. Bouche bée, elle écarquillait les yeux avec horreur, le visage pâle, l'air à la fois terrifié et incrédule.

— T-t-t-tra… parvint-elle à gémir.

Adam n'eut pas besoin d'en entendre davantage. Il n'y avait que les Traqueurs pour lui inspirer une telle terreur. Et leur apparition consécutive à celle de Darroc signifiait clairement que ce n'était pas pour elle qu'ils étaient là. L'animosité qui existait entre le doyen du Haut Conseil et lui remontait à des millénaires. Sans doute Darroc se faisait-il une joie de voir ses chiens de garde le réduire en pièces, maintenant que, sous sa forme humaine, il était à leur merci. Ensuite, seulement, il s'en prendrait à la *sidhe-seer*. Et une fois en son pouvoir, si vaillante fût-elle, sa petite Irlandaise n'aurait aucune chance.

D'un bond, Adam fut près d'elle, faisant de son corps un rempart pour la protéger des assaillants qu'il ne pouvait voir. Une détonation assourdie retentit. Quelque chose lui frôla l'épaule en sifflant, suscitant une vive douleur dans sa chair. Il passa un bras autour de la taille de Gabby, protégea de l'autre sa tête, ferma les paupières et se téléporta en direction du sud, aussi loin que son pouvoir restreint lui permettait encore de le faire. À l'instant où ils se rematérialisèrent, il se téléporta de nouveau, en serrant fermement Gabby contre lui.

Les escales express se succédèrent à toute allure. Une ligne de chemin de fer. Zap ! Une allée de grand magasin. Zap ! Le toit d'une maison. Zap ! Un champ de blé. Zap ! Encore un champ de blé. Zap ! Toujours un champ de blé (maudit Midwest !). Zap ! Le sommet du clocher d'une église, sans la moindre prise pour tenir debout… Ils tombèrent sous l'œil ricanant de gargouilles de pierre, et Adam, retrouvant ses esprits *in extremis*, se téléporta alors qu'ils n'étaient plus qu'à quelques mètres du sol.

Il ne se laissa pas pour autant impressionner par leur mésaventure et multiplia les sauts et les changements de direction, uniquement soucieux de semer ses ennemis et de mettre le plus de distance possible entre eux et sa trop vulnérable et trop humaine *sidhe-seer*.

Bien qu'aucun son ne sortît de sa gorge, Gabby avait l'impression de hurler à pleins poumons. Les bras d'Adam Black n'étaient pas seulement serrés autour d'elle, on aurait dit que son corps s'enroulait autour du sien comme une plante grimpante.

Encore cela ne l'emplissait-elle pas autant de terreur que la sensation de disparaître et de réapparaître sans arrêt. À un moment donné, elle existait, mais la seconde suivante, elle n'existait plus, avant d'exister de nouveau… Un faë trouvait peut-être cela amusant, mais elle, elle n'aimait pas cela du tout. Finalement, après l'épisode du clocher – elle en avait encore des haut-le-cœur ! –, elle avait décidé de fermer obstinément les yeux et de ne plus penser à rien. En tout cas, de penser le moins possible aux Traqueurs.

En chair et en os – si c'était réellement ce qui les constituait –, ils étaient encore plus terrifiants que ne le rapportaient les annales de la famille O'Callaghan. Il n'existait naturellement aucune image pour les représenter, étant donné que celles qui avaient eu la malchance de les voir n'avaient jamais pu revenir témoigner de leur expérience. Mais d'après les quelques rares descriptions qui en étaient faites, il s'agissait d'incubes ailés, cornus, aux pieds fourchus.

C'était en effet à cela qu'ils ressemblaient. En dix fois pire. Gigantesques, couverts de cuir plus que de peau, ils avaient des yeux orange, luisants comme des fenêtres ouvertes sur l'enfer. Et ils avaient effectivement de grandes ailes dans le dos, d'impressionnants crocs jaunes, ainsi que de longues griffes acérées. Gabby n'en était pas tout à fait certaine, mais il lui avait également semblé voir s'agiter une queue dans leur dos.

Ce qu'elle ne comprenait pas, c'était la raison pour laquelle, alors qu'ils étaient si manifestement capables de réduire leur proie en charpie sans arme, ils avaient jugé utile de se munir de revolvers.

Quand, enfin, leur fuite insensée s'acheva, Gabby ouvrit les yeux sur une clairière ombragée en plein bois. Elle était trempée jusqu'aux os. Ses cheveux étaient collés en mèches humides sur son visage, ses vêtements plaqués contre sa peau. Tremblante et essoufflée, elle n'eut pas la force de chercher à échapper à l'emprise des bras d'Adam Black et demeura blottie contre sa poitrine.

— Tu vas bien, *ka-lyrra* ? murmura-t-il au creux de son oreille.

Il ne fallut pas plus que ces quelques mots pour qu'elle voie rouge. D'un geste brusque, elle se déroba à son étreinte et se campa devant lui. Après avoir écarté le rideau de cheveux mouillés qui lui masquait le visage, elle hurla :

— Vous osez me demander si je vais bien ? À votre avis ? Est-ce que j'ai l'air d'aller bien ? Évidemment que je ne vais pas bien ! Le monde s'écroule par pans entiers autour de moi, et c'est un miracle que je sois encore en vie !

Après avoir dévalé le long de ses joues, des traînées de mascara vinrent maculer son corsage. Gabby recula de deux pas et baissa les yeux pour mesurer l'étendue des dégâts sur sa tenue. En marchant, un affreux bruit de succion s'échappa de ses chaussures. Incrédule, elle se pencha pour les observer et vit un têtard glisser du bas de son jean sur le sol, où il se tortilla désespérément.

— Ah ! cria-t-elle en le désignant d'un doigt tremblant. Un têtard ! J'avais un têtard dans mon pantalon !

— Heureux têtard… murmura Adam d'un air rêveur. Quand on se déplace ainsi dans l'espace, *ka-lyrra,* il faut s'attendre à quelques surprises, expliqua-t-il. Nous nous sommes retrouvés à la surface d'un lac aux environs du quatre-vingt-dix-septième saut. Et démuni comme je le suis de mes pouvoirs, il m'est impossible de marcher sur l'eau.

Le cœur au bord des lèvres, Gabby passa frénétiquement ses mains à la surface de son pantalon, à la recherche de toute protubérance suspecte.

— Je vous déteste ! cria-t-elle. Oh ! Comme je vous déteste…

Sa réaction ressemblait bien trop à un caprice de gamine à son goût, mais il lui fallait d'une manière ou d'une autre exprimer sa fureur et sa frustration.

— Non, Gabrielle, corrigea-t-il d'une voix douce. Tu ne me détestes pas.

Prête à lui prouver avec véhémence qu'il se trompait, elle leva les yeux vers lui… et se calma instantanément. Satané faë ! Alors qu'elle devait avoir l'air d'une loque, trempée comme elle l'était, lui paraissait plus séduisant et irrésistible encore, avec ces gouttelettes qui dévalaient lentement sa peau dorée, et ses cheveux noirs humides qui cascadaient en voiles ondulés jusqu'à ses hanches.

— Viens, Gabrielle… dit-il, la main tendue vers elle. Nous ne devons pas nous arrêter. Les Traqueurs ne se laisseront pas si facilement semer. Mon pouvoir se réduit à si peu de chose qu'il nous faut continuer à sauter d'un bout à l'autre du pays si nous voulons leur échapper.

Vivement, Gabby croisa les mains dans son dos. Elle avait besoin d'un peu plus de temps pour recouvrer ses esprits. Du regard, elle désigna le têtard, qui ne bougeait plus guère sur le sol.

— Quoi ? s'étonna Adam.

— Je suppose que la marche arrière existe dans votre machine à téléporter ? Ramenez-le d'où il vient.

Les yeux ronds, il la dévisagea un instant en silence. Gabby s'efforça de masquer sa satisfaction. C'était bien la première fois qu'elle le prenait de court…

— Gabrielle… protesta-t-il avec un sourire hésitant. Tu plaisantes, n'est-ce pas ?

L'air grave, elle soutint son regard et demanda :

— Avez-vous le temps de le faire sans nous mettre en danger ?

Il réfléchit un instant et répondit à contrecœur :

— Oui, mais…

— Alors, non, je ne plaisante pas.

— Mais ce lac est au moins à trois sauts d'ici !

— Si vous ne le remettez pas dans son élément, il va mourir. Vous pouvez penser que c'est une pathétique petite chose à l'espérance de vie limitée dont la disparition ne signifie rien, mais s'il était possible de lui demander son avis, ce têtard vous dirait probablement qu'il a très envie de devenir une grenouille ! À présent, ramenez-le. Une vie est une vie. Peu m'importe qu'elle puisse paraître sans importance aux yeux d'un faë tout-puissant.

Adam haussa ses sourcils noirs parfaitement dessinés et s'inclina courtoisement.

— Bien, Gabrielle.

Avec une délicatesse dont elle ne l'aurait jamais cru capable, il se pencha, plaça le têtard agonisant dans le creux de sa main, puis disparut.

Gabby profita de l'absence d'Adam pour inspecter le contenu de son sac. Par miracle, celui-ci était resté accroché à son épaule durant leur périple effréné. En découvrant que le faux cuir s'était révélé parfaitement imperméable, elle se félicita de ne pouvoir s'offrir que des accessoires bon marché. Et, tout en y piochant de quoi redonner une apparence civilisée à son visage, elle tenta de faire rapidement le point sur sa situation, qui, assurément, n'était guère brillante.

Non seulement le marché qu'elle avait passé avec Adam Black ne l'avait pas libérée de sa présence, mais d'autres faës étaient à présent au courant de sa nature de *sidhe-seer*, à commencer par ce solitaire aux cheveux cuivrés. Et pour couronner le tout, les Traqueurs étaient intervenus – prévenus par qui ? –, ce qui ne faisait qu'épaissir encore le mystère qui entourait Adam Black.

Pourquoi s'étaient-ils munis de revolvers pour accomplir leur sale besogne ? Plus étonnant encore, pourquoi avaient-ils paru viser Adam bien plus qu'elle-même ? Quant à la réaction de celui-ci face au danger qui le menaçait, elle défiait l'entendement. Alors qu'il aurait pu disparaître, comme il savait si bien le faire, en l'abandonnant à son sort, il avait pris le risque de la protéger de son corps et d'assurer leur fuite à tous les deux. « Tu te fourres le doigt dans l'œil si tu t'imagines que c'est pour tes beaux yeux, railla en elle la voix de la raison. Il était obligé de te sauver. Sans toi, comment ferait-il pour voir les siens, qui ne le portent apparemment pas tous dans leur cœur ? »

— Ton ami le têtard a retrouvé son royaume, *kalyrra*...

Adam venait de se matérialiser à côté d'elle et s'ébrouait comme un splendide animal mouillé, envoyant valser tout autour de lui des chapelets de gouttes que les rayons du soleil faisaient étinceler.

— Comme lui, reprit-il en dardant sur elle un regard intense, tu n'as rien à craindre et tu ne dois pas avoir peur. Je ne laisserai personne te faire du mal. Ni aujourd'hui, ni jamais.

— Vous pouvez difficilement faire autrement, rétorqua-t-elle avec amertume. Tant que vous avez besoin de moi, vous devez me garder en vie.

Sans la quitter des yeux, Adam secoua longuement la tête avant de lui répondre, comme si cette insinuation l'attristait bien plus qu'elle ne le choquait :

— Tu oublies que je t'ai ordonné d'aller te mettre à l'abri avant même que tu ne découvres les Traqueurs, dit-il enfin. Têtue comme tu l'es, c'est toi qui as choisi de ne pas m'écouter.

Plus troublée qu'elle ne l'aurait voulu par cet argument, Gabby détourna prudemment le regard.

— Si ce n'est pas dans votre propre intérêt, bougonna-t-elle, pourquoi avoir pris tant de risques pour me sauver ?

— C'est moi qui ai mis ton existence en danger. C'est donc à moi de te protéger et de faire en sorte que tu ne risques plus rien.

Gabby, qui scrutait son visage à la dérobée, en resta bouche bée. Il avait parlé d'une voix tendue par la colère, et une expression de farouche détermination durcissait ses traits, accentuant leur aspect guerrier. S'il avait été un homme normal, on aurait pu jurer qu'il s'en voulait d'avoir, par son imprudence, mis en danger la vie de Gabby.

Une douzaine de questions tourbillonnaient dans son esprit. Elle voulut reprendre son interrogatoire, mais, devinant ses intentions, il déclara :

— Pas maintenant. Nous devons y aller. Nous pourrons parler autant qu'il te plaira, mais plus tard. Pour l'heure, le plus urgent est de semer les Traqueurs.

Gabby replaça la bandoulière de son sac sur son épaule et fit un pas vers lui. Soudain, elle remarqua les traces rouges qui maculaient sa chemise trempée au niveau de son épaule.

— Vous êtes blessé ! s'exclama-t-elle en se précipitant pour examiner la plaie. Faites-moi voir ça.

D'un pas de côté, il se mit à l'abri de sa sollicitude.

— Ne perdons pas de temps ! dit-il avec impatience. Ce n'est qu'une égratignure sans conséquence. Fais-moi confiance, je ne prendrai aucun risque avec ma santé tant qu'Aoibheal ne m'aura pas rendu mon immortalité.

— Oh ! J'oubliais… railla Gabby, vexée par sa réaction. La toute-puissante reine des Tuatha Dé Danaan elle-même ne peut rien refuser au magnifique prince du D'Jai.

— Ne te laisse pas aveugler par tes préjugés, *kalyrra*... Dans ton propre intérêt, essaie de me voir tel que je suis.

Gabby haussa les épaules, agacée. Il ne manquait pas de toupet de lui reprocher son étroitesse d'esprit et de l'accuser de mesquinerie. Elle se contentait de s'en tenir aux faits. Et les faits étaient... Quels étaient-ils, au juste ?

Ébranlée par les événements récents, elle ne savait plus que penser, ce qui était particulièrement irritant. Pourquoi la réalité ne pouvait-elle demeurer ce qu'elle avait toujours été ? Les humains du bon côté, les faës du mauvais. C'était simple, efficace, rassurant. C'était ce qu'on lui avait appris depuis qu'elle était toute petite. En s'immisçant dans son existence, en ne se conduisant pas en faë machiavélique et intraitable, Adam Black avait instillé en elle le poison du doute.

Ils ne s'arrêtèrent de passer d'un endroit à un autre que bien après la tombée de la nuit. En fait, songea Gabby dans un demi-sommeil, ce pouvait tout aussi bien être l'aube d'un nouveau jour. En perdant la notion de l'endroit où elle se trouvait, elle avait également perdu celle du temps.

Ce fut dans un train de passagers qui quittait Louisville, dans le Kentucky, qu'ils cessèrent leur errance. Adam expliqua à Gabby qu'il leur fallait emprunter à présent des moyens de locomotion plus conventionnels, pour achever de brouiller leur piste. Ce n'était pas elle qui allait s'en plaindre...

Une fois de plus, elle était tellement fatiguée qu'elle pouvait à peine réfléchir. Quand ils eurent déniché un compartiment vide, elle se laissa tomber sur la banquette avec un soupir d'épuisement. Par la fenêtre, elle vit les premières lueurs de l'aurore colorer le ciel à l'horizon. Ce qui signifiait qu'elle venait de passer de nouveau vingt-quatre heures éveillée, vingt-quatre heures qui, une fois de plus, avaient été les plus traumatisantes de toute son existence…

Incapable de trouver une seule raison d'espérer dans la cascade des derniers événements, Gabby décida de remettre à plus tard toute nouvelle tentative d'analyse de la situation. Cédant à l'épuisement qui l'engourdissait corps et âme, elle laissa son menton, soudain aussi lourd qu'une tonne de plomb, retomber sur sa poitrine. Et quand Adam Black, après s'être allongé sur la banquette, l'incita à faire de même et la prit dans ses bras, elle se contenta avec un petit soupir de se lover confortablement contre lui.

Dans un ultime éclair de lucidité, elle justifia son comportement par le fait que son jean était encore humide, qu'elle n'avait pas de couverture et que la chaleur corporelle de son protecteur lui permettrait de ne pas prendre froid. Ce n'était pas une excuse pour presser sa joue contre la partie de son torse que sa chemise laissait dénudée, ni pour inhaler avec délices son odeur épicée et masculine, mais ce fut pourtant ce qu'elle fit.

— Gabrielle ? murmura Adam. Tu ne serais pas en train de tomber amoureuse de moi, par hasard ?

— Jamais de la vie… marmonna-t-elle d'une voix ensommeillée.

— Tant mieux, répondit-il tout bas. Je m'en voudrais si c'était le cas.

Gabby songea vaguement qu'il n'était pas le seul, puis sombra avec volupté dans le sommeil.

12

Adam remua avec précaution, s'efforçant de trouver une position moins douloureuse pour son épaule engourdie sans réveiller Gabrielle. Il était trop heureux qu'elle ait accepté de dormir dans ses bras pour prendre ce risque.

Cela faisait des heures qu'elle reposait tout contre lui. Épanoui par la détente procurée par le sommeil, son visage paraissait plus doux, plus jeune, plus innocent – et d'autant plus bouleversant à ses yeux. Incapable de s'en empêcher, il laissa un doigt rêveur courir le long de sa joue, en se demandant une fois encore à quoi tenaient la beauté féminine et l'émotion qu'elle suscitait en lui. Des milliers d'années ne lui avaient pas permis de le découvrir.

Adam ne savait pas ce qui faisait la beauté d'une femme, mais il était certain que Gabby était l'une des plus belles de celles qui avaient croisé sa longue route. Cela ne tenait pas uniquement à la perfection de ses traits et à l'équilibre de ses formes, mais aussi à sa présence chaleureuse et vibrante, à son tempérament fier et indompté. Pour lui, elle était tout à la fois splendeur de l'automne et douceur du printemps, là où les Tuatha Dé Danaan du beau sexe n'étaient que perfection glacée d'un perpétuel hiver. Gabrielle était en tout point le genre de femme qu'un Highlander cherchait pour compagne. Une femme avec qui un homme pouvait se disputer, rire et faire l'amour tout au long d'une vie.

Gabby soupira dans son sommeil et se lova plus confortablement contre lui. Adam ne se leurrait pas sur les raisons qui l'avaient poussée à changer de comportement à son égard : ce n'était pas la confiance qui l'avait incitée à s'abandonner entre ses bras, mais plutôt l'épuisement et les circonstances. Jusqu'à ce que surviennent les Traqueurs, elle avait cru qu'il représentait la pire des menaces pour elle. À présent qu'avaient surgi des périls plus réels, il demeurait peut-être à ses yeux le grand méchant loup, mais devenait son seul allié et son seul recours.

Un allié bien défaillant, comme la douleur cuisante qui traversait de temps à autre son épaule se chargeait de lui rappeler... Fort heureusement, la balle l'avait seulement éraflé, mais il frémissait à l'idée qu'elle aurait pu faire mouche. Quand Gabrielle lui avait raconté dans le détail ce qu'elle avait vu, à la faveur d'une des courtes pauses qu'il leur avait accordées au cours de leur fuite, il était entré dans une rage noire – contre lui-même.

Pas besoin d'avoir un Q.I. de faë pour comprendre la raison pour laquelle les Traqueurs avaient agi en présence de Darroc et s'étaient servis d'armes à feu on ne peut plus humaines.

Il avait alors compris qu'il n'avait cessé, depuis que la reine l'avait banni du royaume des Faës, de se comporter en idiot. Une semaine plus tôt, il était encore convaincu de n'avoir pour autres ennemis que la frustration et l'ennui. Puis il avait rencontré Gabrielle, et sa seule obsession était devenue de la séduire. À présent, son unique souci était de parvenir à les maintenir tous les deux en vie.

Comment avait-il pu faire fi aussi vite du monde que, par la force des choses, il avait laissé derrière lui ? Comment avait-il pu oublier ses arcanes complexes, ses factions, ses tensions, ses incessantes intrigues de cour ? Mais surtout, quel fou il avait été de ne pas comprendre que Darroc, son ennemi juré de toujours, chercherait à tirer profit de la situation !

Le différend qui les opposait remontait à plus de quatre mille ans, à une époque où le Pacte entre les Tuatha Dé Danaan et les hommes n'avait pas encore été signé, à un temps où les seules armes capables de blesser ou tuer un faë n'avaient pas encore été cachées par la reine dans une dimension secrète. Adam s'était emparé de l'une de ces épées sacrées pour infliger à Darroc la terrible blessure dont ce dernier gardait encore, par défi et orgueil, la cicatrice au visage.

Adam aurait aimé avoir tenté de le tuer pour une noble cause, mais à la vérité, c'était une femme, une mortelle, qui avait été à l'origine de leur conflit. C'était Adam qui l'avait découverte. Mais Aoibheal l'avait rappelé d'urgence à la cour pour quelque futile raison, et Darroc, le premier, était arrivé à ses fins avec elle, alors qu'il savait parfaitement à quel point Adam la désirait.

Hélas pour la jeune mortelle, Darroc était de ceux qui estiment que la beauté et l'innocence ne peuvent se savourer pleinement que par leur destruction. En ces temps d'avant le Pacte, alors que l'installation des faës dans ce monde était encore récente et qu'aucune loi ne régissait leurs rapports avec les mortels, il avait usé d'elle selon son bon plaisir, avant de la rejeter comme un jouet brisé.

À son retour chez les humains, Adam avait découvert ce que Darroc avait fait de la jeune fille rieuse et vibrante de vie qui l'avait séduit. Cruellement, méthodiquement, il l'avait brisée et réduite au silence pour toujours. Sa mort avait dû être lente, effroyable. Il l'avait tuée sans aucune raison, en un déchaînement de violence gratuite et haineuse. À l'époque, Adam avait lui aussi les doigts tachés de sang. Mais il n'avait jamais tué gratuitement, uniquement pour le plaisir.

La haine qui était née entre eux ce jour-là ne s'était jamais démentie. Menacés par Aoibheal de sévères représailles – la mort, de la main même de la souveraine, rien de moins –, ils avaient été forcés depuis lors de régler leurs comptes dans l'arène politique. Un terrain sur lequel Adam avait perfectionné ses talents de subtilité et de séduction, armes qui lui avaient permis de l'emporter sur Darroc en maintes occasions. Mais celui-ci avait également évolué, développant au fil des millénaires une fourberie qui n'avait d'égale que sa brutalité.

Au prix d'incessantes intrigues, il s'était assuré un siège au Haut Conseil Royal, dont il était à présent le doyen. Adam, lui, avait préféré faire la conquête de la reine et devenir son éminence grise. Darroc et lui, dans des optiques radicalement opposées, faisaient figure de chefs de file à la cour. Et à présent que le prince du D'Jai n'était plus là pour imposer son point de vue, il y avait fort à parier que les courtisans, versatiles par nature, s'employaient à retourner leur veste. Il ne faudrait pas attendre longtemps avant que Darroc ne s'arrange pour dresser une majorité contre Aoibheal afin de la renverser. Comment celle-ci avait-elle pu négliger ce risque en bannissant Adam ? Et qu'adviendrait-il du Pacte, que Darroc méprisait ouvertement, s'il prenait le pouvoir ?

Gabrielle s'étira, arrachant Adam à ses pensées. Recroquevillée en chien de fusil, elle reposait sur lui, sa joue calée contre son cœur et sa hanche collée contre le renflement de son sexe comprimé par le jean. Cette partie de son anatomie semblait dorénavant dotée d'une vie propre, n'obéissant qu'à une simple loi de la nature : « Elle est là, je me dresse... »

Il la désirait plus que jamais, avec une violence qui lui faisait peur. La force ne lui avait jamais paru une option aussi souhaitable, mais y avoir recours le rabaisserait au niveau de Darroc. Alors, il tiendrait la promesse qu'il avait faite à Gabrielle : il n'abuserait pas d'elle et ne la posséderait qu'avec son plein consentement. Il lui tardait que ce jour arrive. Après tout, il n'était qu'un homme. Doté d'une conscience de Tuatha Dé Danaan, certes. Même si sa belle Irlandaise soutenait que les faës n'en avaient pas.

Gabby s'étira précautionneusement, notant les muscles endoloris au passage et comprenant qu'il ne devait pas en manquer beaucoup à l'appel. Elle avait mal de la tête aux pieds, nageait encore en plein rêve et n'avait pas la moindre idée de l'endroit où elle se trouvait.

Prudemment, elle entrouvrit les paupières. Penché sur elle, Adam Black la dévisageait de son insondable regard noir.

— Bonjour, *ka-lyrra*, dit-il avec un sourire paresseux et sexy.

— Bonjour, cela reste à voir ! grommela-t-elle. « Jour », peut-être, « bon », j'en doute...

Comment une journée passée en tête à tête avec lui aurait-elle pu être bonne ? Dangereuse ? Oui. Affolante ? Certes. Mouvementée, pleine d'imprévus et, d'une certaine façon, fascinante ? Évidemment. Mais bonne...

— Je serais volontiers allé nous chercher un peu de café, reprit-il, mais comme tu es couchée sur moi, je ne voulais pas troubler ton sommeil.

Un rapide tour d'horizon permit à Gabby de constater qu'il ne mentait pas. Effectivement, il était à moitié allongé sur la banquette, le dos coincé dans l'encoignure de la fenêtre, et elle était étendue sur son corps chaud et confortable. Les jambes repliées sur une de ses cuisses, la hanche coincée contre quelque chose de dur dont elle préférait ne pas connaître la nature, elle avait la joue dans le creux de son épaule et la main égarée dans ses cheveux – exactement comme si elle avait été en train de les caresser dans son sommeil !

— Désolée ! s'exclama-t-elle en se redressant vivement.

Elle s'empressa de s'asseoir sur la banquette, mais il suivit le mouvement, et sa main puissante lui agrippa fermement le poignet.

— Pas si vite, *ka-lyrra* !

— Laissez-moi tr…

Gabby frissonna de la tête aux pieds et n'acheva pas sa phrase. Elle ne se trouvait plus dans une position embarrassante ; pourtant, quelque chose clochait. Il lui fallut un moment pour comprendre de quoi il s'agissait. Elle était bien assise sur la banquette… mais quelqu'un y était assis exactement au même endroit qu'elle !

Elle ouvrit la bouche, mais n'eut pas le temps de crier. Adam se leva prestement, passa un bras autour de ses hanches et l'entraîna hors du compartiment. Il parcourut ainsi plusieurs voitures, en la maintenant étroitement serrée contre lui, jusqu'à ce qu'ils tombent sur un compartiment vide. Alors seulement, après avoir refermé porte, verrou et rideaux derrière eux, il la relâcha et la laissa s'effondrer sur la banquette.

Les yeux écarquillés, Gabby ne put que le dévisager avec incrédulité. Elle ouvrait et refermait la bouche comme un poisson hors de l'eau, incapable de prononcer un mot.

— Pas de panique ! lança-t-il avec un sourire rassurant. Ce n'est qu'un des effets du *féth fiada*.

— Qu'êtes-vous en train de me dire ? s'exclama-t-elle. Que c'est contagieux et que j'en suis porteuse à mon tour ? Que plus aucun de mes semblables ne peut me voir, me toucher ou m'entendre ?

Sa question le fit sourire.

— Le *féth fiada* n'est pas une maladie, *ka-lyrra*. Mais lorsque je te touche – et uniquement le temps que dure ce contact –, il se transmet à toi, comme un courant électrique passe d'un corps à un autre.

En la voyant se palper frénétiquement pour s'assurer qu'elle était bien réelle, Adam se mit à rire et précisa :

— Comme tout ce qui existe dans votre réalité, quand je te touche, tu te retrouves englobée par le charme qui agit sur moi. Tu deviens invisible pour le commun des mortels jusqu'à ce que je te lâche. Tout à l'heure, j'ai essayé de te prévenir, mais il était trop tard. La dame s'était assise en toi avant que tu ne t'en aperçoives... Une fois que c'était fait, je ne pouvais pas te lâcher, car je ne suis pas sûr de ce qui se serait passé alors.

Gabby se sentit blêmir.

— Vous voulez dire que j'aurais pu me retrouver incorporée à elle ?

— C'est une possibilité, répondit-il d'un air songeur. Mais je n'ai aucune certitude, car je n'ai jamais vu le cas se produire. Peut-être vos deux corps se seraient-ils dissociés instantanément. Peut-être te serais-tu retrouvée assise sur les épaules de la dame. Tu imagines sa tête ? Et la tienne ?

Comme il se remettait à rire de plus belle à cette perspective, Gabby se renfrogna.

— Il n'y a que vous pour en rire... Ce n'est vraiment pas drôle de se faire asseoir *dedans* !

— Je sais, admit-il en hochant la tête. J'ai pu en faire l'expérience, moi aussi.

Dans le silence qui suivit, elle le regarda s'asseoir sur la banquette située face à la sienne et soutint sans ciller le regard curieux qu'il dardait sur elle. La tête lui tournait, tant ce qu'il venait de lui expliquer lui paraissait aberrant.

— Voyons si je vous ai bien compris, dit-elle enfin. Quand vous me touchez, ma présence ne peut plus être décelée par aucun être humain.

— Exact.

— Mais les faës, eux, continuent à nous voir.

— Oui.

— Pourtant, quand vous me touchez et que je n'existe plus pour les autres humains, mes yeux continuent à percevoir le monde qui nous entoure et mes mains à pouvoir le toucher. Dans ce cas, est-ce que j'existe réellement dans ce monde, oui ou non ?

— Intéressante question métaphysique, *ka-lyrra*... Mais il m'est difficile d'y répondre avec des mots humains. Votre race n'a pas encore élaboré les concepts qui vous permettraient de...

— Essayez quand même ! coupa-t-elle sèchement. Je n'ai peut-être pas l'intellect surdimensionné d'un faë, mais je ne suis pas totalement stupide.

Le front ridé par la concentration, Adam chercha ses mots pendant une longue minute, puis répondit :

— Dans votre conception de la réalité, le *continuum* spatio-temporel possède quatre dimensions. Mais dans la nôtre, c'est avec treize dimensions qu'il faut compter. Vos savants ne sont pas encore prêts à appréhender de telles vérités, même s'ils ont fait d'énormes progrès dans cette voie au cours du XXe siècle. Et pour répondre à ta question, oui, tu existes. Même si tu n'es plus là pour tes semblables quand je te touche, tu restes par exemple parfaitement réelle pour les animaux, qui ne sont pas affectés par les effets du *féth fiada*. Les chats et les chiens voient parfaitement les faës. Voilà pourquoi ils donnent parfois l'impression de fixer le vide, de faire le gros dos ou d'aboyer sans raison.

— Hum... Je vois. Mais j'aimerais ajouter une chose...

— Oui, *ka-lyrra* ?

— Si jamais vous laissez encore quelqu'un s'asseoir en moi, dans n'importe laquelle de vos treize dimensions, vous n'aurez plus à vous en faire au sujet des Traqueurs, parce que je vous tuerai moi-même.

Cette perspective ne fit pas rire Adam autant qu'elle l'aurait dû, tant il était évident qu'elle ne plaisantait pas. Bien qu'elle fût près de deux fois moins grosse que lui, Gabrielle n'hésitait pas à s'opposer à lui d'égale à égal.

Une seule autre femme avait eu un jour le cran d'adopter une telle attitude, plus d'un millénaire auparavant, dans l'Écosse du IXe siècle de l'ère chrétienne. Morganna était son nom. Il l'avait aimée, et elle était devenue la mère de Circenn. Elle était la seule mortelle à qui il eût offert l'immortalité. Et elle l'avait refusée.

« Laisse-moi mourir, Adam… supplia une troublante voix de femme à l'accent écossais, au fond de sa mémoire. Si tu m'aimes vraiment, laisse-moi mourir, je t'en supplie… » Adam secoua la tête pour chasser la voix importune. Malgré les centaines d'années qui avaient passé, il lui était toujours aussi douloureux d'évoquer la femme à qui elle avait appartenu.

Sans prévenir et sans lui laisser une chance de lui échapper, il bondit vers Gabrielle et referma le poing sur le tissu de son corsage, l'attira à lui, pencha la tête vers elle et posa en douceur ses lèvres sur les siennes. En dépit du tumulte qui s'était emparé de lui et de la soudaine et très douloureuse tension de son sexe, il parvint à ne pas approfondir ce baiser. Ce ne fut rien de plus qu'un effleurement de leurs bouches, léger et très éphémère, assorti du grondement rauque de désir frustré qui montait dans sa gorge.

Vaillamment, il livra bataille contre lui-même, pour résister à l'envie de renverser Gabby contre son siège, pour ne pas lui arracher son jean, pour éviter de s'enfouir en elle sans plus de formalités. Au prix d'un effort titanesque, il parvint à se contenter de cette ébauche de baiser et du frisson érotique qu'il lui procurait, ravi de sentir les lèvres de Gabrielle s'amollir sous les siennes.

Tant qu'il en était encore temps, il se résigna à en rester là. Et lorsqu'il la relâcha, il fut satisfait de la voir chanceler sur la banquette, les yeux dans le vague et le souffle coupé. Ses lèvres sensuelles restèrent entrouvertes, et il comprit que dès qu'il lui prendrait l'envie d'y goûter encore, elle n'aurait pas la force de s'y opposer. Sa conquête avait commencé. Il avait introduit dans ses veines un poison dont il serait le seul antidote.

— C'est d'accord, *ka-lyrra*... répondit-il à retardement. Je préfère cent fois mourir de ta main que de celle des Traqueurs.

13

Ils débarquèrent ce soir-là à Atlanta, en Géorgie, et s'installèrent dans le plus luxueux hôtel de la ville. Adam avait prévenu Gabby qu'ils n'y resteraient qu'une nuit, pour éviter de se faire repérer, mais elle avait tout de suite souri à la perspective de pouvoir enfin se laver, manger un vrai repas et dormir dans un lit digne de ce nom.

On ne pouvait accuser Adam Black de manquer de goût, songea-t-elle au sortir de la douche, tout en enveloppant ses cheveux humides dans une moelleuse serviette blanche. La salle de bains dans laquelle elle se trouvait était aussi grande que sa chambre de Newport et ressemblait à un rêve de designer. Le marbre rose se mêlait au marbre crème, les accessoires semblaient être en plaqué or, et tous les équipements étaient à la pointe de ce que la technologie avait à offrir en matière de luxe et de confort.

Dans la glace qui occupait le pan de mur au-dessus des lavabos, elle se lança dans un examen critique et minutieux de son visage. En songeant à la facilité déconcertante avec laquelle Adam était parvenu à les introduire dans ce palace, elle se surprit à sourire.

Dans le vaste hall surmonté d'une verrière en dôme, il l'avait laissée quelques minutes admirer les lustres en cristal, les meubles d'époque, les stucs et les ors. Dans ce temple de la distinction et de l'élégance, où ses vêtements fatigués et sa mine défraîchie détonnaient, Gabby s'était sentie aussi déplacée qu'une icône *grunge* à la cour de la reine d'Angleterre.

Adam, lui, s'était glissé avec nonchalance derrière le comptoir de la réception, la laissant affronter les regards suspicieux et hautains que lui lançaient les grooms en passant près d'elle. Elle l'avait vu s'installer, invisible et indétectable, à un ordinateur inoccupé. Quelques minutes plus tard, il revenait vers elle, tout sourire, muni d'un bordereau de réservation imprimé et d'une clé magnétique.

Sans attendre, il l'avait prise par le bras – ce qui avait causé l'ébahissement d'un des réceptionnistes, qui aurait juré avoir aperçu une seconde plus tôt une jeune femme dépenaillée dans le hall désormais désert –, et ils s'étaient dirigés ensemble vers les cabines d'ascenseur.

— J'aurais voulu réserver la suite présidentielle, lui avait-il dit en attendant l'ascenseur, mais elle était occupée. Je me suis rabattu sur la deuxième suite la plus chère. Si elle ne te convient pas, nous pourrons toujours changer d'hôtel.

En découvrant les trois somptueuses pièces qu'il lui avait fait visiter, Gabby n'avait pas eu besoin de lui dire que la suite lui convenait : sa mine ahurie avait dû parler pour elle. Sur le seuil de la salle de bains, il s'était incliné vers elle pour un cérémonieux baisemain, lui avait indiqué qu'il avait des choses à faire et serait de retour une heure plus tard, puis s'était éclipsé à sa manière habituelle.

Après son départ (plus exactement, après sa disparition), Gabby avait eu un brusque accès de panique. Que ferait-elle si les Traqueurs surgissaient pendant l'absence d'Adam ? En se disant qu'il avait dû y songer et estimer qu'elle ne courait pas de risques, elle s'était bien vite tranquillisée. Cela lui avait permis de constater, avec un certain malaise, qu'elle lui faisait à présent confiance pour la protéger des dangers qui la menaçaient – à l'exception toutefois du danger qui consistait à succomber à son charme…

En sortant de la salle de bains pour regagner la chambre, sa toilette achevée, le regard de Gabby tomba sur le lit. Il était vaste, imposant et couronné d'un baldaquin en soie, mais il n'en demeurait pas moins l'unique lit de la suite. Tout en songeant qu'il lui faudrait se résoudre à dormir sur le canapé, Gabby alla tester la fermeté du matelas et fut assaillie en s'y asseyant par une troublante réminiscence du baiser qu'Adam lui avait donné dans le train.

Alors qu'elle s'y attendait le moins et qu'elle n'était pas sur ses gardes, il l'avait attrapée par son corsage, attirée à lui et lui avait fait goûter ces lèvres divines qui étaient les siennes. Le cœur battant, trop bouleversée pour lui résister, elle avait cru qu'il allait tirer avantage de la situation et s'était préparée à subir de sa part un assaut en règle de tous ses sens… Mais il s'était contenté d'un baiser si bref et si chaste qu'il méritait à peine ce nom.

Naturellement, il l'avait fait exprès. C'était une de ses tactiques pour la séduire. Elle l'avait deviné à son regard, quand il l'avait lâchée et qu'elle s'était laissée aller contre le dossier de la banquette, pantelante telle une gamine lors de son premier flirt, incapable même de faire semblant de s'indigner. Elle s'était efforcée malgré tout de soutenir son regard triomphant, mais ni elle ni lui n'avaient été dupes. Elle ne souhaitait qu'une chose : qu'il recommence au plus vite, d'une manière un peu plus convaincante et plus conforme à sa réputation, cette fois…

Avec un grognement de dépit, Gabby se leva pour aller inspecter le contenu du bar, en s'essuyant machinalement les lèvres d'un revers de main. Tout en prenant un soda, elle rassembla mentalement les informations qu'elle était parvenue à arracher à Adam dans le train, autour d'un plateau-repas. Informations qui se résumaient à peu de choses… Soit il n'était pas dans ses habitudes de discuter de ses affaires de faë avec les humains, soit il répugnait à lui en parler, à elle, car elle avait dû batailler ferme pour lui tirer les vers du nez.

Le faë au visage balafré et aux cheveux couleur de cuivre – aussi beau qu'un apollon malgré sa cicatrice, évidemment – s'appelait Darroc. Il siégeait au Haut Conseil Royal des Tuatha Dé Danaan, dont il était le doyen, et vouait à Adam une haine ancienne et manifestement réciproque. Adam était convaincu que c'était Darroc qui avait appelé les Traqueurs et leur avait ordonné d'utiliser des armes à feu pour le supprimer, afin que sa disparition ressemble à un accident – une balle perdue, dans un règlement de comptes entre humains, par exemple. En insistant beaucoup, Gabby était parvenue à lui faire dire qu'il craignait que Darroc ne profite de son bannissement pour prendre le pouvoir à la cour et renverser la reine, ce qu'il ne pouvait réussir que si son ennemi de toujours se retrouvait définitivement hors course.

Les éléments nouveaux qu'elle avait glanés se limitaient à ces quelques renseignements. Adam refusait de lui révéler le plan qu'il disait avoir mis au point pour les sauver tous deux. Il n'avait pas non plus voulu lui expliquer pourquoi Darroc et lui se détestaient autant. Mais lorsqu'il parlait de son ennemi, sa voix résonnait d'une telle fureur contenue qu'il était impossible de mettre en doute l'authenticité de sa haine.

Gabby devait se rendre à l'évidence : contrairement à ce qu'elle avait toujours cru, contrairement à ce que professait le *Livre des faës* et à ce que n'avait cessé de lui répéter sa grand-mère, les faës étaient capables d'éprouver des émotions extrêmes et tenaces. En fait, le tableau qu'Adam lui avait dressé du monde des faës – un royaume livré aux intrigues, aux passions politiques et aux coups d'État – lui faisait apparaître sous un jour singulièrement humain ceux qu'elle avait toujours considérés comme des demi-dieux.

« Ne te laisse pas aveugler par tes préjugés, *ka-lyrra*... lui avait-il conseillé. Dans ton propre intérêt, essaie de me voir tel que je suis. »

Et, par la force des choses, ses préjugés étaient en train de tomber l'un après l'autre. Mais Gabby n'était pas sûre qu'il soit dans son intérêt de s'en débarrasser... Que lui resterait-il pour se protéger d'Adam lorsqu'elle le verrait, selon son souhait, tel qu'il était ?

À l'extérieur de la suite, adossé à la porte, Adam brûlait littéralement d'impatience. Outre qu'il lui tardait lui aussi de se doucher, il était pressé de reprendre auprès de sa belle Irlandaise sa parade amoureuse.

Ils auraient pu dormir dans le train, dans un wagon-lit confortable, mais il avait souhaité lui donner un aperçu de la vie qu'il pouvait lui offrir, même sans disposer de l'intégralité de ses pouvoirs. Aucun cadre n'était plus propice à la séduction que le cocon luxueux d'un palace. Qui plus est, il voulait profiter de leur escale à Atlanta pour faire du shopping. Obtenir la confiance pleine et entière de Gabby serait une course de longue haleine, mais il s'était juré qu'il en prendrait le départ dès cette nuit, en lui offrant caresses et cadeaux – car nul n'était mieux placé que lui pour la combler dans ces deux domaines.

Il savait que la suite lui plaisait. Il l'avait lu dans ses yeux dès qu'ils y étaient entrés. Il avait également remarqué son froncement de sourcils quand son regard s'était posé sur l'unique lit. Il s'était éclipsé pour lui laisser le temps de se détendre sous la douche, de baisser sa garde (autant que faire se pouvait), afin de la trouver à son retour dans de meilleures dispositions d'esprit.

Un coup d'œil au cadran numérique affiché au-dessus de l'ascenseur lui apprit que dix-sept petites minutes le séparaient à présent de ces retrouvailles. Bien qu'il fût certain qu'elle ne courait aucun risque seule – il faudrait tout de même un certain temps aux quatre Traqueurs qu'elle lui avait décrits pour retrouver leur trace –, il n'avait pu se résoudre à s'éloigner d'elle de plus de quelques mètres. Le risque était d'autant plus limité que, dès le lendemain matin, ils seraient repartis. Mais pour cette nuit – cette nuit volée –, il ne voulait songer qu'à elle et à la cour assidue qu'il lui faisait. Ensuite, il pourrait se consacrer au plan qu'il avait élaboré dans le train.

Il était à présent impératif qu'il obtienne une audience d'Aoibheal au plus vite. Darroc avait soudoyé quatre des Traqueurs de la reine pour les mêler à ses machinations, ce qui en disait long sur ses intentions. Mercenaires dans l'âme, ces créatures n'obéissaient à la souveraine qu'en échange des pouvoirs et des privilèges qu'elle leur accordait. Il n'y avait qu'une chose que Darroc avait pu leur promettre pour les convaincre de trahir leur alliance : la possibilité de sortir librement de leur retraite de ténèbres et de glace, c'est-à-dire un retour aux temps anciens. Et si le doyen du Haut Conseil parvenait à ses fins et prenait le pouvoir, non seulement le Pacte serait rompu, mais l'être humain subirait sous le joug de légions de Traqueurs et de faës sanguinaires un règne de terreur tel qu'il n'en avait pas connu depuis des siècles.

Adam ne pouvait plus se permettre d'attendre que son fils se manifeste. Ce n'était plus uniquement son sort qui était en jeu. La reine elle-même était en danger. Sa petite *sidhe-seer* courait les plus grands risques. L'avenir des faës et celui des hommes pouvaient être bouleversés. Il allait lui falloir forcer Aoibheal à se montrer. Quand elle l'avait privé de son immortalité et de ses pouvoirs, il avait joué avec l'idée qu'il comptait mettre à présent en pratique, mais avait fini par y renoncer. Non seulement il manquait alors de l'intermédiaire nécessaire pour la réaliser, mais il avait de plus reculé en songeant que la fureur de la reine ne connaîtrait plus de bornes s'il se risquait à accomplir un acte aussi impensable.

À présent, conclut-il pour lui-même, il n'avait plus le choix. Dès le lendemain matin, Gabrielle et lui s'envoleraient pour l'Écosse. Et là, le premier jour du mois d'août, pour la fête celtique de Lughnassadh, il accomplirait l'inconcevable, ce qu'aucun Tuatha Dé Danaan ne se serait risqué à envisager. Dans un premier temps, la reine serait folle de rage, mais quand il lui aurait démontré la traîtrise de Darroc, elle lui serait reconnaissante d'avoir tout fait pour la prévenir. Alors, elle lui rendrait ses pouvoirs et son immortalité.

Mais il serait bien assez tôt pour y songer le lendemain. Pour cette nuit – un nouveau coup d'œil au cadran numérique lui apprit que l'heure qu'il avait laissée à Gabby était écoulée, et son visage s'éclaira –, il était bien décidé à être aussi humain qu'un homme pouvait l'être…

— Tu es prête à aller faire du shopping, *ka-lyrra* ?

Gabby sursauta et se tourna vers la porte de la salle de bains. Adam se tenait là, appuyé d'un bras contre le chambranle, encore mouillé après la douche qu'il venait de prendre et vêtu en tout et pour tout d'une serviette autour des hanches.

— Je ne vous ai pas entendu entrer… s'étonna-t-elle en reportant bien vite le regard sur le téléviseur allumé.

— Je me suis « téléporté », comme tu le dis si bien, directement ici.

Depuis quelques minutes, Gabby attendait son retour en zappant de chaîne en chaîne au salon. Incapable de supporter l'idée de remettre ses vêtements sales, elle avait décidé de les laver dans la baignoire, dans l'espoir qu'ils seraient secs le lendemain, et avait enfilé un peignoir. À présent, elle commençait sérieusement à le regretter. Quand Adam Black se trouvait dans les parages, elle avait besoin de bien plus qu'une robe de chambre pour se protéger de ses regards. Une armure intégrale n'aurait pas été de trop – avec une ceinture de chasteté verrouillée à double tour, pour faire bonne mesure.

Il la rejoignit près du canapé et tendit la main vers elle.

— Viens, dit-il d'une voix engageante. Il est l'heure d'aller faire nos courses. Les magasins sont fermés.

Après avoir pris une profonde inspiration, Gabby se leva et se força à le fixer droit dans les yeux, en interdisant à son regard de s'égarer sur son corps de dieu grec. Adam ne paraissait pas décidé, quant à lui, à se montrer si pudique. Après avoir soutenu tranquillement son regard, ses yeux se portèrent lentement vers l'échancrure de son peignoir, qu'elle dut se retenir de refermer à deux mains.

Un sourire satisfait joua sur les lèvres d'Adam, révélant la blancheur immaculée d'une dentition parfaite. Le bout de sa langue rose apparut un instant entre ses dents, tentateur et ouvertement coquin.

— Nos courses ? répéta Gabby d'une voix étrangement aiguë. Que voulez-vous dire ?

Pourquoi avait-il fallu, songea-t-elle avec consternation, que la midinette de quatorze ans qui hantait son cerveau prenne le contrôle de ses cordes vocales au moment le moins opportun ?

— Je veux dire qu'il va falloir nous habiller, répondit Adam avec un sourire indulgent. À moins que tu ne préfères passer les jours à venir dans cette robe de chambre. Pour ma part, je n'y trouverais rien à redire.

Gabby s'éclaircit nerveusement la gorge et se redressa.

— Allons-y. Maintenant.

Il referma ses mains sur ses hanches dans un geste possessif et pencha la tête vers elle jusqu'à ce que ses lèvres ne soient plus qu'à un centimètre des siennes.

— De quoi as-tu envie ? susurra-t-il. Gucci ? Versace ? Macy's ? Tu sais que je ne peux rien te refuser…

Le contact de ses doigts était affolant, même à travers le tissu éponge du peignoir. Et en jouant avec la ceinture, il n'arrangeait rien au trouble qui s'était emparé d'elle. Il sentait bon – trop bon – le savon, les épices et la peau fraîchement lavée. Gabby aurait difficilement pu être plus consciente de son corps nu sous son peignoir et de la nudité d'Adam, plus visible encore.

Les battements de son cœur s'accélérèrent. Dans un souffle, elle répondit :

— Macy's fera l'affaire.

— Quelque chose d'autre te ferait envie ? insista-t-il. Tu peux tout me demander, tu sais.

Elle feignit de s'absorber dans une intense réflexion.

— Voyons… Vous pourriez peut-être sortir de ma vie dans la minute. Après y avoir remis un peu d'ordre, bien sûr.

Adam se mit à rire et cligna des paupières. Dans l'entre-deux de la téléportation, Gabby crut l'entendre s'exclamer : « Jamais ! », mais elle ne put en être sûre.

L'instant d'après, ils se retrouvèrent dans des bureaux déserts et obscurs, éclairés par de rares veilleuses.

— Que faisons-nous ici ? s'enquit-elle en observant les écrans du système de vidéosurveillance sophistiqué devant lesquels ils se trouvaient.

Tout en entreprenant de tapoter sur les claviers, Adam répondit distraitement :

— À moins que tu ne veuilles me tenir la main sans arrêt pendant que tu procèdes à tes essayages, je dois désactiver les caméras pointées sur le magasin. J'ai beau ne pas avoir à m'inquiéter d'être filmé, tu n'as pas cette chance…

Confuse et impressionnée, Gabby songea qu'il pensait décidément à tout. Il faisait en sorte de préserver son avenir, comme s'il était convaincu qu'elle en aurait un. De fait, être surprise en flagrant délit de cambriolage nocturne dans un magasin Macy's ne serait pas de nature à arranger ses affaires – à supposer qu'elle survive à cette aventure. Sans parler du point final que constituerait pour sa carrière encore à venir un casier judiciaire…

Quelques minutes plus tard, Adam les téléporta tous les deux dans le magasin proprement dit. Gabby fut soulagée de constater qu'elle était à présent habituée à leur principal moyen de locomotion.

— Attends-moi ici, dit-il avant de disparaître en un clin d'œil.

Un moment plus tard, il était de retour et déposait à ses pieds deux sacs de voyage en cuir – siglés Gucci, bien sûr.

— Pendant que tu fais ton choix, reprit-il, je vais faire le mien au rayon hommes. Nous nous envolons demain pour l'Écosse, alors habille-toi en conséquence. Le climat y est moins clément qu'ici. Les nuits peuvent être froides dans les Highlands, même à cette époque de l'année.

Sans lui laisser le temps de protester, il se volatilisa. Cette nouvelle déstabilisa Gabby, qui en avait pourtant vu d'autres depuis quelques jours. L'Écosse ? Les Highlands ? Mais pour y faire quoi, grands dieux ? Qu'avait-il en tête et pour quelle raison refusait-il de lui en parler ? S'imaginait-il avoir le droit de disposer d'elle pour la trimbaler ainsi d'un bout à l'autre de la terre, comme un vulgaire bagage ?

Plus tard, se promit-elle, elle ne manquerait pas de lui dire sa façon de penser. Mais pour l'heure, le plus urgent était de se mettre quelque chose de décent sur le dos. Ces minutes passées dans les bras d'Adam avaient constitué pour elle un test de résistance qu'elle avait failli rater. Chaque centimètre carré de son corps, en totale contradiction avec sa volonté, lui avait paru vouloir se fondre avec volupté contre lui. Dans un instant d'égarement, elle s'était même vue suivre du bout de la langue les contours de ce torse de rêve, les reliefs de ces abdominaux sculptés, et glisser une main sous cette agaçante serviette, pour découvrir enfin s'il était vraiment aussi…

Effarée par la tournure que prenaient ses pensées, Gabby se concentra sur ce qu'elle était s'apprêtait à faire – à savoir, remplir clandestinement de vêtements deux sacs entiers de voyage. À vrai dire, sa conscience la travaillait bien un peu. Pour la tranquilliser, elle se promit de faire un don anonyme à Macy's, plus tard, si le remords la tenaillait.

Sans autre état d'âme, elle entreprit alors d'explorer les rayons qu'elle ne pouvait se permettre en temps ordinaire de fréquenter. Mais, à la réflexion, elle préféra se passer de haute couture et opta pour de plus modestes effets. Elle ne pouvait se permettre de se montrer à Adam Black dans cette petite robe noire sexy (avec talons aiguilles assortis) qui la faisait soupirer d'envie. Sans compter qu'il pourrait y avoir d'autres lacs sur leur route…

Aussi se résigna-t-elle à glisser dans ses bagages de luxe une douzaine de culottes, quatre soutiens-gorge, des jeans et des pulls (assez solides et confortables pour dormir dedans), quelques chemises et tee-shirts, des paires de chaussettes en laine, et tout un assortiment de produits de maquillage et de toilette. Seule concession à la tentation, elle ajouta au dernier moment une magnifique veste bleue en suède d'agneau.

Si un prince charmant – faë de surcroît – pouvait à bon droit se vêtir de tenues hors de prix, qu'aurait-elle fait, elle, d'une paire de bottes Gucci à six cents dollars ? Sans doute les aurait-elle laissées dans son armoire, par peur de les abîmer…

Après avoir glissé dans son sac de solides souliers de marche, Gabby enfila une paire de tennis et les laça. Ensuite, il ne lui resta plus qu'à attendre le retour d'Adam. Comme pour faire mentir les *a priori* sur les femmes, elle était prête bien avant lui. Et comme il fallait s'y attendre, quand il se matérialisa près d'elle, il portait un jean noir Armani, un tee-shirt en soie blanche des plus ajustés… et une paire de bottes Gucci à six cents dollars.

14

Une semaine auparavant, Gabby se serait contentée, en guise de dîner improvisé, d'un bout de pizza à la fraîcheur indéterminée pêché dans son réfrigérateur, avec pour compagnie de sombres ruminations sur l'inexistence de sa vie amoureuse. Ce soir, son dîner impromptu consistait en un souper fin livré par un personnel efficace et discret, en compagnie d'un prince charmant littéralement sorti d'un conte de fées.

Assise face à Adam dans le luxueux salon de leur suite, Gabby savoura comme il se devait un menu composé de homard thermidor, de pâtes fraîches italiennes et de salade, le tout couronné par un moelleux gâteau au chocolat agrémenté de fraises et arrosé au champagne. En temps normal, elle aurait pris soin de compter les calories – ce qui ne l'aurait pas empêchée d'avaler le tout. Mais puisqu'il lui était impossible de savoir si elle serait encore vivante le lendemain, elle était décidée à ne se priver d'aucun des plaisirs que la vie avait à lui offrir.

Elle s'apprêtait à demander à Adam quels étaient précisément ses plans quand il lui posa une question pour le moins inattendue.

— Pour quelle raison es-tu toujours vierge, *ka-lyrra* ?

Gabby ravala la réponse qui lui venait spontanément aux lèvres – « Mêlez-vous de ce qui vous regarde ! » Si elle consentait à répondre à certaines de ses questions, peut-être se montrerait-il moins réticent à satisfaire sa curiosité…

— Au cas où vous ne l'auriez pas remarqué, répondit-elle après avoir médité sa réponse, je suis affligée d'un gros handicap.

Adam fronça les sourcils, avala une gorgée de scotch (il lui avait laissé le champagne) et s'étonna :

— Quel handicap ? Je n'en vois aucun.

— Vous n'allez pas me croire, reprit Gabby avec une grimace comique. Je vois des faës partout...

— En quoi cela peut-il détourner les hommes de toi ?

Gabby eut un soupir découragé et repoussa son assiette devant elle, soudain moins affamée.

— J'ai toujours souhaité fonder une famille, expliqua-t-elle. Mon plus grand rêve est d'avoir un mari, des enfants, un travail, une maison, un chien. Tout ce qui fait une petite vie tranquille et heureuse, en somme. J'ai rencontré deux hommes avec qui ce rêve aurait pu se réaliser. Mais chaque fois que j'ai été sur le point de... passer à l'acte, j'ai reculé en songeant que si je mettais au monde une fille, elle aurait toutes les chances d'être une *sidhe-seer*, elle aussi. Et puis, quelle attitude adopter avec l'homme qui partagerait ma vie ? Que lui dire ? Que je vois un monde qu'il n'imagine même pas et qu'il faut que j'en protège nos enfants parce qu'il ne peut le faire lui-même ? Ou dois-je lui cacher cet aspect de ma vie en priant pour que ce secret ne vienne jamais se dresser entre nous ?

Gabby saisit sa fourchette et se mit à la faire tourner entre ses doigts, avant d'ajouter avec un sourire amer :

— J'ai fini par avouer la vérité à mon dernier petit ami. J'étais persuadée que c'était la conduite la plus honorable à tenir et que s'il m'aimait vraiment, il pourrait y faire face. Savez-vous comment il a réagi ?

Son regard noir d'une fixité hypnotique braqué sur elle, Adam secoua la tête.

— D'abord, il a cru que je plaisantais. Puis, quand je me suis obstinée – je lui ai même montré le *Livre des faës* ! –, il s'est énervé et m'a dit que je travaillais trop, que j'avais besoin de me faire aider psychologiquement… Peu de temps après, il me larguait. Par e-mail, le fumier ! J'ai essayé de le rappeler, mais il a fait le mort. Il ne m'a même pas répondu quand je suis allée frapper à sa porte. Cela faisait trois ans que nous nous connaissions, et nous sortions ensemble depuis un an et demi. Je sais par une de mes amies qu'il raconte à nos relations communes, pour justifier notre rupture, que je fais une dépression nerveuse…

— Je suis désolé pour toi, Gabrielle.

Gabby haussa les épaules et se donna une contenance en avalant d'un trait le reste de sa flûte de champagne. Elle n'avait pas eu l'intention de se livrer autant, mais soudain, le fait de pouvoir exprimer à haute voix ce qu'elle n'avait jamais avoué à personne, même à sa meilleure amie, la soulageait et lui faisait un bien fou.

— Je ne peux pas dire que je n'étais pas prévenue… poursuivit-elle après une courte pause. Les femmes de ma famille n'ont jamais été heureuses en amour. Mon père a quitté ma mère quand j'avais quatre ans. Je me souviens à peine de lui. Je conserve juste l'image d'un homme avec une barbe qui grattait et une grosse voix coléreuse. Ma grand-mère, elle, ne s'est jamais mariée. Elle s'est arrangée pour satisfaire son besoin d'avoir un enfant sans rien en dire au père. Il est bien loin, le temps où les hommes se battaient pour avoir le privilège de nous épouser…

Adam se pencha par-dessus la table pour remplir de nouveau son verre.

— Je n'imaginais pas qu'une vie de *sidhe-seer* pouvait ressembler à cela aujourd'hui, murmura-t-il. Finalement, même si ce n'est plus dans les profondes forêts d'Irlande, vous n'avez pas fini de vous cacher…

Gabby salua cette réplique d'un petit rire caustique.

— À qui le dites-vous ! D'après ce que m'a raconté ma grand-mère, quand j'ai vu mon premier faë, à trois ans, j'ai souri aux anges et pointé le doigt vers lui…

Heureusement, c'était elle qui me promenait au parc ce jour-là. Si ma mère avait été à sa place, elle n'aurait pas compris que c'était un faë que je désignais et n'aurait pu me mettre à l'abri. C'est alors qu'elles ont su que le don n'avait pas déserté notre famille, qu'il n'avait fait que sauter une génération. Du jour au lendemain, il m'a été interdit de quitter la maison. Je n'en suis ressortie qu'à l'âge de dix ans, quand ma grand-mère a été convaincue que j'étais en mesure de ne plus me trahir aux yeux des faës.

— Quand je serai de nouveau immortel, je ferai en sorte que tu n'aies plus à souffrir d'être ce que tu es, promit Adam. Tu n'auras plus jamais à avoir peur, Gabrielle.

Renonçant à lui avouer que cette promesse solennelle la laissait sceptique, Gabby hocha vaguement la tête et saisit la balle au bond.

— À ce propos, vous ne m'avez toujours pas exposé votre plan. Si vous avez l'intention de m'entraîner à l'autre bout du monde, j'estime que j'ai le droit d'en savoir un peu plus.

Adam se rembrunit et détourna le regard.

— Moins tu en sauras, plus tu seras en sécurité. Si, par malheur, tu m'étais enlevée, mon plan serait ma seule chance de te retrouver.

Gabby frissonna et pâlit brusquement.

— Enlevée ? répéta-t-elle d'une voix tremblante. Vous voulez dire… par les Traqueurs ?

— Oui, admit-il avec un bref hochement de tête. Ce que tu ne sais pas ne pourra pas t'être extorqué par… un autre individu de ma race. Quand nous serons en Écosse, je te dirai tout.

Comprenant qu'elle n'obtiendrait pas plus d'informations, Gabby tenta un autre angle d'approche.

— D'accord. Mais peut-être pourriez-vous au moins me dire précisément où nous allons.

— En terre sacrée, là où les miens n'ont pas le droit de se rendre. Dans le domaine du clan MacKeltar. Nous y serons en sécurité.

— Vous renoncez donc à attendre ce Circenn Brodie à qui vous vouliez demander d'intervenir en votre faveur ?

Avant de lui répondre, Adam la fixa longuement.

— Oui, *ka-lyrra*. Je ne peux plus attendre que mon fils revienne.

Gabrielle faillit s'en étrangler avec le champagne qu'elle était en train de boire.

— Quoi ? fit-elle en reposant brusquement sa flûte. Qu'avez-vous dit ?

— Mon fils, répéta tranquillement Adam. Circenn est mon fils.

En proie à une vive excitation, Gabrielle s'agita sur sa chaise et se pencha vers lui pour demander :

— Le fils que vous avez eu avec une mortelle ? C'est pour cette raison qu'il est métissé ? Vous avez conçu un enfant avec une humaine ?

Adam hocha la tête et dissimula son sourire satisfait en portant son verre à ses lèvres. Gabrielle paraissait aussi intriguée que fascinée par cette nouvelle, ce qui était exactement le but recherché.

— Quand ? insista-t-elle. Récemment ?

— Non, il y a très longtemps.

Gabby émit un claquement de langue agacé.

— Combien de temps ? Cessez de faire de la rétention d'informations, Adam ! J'ai répondu à vos questions, alors mettez-y un peu du vôtre !

Elle paraissait sur le point de l'attraper par les épaules pour le secouer jusqu'à ce qu'il s'exécute. Adam aurait pu la provoquer un peu plus, afin d'avoir une bonne raison de la prendre dans ses bras, mais il était trop charmé par le fait qu'elle l'ait pour la première fois appelé par son prénom. C'était un moment crucial, une étape dans leur relation qu'il avait attendue avec impatience. Tout d'abord, il avait été à ses yeux une chose, puis le tout-puissant *sin siriche du*, prince des faës, avant de n'être plus qu'Adam Black, et pour finir, tout simplement Adam. Le plus touchant était encore qu'elle ne semblait pas se douter qu'elle venait de se trahir.

— Circenn est né en 811 de l'ère chrétienne, répondit-il enfin. Il a vécu dans sa ligne temporelle d'origine jusqu'au début du XVIe siècle, et c'est alors qu'il a fait la connaissance de celle qu'il allait épouser, une femme de ton époque, qu'ils ont regagnée ensemble pour y vivre.

Gabby garda le silence quelques secondes. À en juger par l'expression de ses yeux verts, Adam devinait que les questions se bousculaient en masse dans son esprit, mais qu'elle ne parvenait pas à choisir la prochaine qui franchirait ses lèvres. Quand elle se décida, il fut ravi du choix qu'elle avait fait.

— Cela signifie-t-il que tous vos enfants peuvent être immortels, même s'ils ne sont qu'à moitié faës ?

— Non, Gabrielle. Seul un Tuatha Dé Danaan possède à la naissance le don de l'immortalité. Mais j'ai fait boire à Circenn un élixir que les miens ont mis au point pour accorder l'immortalité à un nombre limité d'humains sélectionnés.

Elle n'avait pas besoin de savoir qu'il l'avait fait sans l'accord de son fils, ni que Circenn s'était mis à le haïr quand il s'en était aperçu. En fait, il avait même passé les six siècles suivants à refuser de lui parler et de le reconnaître comme son père.

— Vous pouvez vraiment rendre les gens immortels ? dit-elle, soudain intimidée. Faire en sorte qu'ils vivent… pour toujours ?

— Oui. J'ai fait de sa femme une immortelle également.

L'ombre d'un remords le tenailla à ce souvenir. L'élixir de vie avait l'inconvénient de présenter un effet secondaire qu'il n'avait pu se résoudre à avouer ni à Lisa ni à Circenn. Son fils, même à demi faë, était né doté d'une âme – une moitié de patrimoine génétique d'origine humaine suffisait apparemment pour bénéficier de cette grâce divine. Sans doute, grâce à son métissage, pourrait-il la conserver durant plusieurs siècles encore. Mais Lisa n'avait plus que quelques années devant elle. L'aura qui la nimbait comme un halo doré depuis sa naissance allait s'éteindre pour toujours, la laissant aussi vide et dépourvue d'âme qu'un faë.

— Cet élixir… reprit Gabby. La mère de Circenn en a-t-elle également bénéficié ?

Adam se leva d'un bond, faisant grincer sa chaise sur le sol, et entreprit d'emballer les restes de leur repas, qu'ils pourraient manger le lendemain avant de prendre l'avion. Il commençait à se faire tard, et il tenait à partir tôt.

— Non, répondit-il d'une voix sourde.

— Elle est donc morte ?

— Oui.

— Pourquoi ne lui avez-vous pas offert de…

— Je l'ai fait ! coupa-t-il.

— Et ?

— Morganna a refusé.

— Oh…

Les yeux de Gabby s'écarquillèrent, avant de se plisser, comme si une évidence venait de la frapper.

— Quand est-elle morte ? reprit-elle.

Dans un fracas de porcelaine, Adam laissa retomber sur la table les assiettes qu'il rassemblait.

— Bon sang ! s'exclama-t-il d'une voix menaçante. En quoi cela te regarde-t-il ?

Bien qu'elle eût sursauté, surprise par cet éclat, Gabby n'en insista pas moins :

— Quand ?

En guise de réponse, Adam lâcha un grognement à peine audible.

— En 847.

Gabby observa un nouveau silence pensif, comme si elle hésitait à pousser plus loin son interrogatoire. Mais son hésitation fut de courte durée.

— Pour quelle raison n'a-t-elle pas…

Cette fois, c'en était trop. Adam la fusilla d'un regard qui aurait suffi à réduire n'importe quel autre mortel au silence. Sa voix claqua comme un coup de fouet.

— Assez ! Ma vie n'est pas un de tes stupides livres que tu peux feuilleter à ta guise pour formuler toutes sortes d'interprétations oiseuses. Les Tuatha Dé Danaan ne se livrent pas ainsi… aux simples mortels.

Adam connaissait à présent suffisamment Gabby pour savoir que ce menton fièrement dressé ne présageait rien de bon. Il ne lui fallut pas attendre longtemps pour le vérifier.

— Eh bien, monsieur le simple mortel vous-même, vous allez devoir changer d'attitude ! Que cela vous plaise ou non, vous ne pourrez pas vous passer de la simple mortelle qui vous parle pour retrouver votre peau d'immortel prétentieux et pompeux !

Adam s'efforça de garder un visage de marbre, mais en dépit de tous ses efforts, ses lèvres se retroussèrent d'elles-mêmes en un sourire qui s'acheva en rire libérateur. « Immortel prétentieux et pompeux » ! L'affront était de taille, mais l'effet comique était irrésistible… Aucun Tuatha Dé Danaan n'avait jamais dû être traité de la sorte. Sa petite Irlandaise n'avait décidément pas froid aux yeux.

— Un point pour toi ! reconnut-il quand il eut repris son calme.

Rassemblant les restes emballés dans ses bras, il se dirigea vers la kitchenette et ajouta sans la regarder :

— Sache quand même que je ne m'étais pas confié ainsi à une mortelle depuis très, très longtemps.

— Depuis quand ?

Adam se figea. Un soupir de lassitude lui échappa. Un soupir dans lequel se résumait toute une vie d'immortel. D'une voix brisée, il s'entendit répondre malgré tout :

— Depuis l'an 847, Gabrielle…

À plus de 1 heure du matin, quand Gabby se mit à installer un lit pour elle sur le canapé, elle ruminait toujours les révélations qu'Adam venait de lui faire.

La coïncidence des dates était troublante et ne devait sans doute rien au hasard. Au milieu du IXe siècle, lorsque la femme qu'il avait aimée et avec qui il avait eu un fils était morte en refusant l'immortalité qu'il lui offrait, Adam Black avait été vu, non seulement par les *sidhe-seers* mais aussi par des dizaines d'autres témoins, écumant les Highlands dans une frénésie de rage destructrice. Pour quelle raison ? Parce qu'il était si désespéré que plus rien n'avait d'importance à ses yeux ?

Cette question troublante en suscitait bien d'autres qui piquaient au vif la curiosité de Gabby. Qui avait été Morganna ? À quoi ressemblait-elle ? Pourquoi avait-elle refusé le don de l'immortalité ? Combien de temps Adam était-il resté près d'elle ? Avait-elle passé toute sa vie près de lui ? S'était-elle réveillée chaque matin dans les bras d'un prince faë ? L'avait-il comblée chaque jour d'extravagants cadeaux ? S'était-elle endormie chaque nuit repue de ses caresses ? Qu'avait-elle eu de si spécial pour lui inspirer un amour qu'il avait voulu, au sens propre, éternel ?

— Je n'aurais aucun mal à haïr cette femme, marmonna-t-elle tout bas, en donnant quelques vigoureux coups de poing à ses oreillers.

Adam Black avait eu une longue relation amoureuse avec une mortelle, lui avait donné un fils, avait tenté de la garder près de lui pour toujours, et Gabby se sentait – pourquoi ne pas l'avouer ? – franchement exaspérée, et même jalouse !

Jalouse parce qu'elle s'entêtait à refuser ce que Morganna s'était offert. Sans hésiter, Morganna avait accepté de céder à Adam. Elle l'avait caressé, embrassé, était allée au lit avec lui ; elle avait enfoui ses doigts dans cet océan de cheveux noirs et soyeux, avait senti son souffle précipité caresser son corps nu ;

elle avait goûté à cette fantastique peau dorée, connu les joies du sexe, de la tendresse, de l'amour avec lui. Et quand elle était morte, il avait fait payer à la terre entière le chagrin qu'il en avait éprouvé.

Mais était-ce un chagrin sincère, ou la rage d'un gamin capricieux privé de son jouet favori ?

« Qu'est-ce que ça peut faire ? roucoula au fond d'elle une voix rêveuse d'adolescente. Ça ne me dérangerait pas d'être un jouet entre ses mains pour la vie… Pourquoi chercher à mettre un homme normal dans son lit quand on peut y glisser un prince faë ? »

« Oh, ferme-la un peu ! songea Gabby, s'emportant silencieusement contre son double. La situation est déjà assez difficile comme cela sans que tu y ajoutes ton grain de sel. »

Après avoir étendu d'un geste sec une couverture sur son lit improvisé, Gabby se redressa et tressaillit. Celui qui n'avait pas quitté ses pensées s'était glissé sans bruit derrière elle. En un geste possessif, il avait posé ses mains sur ses hanches pour l'attirer à lui. Son odeur exotique et épicée emplissait ses narines à chaque inspiration, et à travers le mince rempart de ses vêtements, la chaleur de son corps imposant la faisait frissonner.

— Tu ne t'es jamais posé la question ? demanda-t-il en effleurant son oreille de ses lèvres.

— Quelle question ? parvint-elle à demander, le souffle court.

Il ne subsistait plus que le plus ténu et le plus tentateur des espaces entre leurs deux corps. Gabby se promit qu'elle ne se laisserait pas aller à reculer pour se porter à la rencontre de son sexe sans doute déjà dressé dans son pantalon. Ce n'était que maintenant qu'elle comprenait qu'elle s'était habituée à le savoir sans cesse excité en sa présence – et qu'elle y avait pris goût. Il était aussi gratifiant que stimulant d'imaginer qu'elle faisait un tel effet au *sin siriche du*. Se savoir intensément désirée par le plus beau et le plus diaboliquement séduisant des faës avait sur sa libido l'effet d'un aphrodisiaque puissant.

— Au cours de toutes ces années passées à nous épier du coin de l'œil, reprit-il à mi-voix, en feignant de ne pas nous voir, tu ne t'es jamais demandé quel effet cela te ferait de nous toucher ?

Adam relâcha la pression de ses mains sur les hanches de Gabby. Elle comprit qu'il lui laissait une chance de lui échapper, mais ne put trouver le courage de la saisir. Ses jambes se dérobaient sous elle, et son cœur battait comme un marteau piqueur dans sa poitrine.

Il s'écoula un long moment, empli d'une insupportable tension érotique, durant lequel l'un et l'autre cessèrent de respirer et se tinrent aussi immobiles que deux statues. Puis Gabby sentit les mains d'Adam quitter ses hanches et venir se placer en coupe sous ses seins. Le souffle qu'elle tentait en vain de reprendre se bloqua dans sa gorge. Derrière elle, elle l'entendit pousser un grognement si animal qu'elle chancela sur ses jambes. Ses mains affermirent leur prise sur ses seins, mais il persista à lui refuser l'appui plein et entier de son corps, gardant entre son bassin et ses fesses ce provocant et insupportable vide.

— Tu as des seins magnifiques, *ka-lyrra*... susurra-t-il. J'ai eu envie d'en emplir mes mains dès l'instant où je t'ai vue. Je savais que je les trouverais sous mes doigts ronds et fermes, doux et...

Renonçant à conclure, il émit une sorte de ronronnement rauque. Un frisson remonta le long du dos de Gabby. Pour mieux savourer l'intensité de l'instant, elle ferma les paupières. Ses seins semblaient s'épanouir sous la caresse des doigts d'Adam. Jamais ils n'avaient été aussi lourds, aussi sensibles.

Elle sentit sa mâchoire hérissée d'une barbe naissante accrocher ses cheveux, puis râper sa joue, tandis qu'il écartait de sa nuque la masse de sa chevelure. Sa langue traça un long sillon humide dans son cou, suscitant une nouvelle vague de frissons le long de sa colonne vertébrale. Gabby se raidit. D'une minute à l'autre, elle allait mettre un terme à ce petit jeu dangereux, se promit-elle. Dès qu'elle en aurait trouvé le courage…

— N'as-tu jamais fantasmé à notre sujet ? reprit-il de sa voix de velours. Dis-le-moi… J'aimerais t'entendre dire : « Non, Adam, je n'ai jamais fantasmé sur les faës. »

Il se mit à rire doucement, longuement, comme si cette idée était pour lui du plus haut comique. Sans répit, ses pouces traçaient des cercles autour des pointes de ses seins, si dures qu'elles pointaient à travers l'épaisseur du soutien-gorge et de la chemise. Adam les pinça doucement entre le pouce et l'index, tout en lui mordillant la nuque.

Gabby se mordit la lèvre pour ne pas gémir de plaisir. Comment pouvait-il être au courant de ses fantasmes ? Comment avait-il fait pour deviner son incessant combat, sa blessure secrète, ce qui ne cessait de la tourmenter depuis tant d'années ?

— Tu ne dis rien ? fit-il en feignant l'étonnement.

Il marqua une courte pause, puis ajouta :

— Tu ne peux pas le dire parce que ce n'est pas vrai. Depuis que tu es en âge de le faire, tu fantasmes à notre sujet. Est-ce si difficile à reconnaître ? Je sais que tu n'as cessé de rêver que l'un de nous te déshabille, te caresse, te fasse l'amour et te procure une telle jouissance que tu en resterais faible et épuisée sur ton lit, incapable de faire autre chose que te laisser nourrir de la main de ton amant. Jusqu'à ce que tu aies récupéré suffisamment pour qu'il recommence à t'aimer, encore et encore… Jusqu'à ce qu'il puisse te chevaucher implacablement. Jusqu'à ce que tu puisses te mettre en selle sur lui comme une amazone, afin de lui laisser voir ton visage bouleversé par le plaisir. Jusqu'à ce qu'il puisse lécher, embrasser, sucer la moindre parcelle de ton corps. Jusqu'à ce que plus rien d'autre n'existe pour toi que l'insupportable et délicieuse intensité de cette union.

Bouleversée par ces paroles, Gabby haletait doucement. Elle avait maintes fois imaginé toutes ces choses – et bien d'autres encore – dans le secret de ses nuits. Entendre Adam les formuler à haute voix suffisait pour qu'elle substitue mentalement son image à celle du prince faë qui, depuis l'adolescence, enflammait son imagination.

— Tu ne peux pas le dire, reprit-il de sa voix envoûtante et hypnotique, parce que si tu es vierge physiquement, tu ne l'es plus dans ton esprit. Je sens toute la chaleur, la passion, la fureur de jouir qui existent en toi. Je les ai senties dès l'instant où je t'ai vue. Tu n'es pas normale, Gabby. Tu ne connaîtras pas la paix tant que tu n'auras pas renoncé à ton besoin de normalité. Rends-toi. Cesse d'essayer à tout prix de t'adapter à un monde qui ne voudra jamais de toi. Nul ne peut te comprendre aussi bien que moi. Corps et âme, tu es une *sidhe-seer*. Veux-tu passer le reste de ton existence à tenter de le nier, à refouler ce que tu ressens, ce que tu désires, ce que tu vois, ce que tu es ?

Le silence retomba dans la pièce. Adam s'était figé dans le dos de Gabby, comme s'il lui laissait la liberté de ce qui allait suivre. Elle sentait son souffle contre sa nuque, ses mains sur ses seins, et cette absence de contact contre ses fesses se faisait plus cruelle encore.

Elle savait que le moment était venu pour elle de se retirer tant qu'il en était encore temps. De nier. De s'offusquer. De se mettre en colère contre lui. Mais elle en était incapable, parce qu'il avait raison. Tout ce qu'il avait dit était vrai. Elle n'était pas normale, et jamais elle ne pourrait le devenir. Depuis toujours, elle était écartelée entre deux mondes, essayant désespérément d'ignorer l'un pour mieux se fondre dans l'autre.

Elle savait pourtant que ces deux tentatives étaient vouées à l'échec. Tout ce qui l'attendait, c'était une vie à l'image de celle que sa grand-mère avait vécue. Un enfant, pas de mari, une grande maison vide. Une vie passée à tenter de se convaincre qu'elle n'avait pas besoin d'autre chose.

Au fond, elle savait bien qu'aucun petit ami ne serait de taille à rivaliser avec ces fantastiques et troublantes créatures qu'elle voyait depuis l'enfance. Aucun homme ne lui permettrait jamais d'être totalement elle-même. Cela l'attristait d'avoir à le reconnaître, mais sa virginité tardive s'expliquait aussi parce qu'elle cherchait depuis toujours, sans oser se l'avouer, un prince faë, et non un mari.

Aujourd'hui, elle était fatiguée de tenter de repousser d'incessantes tentations, de se forcer à détourner le regard, à faire volte-face, à ne pas toucher, à ne pas rêver. Elle n'en pouvait plus de se battre contre ses fantasmes débridés, alors qu'elle savait qu'elle ne serait comblée que s'ils se réalisaient.

Comme s'il avait pu suivre de bout en bout le débat intérieur qui l'agitait, Adam fit glisser une de ses mains le long de son ventre, empoigna fermement son entrejambe et attira Gabby contre lui, de manière à ce que le sillon de ses fesses épouse intimement, à travers l'épaisseur de leurs vêtements, son érection colossale.

Un petit cri étranglé jaillit de la gorge de Gabby. Il y répondit par un flot de paroles véhémentes, dans une langue étrangère, sans doute ancienne, aux rauques accents guerriers.

Puis, avec cet accent exotique et fascinant qui colorait son anglais, il conclut :

— Tu te demandais à quoi ressemblait l'amour avec un faë, Gabrielle. Eh bien, me voici. Je suis là pour toi.

15

Ces mots achevèrent d'emporter les derniers vestiges de la résistance de Gabby. Adam s'en rendit compte aussitôt, au moment précis où elle s'abandonna mollement contre lui. Elle ne reconnut aucun des mots qu'il proféra dans la même langue archaïque qu'il avait déjà utilisée, mais elle n'avait pas besoin d'en connaître le sens pour saisir la note de triomphe typiquement masculin qui les faisait vibrer. Elle était perdue, et il le savait.

Elle s'attendait qu'il la fasse pivoter entre ses bras, qu'il l'écrase contre lui, mais une fois encore, il la surprit. La main passée entre ses jambes la retenait toujours aussi fermement pressée contre son sexe dressé. De l'autre, il lui saisit le menton et guida ses lèvres jusqu'aux siennes.

Gabby n'aurait jamais imaginé pouvoir être un jour embrassée dans une position aussi acrobatique, mais il était vrai qu'elle n'avait jamais été embrassée par un homme aussi grand. Non seulement c'était possible, mais cela se révélait bizarrement et intensément érotique. C'était un baiser d'homme dominateur, possessif. Elle gémit contre ses lèvres, mais son gémissement se perdit dans les allées et venues implacables de sa langue dans sa bouche. Il jouait avec elle, l'entraînait dans une danse sensuelle dont il avait dû apprendre les pas des milliers d'années auparavant. Il savait exactement ce qu'il devait donner à une femme pour qu'elle en veuille plus, à quel moment se retirer pour la laisser dans une douloureuse frustration.

Dans un brouillard de pensées confuses, Gabby songea que s'il traitait chaque élément du corps d'une femme avec la même attention langoureuse qu'il accordait à sa bouche, elle n'allait jamais y survivre. Alors qu'il torturait savamment ses lèvres sous les siennes, s'imposa à elle le besoin impérieux qu'il accorde avec sa main un peu plus d'égards à son entrejambe. Elle se tortilla contre lui pour le lui faire comprendre, mais s'il saisit le sens de son message, il choisit de l'ignorer. Sans tenir compte de la faim dévorante qu'il avait su éveiller en elle en quelques mots, il la maintenait prisonnière, en lui refusant le plaisir qu'il aurait pu lui donner.

Heureusement, il lui restait ses baisers, songea fiévreusement Gabby. Avec gourmandise, elle se prêta au jeu et tenta de le retenir en elle, dans sa bouche, entre ses lèvres, refusant de le laisser se retirer. Lorsqu'elle lui mordilla la langue, Adam eut un rire rauque.

— Par l'enfer, belle Irlandaise… Tu veux me manger ?

— Je ne vous laisserai même pas les os si vous ne vous décidez pas à…

Il étouffa ses protestations sous de nouveaux baisers, plus savants et plus délicieux les uns que les autres. Perdue dans un abîme de sensations, Gabby se laissa sombrer. Elle n'existait plus qu'aux trois endroits où leurs corps se touchaient – ses lèvres noyées sous un déluge de baisers, son sexe torturé par l'impassibilité d'une main bien trop sage, ses fesses pressées contre son sexe en érection.

Et comme si cela ne suffisait pas et qu'il lui tardait d'allumer un autre incendie, Adam lâcha son menton et glissa sa main libérée sous sa chemise, où il eut tôt fait de dégrafer son soutien-gorge. Sa large main chaude se referma sur son sein gauche. Gabby frissonna et se plaqua désespérément contre celle qu'il avait passée entre ses jambes.

— Bougez votre main ! supplia-t-elle dans un souffle. S'il vous plaît…

Adam lui répondit d'une voix dont le calme contrastait cruellement avec le désespoir qui avait fait trembler la sienne :

— Pas encore. Est-ce qu'un homme t'a déjà embrassée ainsi, Gabrielle ? Un de tes petits amis est-il parvenu à te faire ressentir en quelques caresses et quelques baisers ce que je te fais ressentir ?

— Non !

Le mot avait explosé sur ses lèvres à l'instant où les doigts d'Adam se refermaient sur la pointe dressée de son sein, libérant dans sa poitrine une vague de chaleur.

— Aucun mortel n'en est capable, reprit-il, comme si de rien n'était. Essaie de t'en souvenir, *ka-lyrra*, si un jour l'envie te prend de retourner entre les bras maigrichons de tes ridicules petits amis humains. Sais-tu combien de fois et de combien de façons différentes je peux te faire jouir ?

— Pour l'instant, je me contenterais bien d'une seule ! lança-t-elle d'une voix dont l'âpreté la choqua elle-même.

La frustration qu'elle éprouvait était si grande qu'elle confinait presque à l'hystérie. Elle n'avait jamais rien ressenti de tel. Elle n'aurait même jamais imaginé qu'un désir réprimé pût prendre si totalement possession d'elle.

De nouveau, le rire rauque, érotique, exotique du *sin siriche du* flotta autour d'elle.

— Par hasard, tu ne serais pas en train de tomber amoureuse de moi, belle Irlandaise ? murmura-t-il.

— Jamais !

Adam marqua une pause, comme si la réponse de Gabby n'avait pas été tout à fait celle qu'il attendait, puis conclut d'un ton résigné :

— Tant mieux. Ce ne serait sans doute pas une bonne idée pour toi.

Avec un soupir de soulagement, elle sentit sa main quitter son entrejambe et venir jouer avec le bouton de la braguette de son jean. Et quand ses doigts, enfin, se glissèrent dans sa culotte, elle laissa mollement sa tête s'abandonner contre la poitrine d'Adam.

Parce que ses jambes la trahissaient, il lâcha son sein et passa son bras autour de sa taille pour la retenir. Se sentir entièrement portée, soutenue, manipulée par lui décupla le plaisir que ses doigts commençaient à lui donner. Sans plus aucune retenue, elle se mit à haleter, à gémir doucement, son souffle se calquant sur celui d'Adam, aussi précipité que s'il venait de courir un cent mètres.

L'orgasme était en train de monter en elle, si longtemps attendu, si impatiemment recherché, lorsque, depuis l'autre bout de la pièce, une voix railleuse vint y mettre un terme brutal.

— Que c'est mignon, tout cela… On dirait qu'elle est à point et prête pour moi ! J'ai hâte de finir ce que tu as commencé, Adam. Tu te souviens de nos anciennes frasques ? Tu te rappelles comme nous avions coutume de partager ? Ou est-ce une de ces choses que tu prétends n'avoir jamais faites ? Lui as-tu raconté ce que nous pouvons lui faire ? Lui as-tu expliqué de quelle façon nous nous amusions autrefois avec les mortelles ?

Figée par l'horreur, Gabby contemplait le grand faë aux cheveux cuivrés qui les observait. Ses yeux iridescents brillaient d'une lueur glaciale. Ses lèvres fines se retroussaient en un sourire sardonique. La gorge serrée par l'angoisse, elle voulut prévenir Adam que Darroc les avait retrouvés, qu'il leur fallait fuir au plus vite, mais les mots se dérobèrent à elle comme ils l'avaient fait dans le square.

Heureusement, de manière incompréhensible, il parut percevoir le danger. Précipitamment, il retira sa main du jean de Gabby et la fit pivoter pour la serrer tout contre lui dans ses bras. L'instant d'après, ils avaient disparu.

Ils ne cessèrent de se téléporter durant des heures.

En dépit du danger auquel ils venaient d'échapper, il fallut longtemps à Gabby pour émerger des fièvres de la passion sensuelle qu'Adam avait si bien su éveiller en elle.

Mais même lorsqu'elle eut recouvré ses esprits, elle prit bien garde d'éviter autant que faire se pouvait tout contact superflu. Effleurer par mégarde cette volumineuse bosse qui déformait – éternellement ? – son pantalon en cuir noir n'aurait fait que la plonger dans le regret de ce plaisir que Darroc ne lui avait pas laissé le temps de connaître.

Adam, un peu guindé, paraissait lui-même sur ses gardes. Et lorsque, par inadvertance, il arriva à Gabby lors d'une « escale » de frôler sa braguette avec sa hanche, il se déroba en soufflant à mi-voix :

— Bon sang ! Fais un peu attention, femme… Je ne suis pas de bois.

— Désolée… dit-elle d'une petite voix.

Mais en son for intérieur, une part d'elle-même, plus féminine et effrontée, se réjouit de constater qu'il était lui aussi affecté plus qu'il ne voulait le laisser paraître par ce qui venait de se passer. « De toute façon, ajouta la voix de son double adolescent avec un rire mutin, quoi qu'il en dise, il y a bien un endroit de sa personne qui est aussi dur que du bois… »

Elle fut surprise, quelque temps plus tard, qu'il prenne le risque de repasser par la suite de leur hôtel pour y récupérer leurs bagages. Elle ouvrit la bouche pour lui demander en quoi quelques culottes et tee-shirts étaient irremplaçables, mais elle vit qu'il s'apprêtait à se téléporter de nouveau et la referma en hâte. L'expérience qu'elle commençait à avoir de ce mode de transport singulier lui avait appris qu'il valait mieux « voyager » la bouche fermée – Dieu seul savait ce qu'elle aurait pu avaler !

Ils eurent la chance de ne croiser aucun lac au cours de leur périple, cette fois. Gabby était par ailleurs soulagée de savoir qu'ils étaient loin de la côte. Des requins se seraient à n'en pas douter révélés plus dangereux que quelques malheureux têtards…

Ils continuèrent à se déplacer ainsi dans les endroits les plus variés. Puis, quand Gabby eut totalement perdu la notion du temps qui s'était écoulé depuis leur fuite, ils mirent un terme à leur errance dans un autre train de passagers.

Une fois à bord, à l'abri d'un compartiment désert, Adam la fit asseoir sur une banquette, entre ses jambes. Tout en prenant soin d'éviter tout contact entre ses fesses et son bas-ventre, il attira ses omoplates contre sa poitrine, l'entoura de ses bras et laissa reposer son menton dans le creux de son épaule. Émue par ce geste inattendu de tendresse, Gabby se rendit compte avec stupeur qu'il tremblait, d'un tremblement presque imperceptible mais qui secouait tous ses membres.

— Adam ? demanda-t-elle nerveusement. Que se passe-t-il ? Qu'est-ce qui ne va pas ?

— Ce qui ne va pas ? répéta-t-il d'une voix grinçante. J'ai failli causer notre perte, et tu me demandes ce qui ne va pas ? Que se serait-il passé, à ton avis, si Darroc n'avait pas fait en sorte que je puisse le voir et l'entendre ? Seigneur, ce que je déteste être privé de mes pouvoirs !

Il y eut un long silence, que Gabby se garda bien de rompre, puis il ajouta d'une voix brisée :

— Je n'aurais jamais dû prendre le risque de rester dans cet hôtel pour la nuit, Gabrielle. Quel idiot stupide et arrogant j'ai été !

Les bras toujours serrés autour d'elle, il se cantonna dans un silence morose. Gabby ferma les yeux et se força à respirer calmement. Dans sa poitrine, grisé par les dernières paroles d'Adam, son cœur faisait de dangereux loopings. Avait-il compris qu'il avait toutes les chances d'achever avec un peu d'humilité la conquête qu'il avait amplement entamée avec sa toute-puissante arrogance ? Jamais encore la frontière entre le faë qu'il avait été et l'homme qu'il était devenu ne lui avait paru aussi floue.

En se laissant aller contre lui, elle décida de céder au sommeil qui l'engourdissait, puisque personne ne pouvait prévoir quand il lui serait de nouveau possible de dormir. Il lui semblait n'avoir fait qu'une courte sieste (mais peut-être s'était-il écoulé plusieurs heures) lorsque Adam la secoua gentiment par l'épaule pour la réveiller.

Après être descendus du train, ils attrapèrent une navette qui les conduisit à l'aéroport.

— Un vol s'apprête à partir, *ka-lyrra*, lui annonça-t-il en observant le panneau lumineux des départs. Je n'ai pas le temps de m'amuser avec le système de réservation pour t'obtenir un billet en bonne et due forme. Tu vas devoir ne pas me lâcher la main. Viens… Il faut nous dépêcher.

L'Écosse ! songea Gabby avec un reste d'incrédulité, en lui emboîtant le pas aussi vite que ses jambes, plus petites que les siennes, le lui permettaient. Ils étaient sur le point de partir pour l'Écosse, pays qui la faisait rêver depuis qu'elle était toute petite !

Invisibles, ils passèrent sans encombre les barrières de sécurité et se dirigèrent vers la porte d'embarquement. À la dérobée, Gabby observait le profil de médaille d'Adam, sa mâchoire carrée assombrie par une barbe noire naissante, ses yeux plissés par la concentration. Il marchait si vite qu'il la traînait pratiquement dans son sillage, et il ne ralentit l'allure qu'une fois qu'ils eurent embarqué.

En s'installant sur un siège voisin d'un hublot, fermement accrochée à sa main, Gabby réalisa avec une stupeur émerveillée que la journée du lundi commençait. Si Adam Black n'était pas survenu pour chambouler son existence, elle aurait été à cette heure-là dans son minuscule bureau, chez Little & Staller, en train de se préparer à une entrevue orageuse avec son patron. Elle aurait songé au linge qu'elle devait passer prendre au pressing, à ses fleurs à arroser après le coucher du soleil, à son rendez-vous chez le dentiste en fin d'après-midi, à un projet de sortie au restaurant avec Elizabeth.

Au lieu de quoi, elle prenait l'avion pour l'Écosse, glissée sous le manteau protecteur du *féth fiada*, invisible pour le commun des mortels, pourchassée par un faë qui avait tout d'un démon et à moitié séduite par un autre qui avait les traits du prince charmant de ses rêves d'enfant. Et parmi tout ce qui aurait dû la préoccuper dans ce vaste champ de mines qu'était brusquement devenue sa vie, une inquiétude surpassait toutes les autres.

Elle espérait vraiment que tous les passagers étaient à présent montés dans l'avion et que, durant le vol, il ne viendrait à personne l'idée de changer de place. Une fois lui avait suffi. Elle ne tenait pas à ce que quelqu'un s'assoie de nouveau en elle…

DEUXIÈME PARTIE

« Tu m'as bombardé de questions, aujourd'hui, comme si tu voulais te glisser dans ma tête. Tu m'as demandé notamment si je croyais en Dieu. Je t'ai répondu : "Bien sûr que j'y crois. J'ai toujours eu fortement conscience de moi-même."

« Tout est tranquille dans ta maison, à présent. Tu dors à l'étage, et je me retrouve seul devant ce livre sans queue ni tête qui prétend résumer ce que je suis. Laisse-moi te dire que je crois peut-être en Lui. Mais il se pourrait, *ka-lyrra*, que ton Dieu ne croie pas en moi. »

Extrait de l'édition noire (grandement révisée) du *Livre du sin siriche du* de la famille O'Callaghan

16

Aux yeux d'Adam Black, il n'existait pas de plus bel endroit au monde que les Highlands d'Écosse. Durant une bonne partie de son existence, il avait éprouvé une fascination toute humaine pour les vallées verdoyantes et les hauteurs rocheuses de cette région. Au cours du VIIe siècle, il y avait vécu sous l'apparence d'un guerrier couturé de cicatrices, mêlé aux hommes du clan McIllioch. Il avait mangé avec eux, avait partagé leur quotidien, s'était battu à leurs côtés. Et lorsqu'une de leurs nombreuses batailles avait failli tourner mal pour eux, il avait usé de ses pouvoirs de faë pour protéger ses camarades et sauver leur lignée de l'extinction.

Il avait également promené son personnage de forgeron ici et là, durant un temps à Dalkeith-Upon-the-Sea, parfois à Caithness, ainsi que dans d'autres endroits trop nombreux pour être nommés. Il avait infiltré les Templiers quand leur chance avait tourné, les avait conduits jusqu'à son fils Circenn, à Dunnotar, pour servir Robert le Bruce sur les champs de bataille, puis jusqu'aux Sinclair, de Rosslyn, où leur fantastique héritage avait pu perdurer.

Et puis, il y avait les MacKeltar... Il avait été séduit par ce clan de druides dès l'instant où leur lignage avait été choisi pour négocier et signer le Pacte avec les Tuatha Dé Danaan. Les jumeaux MacKeltar, Drustan et Dageus, lui plaisaient tout particulièrement. Tourmentés, puissants, parfois barbares, ces Highlanders du XVIe siècle avaient désespéré de trouver l'amour, avant de le découvrir enfin dans les heures les plus noires de leur existence[1].

À présent qu'Adam était tout aussi humain qu'eux, qu'il roulait en compagnie de Gabrielle sur les routes en lacets de ces montagnes où les MacKeltar vivaient depuis des siècles, il se demandait quel accueil ils allaient lui réserver. Après tout, n'était-il pas de la race de ceux qui leur avaient rendu la vie si difficile ? N'était-ce pas à cause des faës que, durant des générations, les MacKeltar avaient été redoutés, montrés du doigt tels des païens, craints comme des sorciers ? Que savaient-ils de lui ? Dageus se rappellerait-il, dans un coin secret de sa mémoire, qu'il lui devait la vie ? Quand Adam s'était penché sur lui sur une plage de l'île de Morar, le cœur du Highlander ne battait plus. Et il lui avait coûté très cher de le remettre en route...

Adam se frotta pensivement le menton et reporta son attention sur le paysage qui défilait derrière la vitre de la voiture de location. Ils avaient passé les postes de garde invisibles de la reine depuis plusieurs kilomètres, et sa petite Irlandaise, à son grand soulagement, ne risquait plus rien.

Durant l'interminable voyage en avion, alors qu'elle dormait avec innocence blottie contre lui, il n'avait cessé de se reprocher ce qui s'était passé à Atlanta. Obnubilé par sa volonté égoïste de la séduire, de la lier à lui, il avait mis sa vie en péril. Au lieu de la conquérir, il aurait pu la perdre dans cette chambre d'hôtel pour toujours. Sa vie fragile et précieuse aurait pu prendre fin, et son âme s'envoler vers d'autres temps, d'autres horizons, tant et si bien que, même doté de

---

1. On retrouve les McKeltar dans les deux romans précédents de Karen Marie Moning, *Une passion hors du temps* et *Le pacte de McKeltar*. Les Sinclair et les McIllioch apparaissent quant à eux dans *To Tame a Highland Warrior*, deuxième roman de Karen Marie Moning, et Circenn Brodie et les Templiers dans le troisième, *The Highlander's Touch*, tous deux inédits en français (*N.d.T.*).

tous ses pouvoirs, il ne lui aurait jamais été possible de la retrouver.

Il lui suffisait d'y penser pour se sentir de nouveau noué de la tête aux pieds par l'angoisse. À cette occasion, il avait pu découvrir qu'être doté d'un corps humain n'offrait pas que des avantages. Sa contrariété avait été si grande qu'il avait souffert durant le voyage de sa première migraine. Ç'avait été une expérience aussi désagréable que cette sensation nauséeuse qui agitait son estomac et qu'aucune nourriture ne parvenait à faire passer. Seul le fait de refermer les bras autour de Gabrielle et de la serrer contre lui lui faisait un peu de bien.

Tout en inspirant profondément pour tenter d'atténuer sa nausée persistante, Adam se cramponna à la poignée de la portière lorsque le véhicule fit une brusque embardée pour éviter un mouton surgi de nulle part. Gabrielle avait insisté pour conduire, arguant non sans raison qu'une voiture pilotée par un homme invisible risquait de causer des accidents. Mais, outre qu'elle éprouvait des difficultés à se concentrer sur la conduite plutôt que sur la beauté du paysage, il lui était difficile de se faire aux contraintes locales – devoir rouler du « mauvais côté » de la route, par exemple, ou éviter les obstacles ambulants.

Sachant qu'elle n'aurait pas aimé le voir sourire de sa mésaventure, Adam fit de son mieux pour rester de marbre. Sa tentative ne dut pas être très concluante, car elle lui donna un petit coup de poing dans le bras et protesta :

— Hé ! Si ces fichus moutons n'en faisaient pas qu'à leur tête, j'aurais peut-être moins de mal à conduire… On dirait qu'ils tombent du ciel uniquement pour se mettre sur ma route !

— Et si tu n'essayais pas désespérément de regarder partout à la fois, plaisanta-t-il, tu aurais peut-être une chance de les voir venir…

Adam l'observait du coin de l'œil et ne perdait rien des émotions qui animaient le visage de sa fière *sidhe-*

seer. Par Danu ! Quel tempérament de feu elle avait, prompt à s'embraser à la première étincelle ! C'était un plaisir de la taquiner, rien que pour voir les émotions défiler en quelques secondes sur son visage aux traits fins, comme des nuages sur un paysage d'été.

— Vous plaisantez ! s'exclama-t-elle, indignée. Je suis censée passer à côté du loch Ness sans même lui accorder un regard ? Vous, cela fait des milliers d'années que vous traînez dans le coin, mais moi, c'est la première fois que je mets les pieds en Écosse. Et vous ne m'empêcherez pas de penser qu'ils pourraient surveiller leurs moutons. Bon sang ! Les clôtures ne sont pas faites pour les chiens…

Sur ce, après lui avoir décoché un regard hautain, Gabby retourna à ses tentatives infructueuses pour concilier la flânerie touristique, le respect du code de la route et la sauvegarde de la faune du pays. Adam, quant à lui, s'efforça avec toujours aussi peu de succès de ne pas en rire.

Il adorait la voir réagir ainsi aux paysages qu'il aimait depuis toujours – des paysages qui lui plaisaient beaucoup plus que ceux d'Irlande, par exemple, et même que tout endroit sur Danu. Il n'aurait su dire pourquoi, mais l'Écosse et son peuple avaient toujours fait forte impression sur lui. La difficulté qu'éprouvait Gabrielle à garder les yeux (et la voiture) sur la route semblait indiquer qu'elle partageait cette inclination.

Comment aurait-il pu en être autrement ? L'été était toujours époustouflant dans les Highlands. Il aurait aimé voir Gabby courir sur la lande avec lui, la coucher dans la bruyère, la déshabiller et la faire sienne sous ce ciel d'Écosse aux nuances si particulières. Bientôt, se promit-il, la gorge nouée par le désir, ce rêve se réaliserait. Maintenant qu'elle était en sécurité, plus rien ne pouvait s'y opposer.

Ils ne tarderaient pas à arriver au château Keltar. Les lumières d'Inverness se faisaient de plus en plus lointaines dans le rétroviseur. Inverness… C'était près de cette ville qu'avait vécu Morganna, il y avait si longtemps de cela, au château Brodie.

Une vague de nostalgie submergea Adam, et soudain, dans le rétroviseur, il ne vit plus au bord de la route ni villages, ni boutiques, ni hôtels dans la lumière déclinante du soir. Il n'y eut plus, sous un vaste ciel bleu, qu'un paysage inviolé, vierge de toute trace d'urbanisme et de civilisation.

— Je t'aime… lui avait-il dit, lui-même surpris d'entendre ces mots jaillir spontanément de sa bouche.

Circenn venait de naître et reposait dans une couverture entre les bras de Morganna. Trempée de sueur, les cheveux collés en mèches humides sur son front, épuisée mais radieuse, elle lui avait paru plus belle et plus féminine qu'elle ne l'avait jamais été. C'était alors, sans crier gare, qu'un déclic s'était produit en lui et que les mots, sans qu'il puisse les retenir, avaient glissé de sa bouche.

Avec réticence, elle avait quitté des yeux le nouveau-né, dont elle caressait le visage rougi du bout des doigts sans se lasser. Elle avait levé les yeux vers Adam et s'était mise à rire. Si Adam avait eu une âme, ce rire l'aurait fendue en deux. Pire encore, il avait perçu dans le rire de Morganna une touche de pitié.

— Tu ne peux pas aimer, faë ! s'était-elle exclamée. Tu n'as pas d'âme…

À une autre époque, ces mots n'auraient sans doute pas atteint Adam. Mais le temps passé au contact des humains l'avait changé, l'avait poussé à s'intéresser à des sujets auxquels, en tant que faë, il aurait dû rester indifférent, à tel point que parfois, il lui était arrivé de se sentir dans un état étrange, que Gabrielle devait bien connaître : écartelé entre deux mondes. Un pied ici, un pied ailleurs, mais nulle part chez lui…

— Comment sais-tu que je ne peux pas aimer ? avait-il sèchement répliqué. Donne-moi une définition de l'amour, Morganna.

Elle avait gardé le silence un long moment, perdue dans la contemplation du petit être qui, dans son sommeil, cherchait son sein.

— L'amour, c'est être capable de donner sa vie un millier de fois pour la personne que l'on aime, afin qu'elle reste heureuse et en vie, avait-elle finalement murmuré.

— C'est injuste ! avait-il protesté, agacé. Tu sais que je n'ai pas d'âme. Si je meurs, je cesse d'exister pour toujours. Tandis que toi, tu gagneras après ta mort une autre vie. Ma mort ferait de moi un tas de poussière, rien de plus. Tu ne peux m'appliquer les mêmes critères.

De nouveau, le rire de Morganna avait jailli, cruel et cristallin.

— Tu veux jouer à singer les hommes sans te plier aux règles qui les régissent, prince faë ? Que tu aies une âme ou non, il te faudrait accepter de donner tout ce que tu as, sans espoir de retour, pour prétendre aimer.

Ainsi avait débuté entre eux une controverse qui n'avait jamais cessé et avait pris au fil du temps une ampleur qui avait fini par les séparer. Ils s'étaient querellés un nombre incalculable de fois à ce sujet, jusqu'au jour où Morganna avait été sur le point de passer de vie à trépas.

Au chevet de son lit de mort, il avait tenté une fois encore de lui administrer l'élixir d'immortalité qu'elle avait toujours obstinément refusé d'avaler – il lui avait en effet révélé, des années plus tôt, dans un stupide accès de sincérité, l'indésirable effet secondaire.

— Jamais ! s'était-elle exclamée, en un ultime effort pour détourner ses lèvres. Si tu m'aimes vraiment, laisse-moi mourir, je t'en supplie...

— Serait-ce vraiment si horrible d'être semblable à moi ? avait-il tonné. Suis-je un tel monstre à tes yeux, Morganna ? N'ai-je pas toujours été bon, aimant, gentil avec toi ? En quoi ai-je démérité à tes yeux ?

La voix de Gabby, à côté de lui, vint brutalement tirer Adam de ses lointaines et douloureuses réminiscences.

— Il y a quelque chose que je ne comprends pas… dit-elle d'un ton pensif. Pourquoi Darroc ne nous a-t-il pas tués tous les deux sur-le-champ ? S'il ne s'était pas manifesté, il aurait pu nous avoir par surprise et parvenir à coup sûr à ses fins.

La mâchoire crispée, Adam se passa la main sur les yeux et repoussa vaillamment dans les tréfonds de sa mémoire les souvenirs qui n'auraient jamais dû en sortir. L'espace d'un instant, ils l'avaient assailli avec une telle force, une telle vivacité, qu'il s'était cru replongé dans ces heures terribles, plus d'un millénaire auparavant, durant lesquelles sa raison avait failli capituler.

— On voit que tu ne connais pas Darroc, se força-t-il à répondre. Il aime jouer avec ses victimes avant de les tuer. En me provoquant, il cherchait à nous séparer, pour me tuer d'abord et s'occuper de toi ensuite. Après la scène qu'il a surprise entre nous, il y a fort à parier qu'il en a dorénavant autant après toi qu'après moi.

Il lui jeta un coup d'œil et la vit s'empourprer légèrement. Elle réfléchit un instant, les sourcils froncés, avant de demander :

— Pourquoi ?

Adam l'admira une longue minute avant de répondre. Pour conduire, Gabby avait relevé ses cheveux avec une grosse pince argentée. De petites mèches s'en échappaient, qu'un souffle de vent, par la vitre baissée, faisait voleter. Elle portait une magnifique veste bleue en mouton retourné, et le soleil qui disparaissait derrière les cimes des montagnes jetait sur son profil parfait une lueur incendiaire.

À cet instant, dans ce paysage de rêve qu'il aimait, il songea qu'elle lui était bien plus précieuse que toutes les richesses et toutes les merveilles de l'Écosse. Sa petite Irlandaise, semblait-il, lui avait jeté un sort identique à celui qui avait lié Drustan et Dageus MacKeltar à leurs compagnes respectives. Dès qu'il l'avait aperçue, une voix primitive avait clamé en lui : « Elle est à moi ! » Et il ne pourrait pas y avoir de retour en arrière. Ni pour lui, ni pour elle. Si elle ne l'avait pas encore compris, elle ne tarderait pas à s'en apercevoir...

— Parce qu'il veut m'atteindre, répondit-il enfin. Darroc est mon ennemi juré en même temps qu'un sadique pervers. Il aime prendre ce à quoi je suis attaché. Tout spécialement les femmes. J'ai dû ruser pour le tenir éloigné de Morganna. Mais maintenant qu'il connaît ton existence, il ne sera pas facile de le détourner de toi.

Gabby ouvrit la bouche pour dire quelque chose, mais la referma plusieurs fois avant de se décider à parler.

— Cela vous toucherait... s'il s'en prenait à moi ?

Adam tourna la tête vers elle, mais elle se garda bien de le regarder, préférant pour une fois fixer la route. Manifestement, cette question était importante pour elle. Tout comme elle l'était pour lui...

— Oui, répondit-il d'une voix ferme. Énormément.

Gabby parut méditer cette réponse, puis secoua la tête et poursuivit comme si de rien n'était :

— Serons-nous vraiment en sécurité, dans cet endroit où nous allons ?

Un sourire amusé retroussa les lèvres d'Adam. Elle n'était décidément pas meilleure que lui lorsqu'il s'agissait d'éviter un sujet sensible en passant à un autre...

— Nous sommes déjà en sécurité. Nous avons franchi les postes de garde invisibles placés depuis la signature du Pacte par les Tuatha Dé Danaan autour du périmètre consacré. Si un faë se risque à approcher à moins de mille lieues du château du clan MacKeltar, la reine en est avertie instantanément. C'est le seul endroit sur terre où Darroc et ses Traqueurs ne peuvent nous suivre sans attirer aussitôt l'attention d'Aoibheal sur eux.

— Et vous-même ? s'étonna Gabby. La règle ne vous concerne pas ?

— Elle s'impose aux Tuatha Dé Danaan. Tu oublies que je n'en suis plus un.

Un nouveau silence pensif s'établit, que Gabby rompit quelques instants plus tard.

— Vous n'aviez pas imaginé que Darroc retrouverait si vite notre trace.

Ce n'était pas une question, mais il y répondit tout de même.

— J'avoue que je l'ai sous-estimé. Je n'aurais jamais cru qu'il oserait tirer de leur réclusion de nouveaux Traqueurs. Il aurait été incapable de nous retrouver si vite s'il n'avait disposé que des quatre que tu as vus à Cincinnati.

— Selon vous, reprit-elle d'une voix apeurée, combien en avons-nous à présent à nos trousses ?

— Difficile à dire, marmonna-t-il. Une escouade. Peut-être plus. Mieux vaut pour toi ne pas y penser.

Et sans doute, ajouta Adam en son for intérieur, valait-il mieux qu'il n'y pense pas lui non plus. L'idée que ces monstres puissent poser leurs sales pattes sur elle suffisait à lui redonner la nausée.

— Vous avez raison, répondit-elle vivement. Je préfère ne pas savoir.

Elle marqua une nouvelle pause prudente, puis reprit d'une voix hésitante :

— Ce que Darroc a dit… à propos de ces petits jeux auxquels vous auriez joué, lui et vous, avec des mortelles…

Adam sentit son cœur se serrer dans sa poitrine.

— Quelle est ta question, Gabrielle ? demanda-t-il, la mâchoire crispée.

Cette fois, les rôles étaient inversés : c'était lui qui n'osait plus soutenir son regard.

— Est-ce… vrai ?

— Non ! lança-t-il en se forçant à la regarder dans les yeux. Darroc est ce prince des menteurs pour lequel tu me prenais à tort. Par ses mensonges, il cherche à semer la zizanie entre nous, à nous séparer pour mieux nous avoir.

— Vraiment ? insista Gabrielle.

Ses yeux d'un vert doré le scrutaient intensément, comme si elle avait pu d'un seul regard jauger sa sincérité sur ce point. Adam détestait l'idée d'avoir à lui mentir, mais celui qu'il avait été autrefois et celui qu'il était devenu étaient deux êtres entièrement différents. Pour rien au monde il n'aurait voulu être jugé et condamné pour les crimes d'un autre.

— Vraiment, répondit-il tranquillement.

Gabby hocha la tête d'un air satisfait et reporta son attention sur la route.

— Êtes-vous sûr que ces MacKeltar seront prêts à avaler une histoire aussi insensée ? demanda-t-elle, changeant brusquement de sujet. S'ils ne peuvent pas vous voir, jamais ils ne voudront me croire…

— Ah, *ka-lyrra* ! s'exclama-t-il avec soulagement. Les MacKeltar n'auront pas besoin de me voir pour croire à notre histoire. Ils ont vécu des aventures encore plus incroyables…

— Nous les avons perdus, Darroc.

Dans un silence glacial, Darroc écouta Bastion lui faire son rapport. Il avait sans doute commis une erreur en ne laissant pas les Traqueurs tuer Adam sur-le-champ, à Cincinnati. Le découvrir si passionnément attaché à sa petite mortelle l'avait révolté. En le provoquant, il avait voulu les séparer afin qu'Adam, agonisant sur le sol, puisse le voir user à sa guise de la femme dont il s'était entiché. Comment aurait-il pu prévoir qu'il ne répondrait pas comme il l'avait toujours fait à sa provocation ? Au lieu de se dresser contre lui, comme l'espérait Darroc, il avait, pour la seconde fois en quelques heures, fait de son corps un bouclier pour protéger sa compagne et s'était enfui avec elle avant que Darroc ait pu réagir.

À présent, le *sin siriche du* (qui ne méritait plus une si noble appellation) pouvait être n'importe où, pleinement conscient que Darroc avait libéré les Traqueurs. Sans doute avait-il également deviné qu'il envisageait de renverser la reine. Ce qui signifiait qu'il lui fallait mettre de nouveau la main sur lui au plus vite, avant que le rusé prince du D'Jai n'ait trouvé un moyen d'avertir Aoibheal, tout privé de ses pouvoirs qu'il fût. Darroc ne pouvait plus se permettre de retarder sa mort. Sa soif de vengeance ne devait pas compromettre son ultime dessein. Mais dès que son ennemi aurait été éliminé, il s'amuserait un peu avec la mortelle. Elle aimait les faës ? Eh bien, il lui montrerait jusqu'où des demi-dieux pouvaient aller dans la recherche du plaisir…

— Ne me regarde pas ainsi, Darroc, protesta Bastion, le tirant de ses pensées. Nous étions prêts à intervenir. Tout pourrait être terminé, à l'heure qu'il est. C'est toi qui as insisté pour que nous les prenions vivants. Est-ce le pouvoir que tu recherches ou ta vengeance ?

— Les deux ! répliqua-t-il sèchement. Mais cela ne te regarde en rien. Dis-moi plutôt où ils se trouvaient la dernière fois que vous avez reniflé leur trace.

— Dans un aéroport.

— Leur destination ?

Les ailes en cuir du Traqueur s'agitèrent nerveusement.

— Il y avait trop d'humains rassemblés là au moment où nous les avons retrouvés. Nous n'avons pu le découvrir.

Darroc jura sourdement dans la langue ancienne des faës.

— Laisse-moi faire appel à d'autres Traqueurs ! plaida Bastion. Le temps n'est plus à la discrétion. En plus grand nombre, nous aurons plus de chances de les retrouver.

Darroc hocha la tête en signe d'assentiment.

— Une escouade supplémentaire, grommela-t-il. Pas une de plus. Concentrez-vous sur le fils d'Adam. Je pense qu'il souhaite le retrouver pour qu'il l'aide à entrer en contact avec la reine. Nous devons absolument éviter que cela arrive. Répartissez-vous entre les Highlands et Cincinnati. Quand vous aurez localisé ce bâtard demi-sang, préviens-moi. Et si vous retrouvez son père, attendez que j'arrive avant de lui régler son compte. Il n'y aura plus d'atermoiements, mais je veux être là pour le voir mourir.

17

Drustan MacKeltar avala une gorgée de scotch et enveloppa la table du regard avec un sourire satisfait. Le temps des épreuves semblait à présent terminé, et ce n'était pas lui qui allait s'en plaindre… Après tant de périls et d'aventures, la vie était douce. Il ne désirait rien de plus que de s'immerger dans les simples plaisirs de la vie quotidienne. Par exemple, partager un bon repas en famille, comme ils étaient en train de le faire, devant un feu de tourbe qui embaumait la pièce grâce à la brassée de bruyère qu'il avait pris soin de jeter dans l'âtre.

Ses yeux s'attardèrent longuement sur Gwen, sa femme adorée, brillante physicienne et radieuse mère de leurs jumeaux âgés de deux mois. À côté d'elle, Chloé lui parlait avec animation des écoles que leurs enfants, plus tard, seraient amenés à fréquenter. Ces préoccupations étaient un peu prématurées pour Drustan et Gwen, mais elles l'étaient plus encore en ce qui concernait Chloé. Ce n'était que la semaine précédente qu'ils avaient appris, avec une joie partagée, que le clan allait bientôt s'agrandir grâce à elle. Depuis, Chloé ne touchait plus terre, tout comme son époux, Dageus, jumeau de Drustan et son cadet de trois minutes, meilleur ami et indispensable confident de toujours.

Des mois s'étaient écoulés depuis cette nuit tragique au cours de laquelle Dageus avait livré bataille aux membres de la secte du Draghar, décidés à ressusciter leurs anciens maîtres. Depuis, ses yeux avaient retrouvé leur clarté et leur pétillement habituels, et il emplissait les pièces du château de ses éclats de rire et de sa bonne humeur. Drustan ne se rappelait pas l'avoir jamais vu si heureux, même au temps de leur jeunesse.

Dans un premier temps, Dageus avait évoqué l'idée de construire sa propre demeure sur le tiers septentrional des terres du clan. Drustan avait bien vite mis un terme à cette folie. Le château que son frère avait édifié dans leur époque d'origine pour que lui et Gwen puissent y vivre au XXIe siècle comptait plus de cent vingt pièces. Cette demeure fabuleuse, dont chaque détail témoignait de l'amour que Dageus leur portait, avait été conçue pour abriter un clan entier, et son propriétaire était fermement décidé à ce qu'elle remplisse son office.

Drustan n'avait pas perdu son frère par deux fois déjà pour le laisser s'éloigner une fois encore pour de mauvaises raisons. Un clan ne fonctionnait en rien selon les règles qui régissaient les familles modernes. Dans les Highlands, les membres d'un clan travaillaient, vivaient, élevaient leurs enfants ensemble. Ils partageaient la même terre et étaient fiers d'y faire fructifier au mieux leur héritage familial. Dageus et Chloé s'étaient donc établis dans l'aile ouest du château, où ils occupaient des appartements similaires à ceux de Drustan et Gwen dans l'aile est.

Chaque soir, sans exception, à 19 heures précises, tous se retrouvaient pour le dîner. À la demande des dames, Drustan et Dageus devaient faire un effort d'élégance pour passer à table, mais Drustan se serait volontiers déguisé en pingouin pour le seul plaisir de voir sa précieuse Gwen porter ces robes et souliers sexy en diable qu'affectionnaient les femmes du XXIe siècle… Rires, conversations enflammées et controverses se répercutaient sous les voûtes de pierre et se mêlaient aux bruits de fourchettes jusque tard dans la soirée. Mais ce que partageaient les convives, bien plus qu'un repas, c'était la douceur d'être ensemble et la chaleur de l'amour partagé.

Drustan leva les yeux vers le portrait de son père, Silvan, et de sa belle-mère, Nell, accroché au-dessus de la cheminée. Ce ne fut sans doute qu'une impression, mais il crut voir les yeux bruns du vieil homme briller de contentement et le sourire de sa compagne s'élargir sur la toile. Oui, leur vie était gaie, bien remplie et savoureuse. Après tant de tribulations, elle avait adopté un cours plus serein, sans écueils ni dangers, sans vœux à rompre ni voyages dans le temps, sans druides noirs, ni voyante démente, ni faës. Il aspirait quant à lui à ce qu'il en soit ainsi durant longtemps – pour le restant de ses jours, par exemple...

Il repoussa son assiette vide devant lui et était sur le point d'inviter les autres à passer dans la bibliothèque lorsque Farley, leur majordome, fit son apparition dans la pièce. Droit comme un i sur le seuil, sa crinière de cheveux blancs en bataille, il avait le visage d'un homme qui vient de croiser un fantôme. Toute conversation cessa aussitôt autour de la table. Pour que l'inébranlable Farley en arrive à perdre son calme, il fallait vraiment que la situation soit grave.

— Milord...

— Monsieur MacKeltar ! corrigea Drustan, fermement mais sans se départir de son sourire.

Il ne cessait de répéter à Farley que, n'étant pas le *laird* de cette terre – seul Christopher, son descendant du XXIe siècle, pouvait revendiquer ce titre –, il ne méritait en rien qu'on lui donne du « milord ». Mais le vieux majordome, qui, à plus de quatre-vingts ans, prétendait en avoir soixante-deux et qui avait décidé d'entrer au service d'un lord, refusait de laisser Drustan contrarier cette aspiration.

— Bien, milord MacKeltar.

Renonçant à insister, Drustan leva les yeux au plafond tandis que Gwen étouffait un petit rire dans sa serviette.

— Que milord me pardonne de le déranger, mais il y a dans le grand hall une jeune femme…

Son nez se plissa en une grimace réprobatrice avant qu'il ne conclue :

— … assez étrange.

Alerté par ces paroles, Drustan lutta en vain contre un sombre pressentiment. Aucune visite n'était attendue. Du regard, il interrogea sa femme à côté de lui. Gwen haussa les épaules et secoua la tête en signe de dénégation.

— Je n'ai invité personne, dit-elle en se tournant vers sa belle-sœur. Et toi, Chloé ?

— Moi non plus, répondit celle-ci. Mais dites-moi, Farley… En quoi cette visiteuse vous paraît-elle étrange ?

Mal à l'aise – ce qui ne lui ressemblait pas non plus –, le majordome hésita un instant, avant d'expliquer :

— Rien dans son apparence ne prête à redire. C'est même, si je puis me permettre, une bien belle femme. Le problème, c'est qu'elle semble avoir quelques difficultés à demeurer… stable. Même si cela peut paraître incroyable, je suis au regret de devoir reconnaître… que cette jeune femme… en quelque sorte… apparaît, puis disparaît, avant de réapparaître ! C'est à n'y rien comprendre.

Dans le grand hall, Gabby ne cessait de tourner sur elle-même pour tout admirer à la fois. Elle n'en croyait pas ses yeux. Adam n'avait pas jugé utile de l'informer que les MacKeltar habitaient un magnifique et gigantesque château. Sa demeure victorienne de Newport, pourtant grande, aurait pu tenir tout entière dans le hall…

Au premier étage, une balustrade aux motifs richement sculptés protégeait une galerie qui faisait le tour de la pièce. Un élégant escalier double en descendait, dont les volées de marches en marbre fusionnaient à mi-course pour rejoindre le rez-de-chaussée. C'était un escalier de conte de fées, qu'une princesse aurait pu descendre habillée de sa robe à crinoline pour retrouver au bal son prince charmant…

De magnifiques tapisseries anciennes ornaient les murs de pierre, et de riches tapis recouvraient le sol dallé. Des vitraux armoriés rivalisaient de splendeur dans les fenêtres à meneaux. Les meubles d'époque, rehaussés de frises et de motifs celtiques, étaient de véritables pièces de musée. Quant aux cheminées qui se faisaient face aux deux extrémités du grand hall, on aurait pu y loger une famille entière sans problème…

De ce hall immense qui semblait être le cœur et l'âme de la vieille demeure partaient des couloirs dans toutes les directions. Gabby n'osait imaginer le nombre de pièces que devaient abriter ces murs. Cent ? Deux cents ? Sans oublier le donjon, les oubliettes et les passages secrets…

Loin de partager son ébahissement ravi, Adam semblait sur ses gardes depuis leur arrivée. Silencieux et maussade, les bras croisés, il se tenait dans un coin sans rien observer de ce qui l'entourait. Craignait-il d'être mal accueilli ? Elle avait du mal à imaginer le *sin siriche du* redoutant quoi ou qui que ce soit, mais c'était l'impression qu'il lui donnait.

Sans lui laisser le loisir de s'en étonner plus longuement, deux hommes les rejoignirent dans le hall, éclipsant du même coup pour elle toute autre source d'émerveillement. Jumeaux bien que visiblement dotés de personnalités fort distinctes, ils étaient aussi puissamment bâtis et séduisants l'un que l'autre. Le premier, légèrement plus grand que son frère, avait des cheveux noirs frisés qui cascadaient jusqu'à ses épaules et des yeux couleur de glace et d'argent. Le second, dont les cheveux lisses aile-de-corbeau descendaient jusqu'aux hanches, avait les yeux dorés. Élégamment habillés de costumes sombres taillés sur mesure, ils avaient tous deux une prestance princière et un sex-appeal auquel une nonne elle-même n'aurait pu rester insensible.

— Inutile de baver d'envie, *ka-lyrra*, grogna Adam à côté d'elle. Ce ne sont que de simples mortels. Qui plus est, ils sont mariés et heureux en ménage.

Tout en parlant, il posa une main possessive dans le dos de Gabby. En tournant la tête vers lui, elle découvrit sur son visage une expression qui la laissa pantoise. Le prince des faës, séducteur aguerri et grand adorateur des femmes, était-il réellement jaloux de la voir accorder ses regards à d'autres que lui ? Pour être inconcevable, cette idée ne l'emplissait pas moins d'un trouble qui lui faisait battre le cœur.

— Je ne bave pas d'envie, mentit-elle.

De toute façon, songea-t-elle, il n'avait aucune raison de s'inquiéter, car dès qu'elle s'était tournée vers lui, elle avait constaté que les jumeaux MacKeltar, si beaux fussent-ils, ne pouvaient en rien se comparer à lui. Pour rivaliser avec Adam Black, il aurait fallu mélanger la séduction de l'un et de l'autre, saupoudrer le tout d'une bonne pincée de magie faë, y ajouter une forte dose de sensualité ravageuse, de nombreuses louches de sauvagerie et quelques gouttes de nitroglycérine en guise d'épices...

— Dageus... murmura le plus grand des deux frères en plissant les yeux. Tu as vu ce que j'ai vu ?

— *Aye !* répondit l'autre, tout aussi perplexe.

— Et maintenant, reprit le premier, tu ne vois plus ce que je ne vois plus ?

— *Naye*...

Réalisant ce qui se passait, Gabby fit un pas de côté pour se dérober à la main d'Adam. Elle était à présent tellement habituée à son contact qu'elle n'y faisait même plus attention. Comment pouvait-elle se présenter aux maîtres des lieux si, dérobée à leurs sens par les effets du *féth fiada*, ils ne la voyaient ni ne l'entendaient ?

— Désolée, dit-elle avec une mimique d'excuse. J'oublie sans cesse que je ne suis pas visible lorsqu'il me touche. Je suppose que nous avons dû donner à votre majordome la peur de sa vie…

Au regard indécis qu'échangèrent les deux frères, Gabby se rendit compte qu'il allait lui falloir mieux s'expliquer si elle voulait se faire comprendre. Avec un sourire rassurant, elle s'approcha d'eux, la main tendue devant elle.

— Je m'appelle Gabby O'Callaghan… Je sais que vous ne me connaissez pas et que tout ceci peut paraître bien étrange, mais je peux tout vous expliquer. Pourrions-nous nous asseoir quelque part ? J'ai l'impression que nous voyageons depuis des siècles…

Les frères MacKeltar échangèrent un nouveau regard interloqué.

— Nous ? répéta le plus grand des deux.

— Pour l'amour du Ciel, Drustan ! intervint une jeune femme aux cheveux blond cendré qui venait d'apparaître. Où sont passées tes bonnes manières ?

Une autre femme la rejoignit, aussi petite que la première mais à la chevelure bouclée d'un blond cuivré.

— Je m'appelle Gwen, reprit la blonde après avoir serré la main de Gabby. Quant à ce malappris, ajouta-t-elle en passant affectueusement un bras autour de la taille du plus grand des deux hommes, c'est mon mari, Drustan.

— Moi, enchaîna la deuxième jeune femme en enlaçant l'autre frère, je m'appelle Chloé et je vous présente Dageus, mon époux.

— Ravie de vous rencontrer…

Mais, bien plus que ravie, Gabby était confuse. Dans ce décor, au milieu de ces gens sur leur trente et un, elle se faisait l'effet d'une Cendrillon qui se serait attardée dans la salle de bal bien après les douze coups de minuit. Ses cheveux s'étaient échappés de sa pince depuis des heures et devaient partir dans tous les sens. Son maquillage sommaire n'était plus qu'un souvenir, et ses vêtements étaient aussi froissés que sa mine devait être chiffonnée.

— Je ne peux pas croire que vous ne m'ayez rien dit ! s'exclama-t-elle en lançant un regard noir à Adam, qui se tenait en retrait. Vous auriez pu me prévenir qu'on allait se retrouver dans un château ! Après un tel voyage et avec le décalage horaire, je dois avoir l'air d'une loque…

— Hum ! Excusez-moi… fit Chloé en la couvant d'un regard intrigué. Vous n'avez certes pas l'air d'une loque, mais… à qui parlez-vous ?

— Dis-leur, Gabrielle ! ordonna Adam avec impatience.

Gabby hocha la tête.

— Je vous préviens, commença-t-elle prudemment, ce que j'ai à vous dire n'est pas facile à expliquer ni à entendre. Je suis venue vous voir… à la demande et en compagnie de… d'un être surnaturel…

— D'un faë ! tonna Adam avec irritation. À t'entendre, on croirait que je suis un fantôme !

— D'un faë, corrigea Gabby avec un sourire d'excuse à l'adresse d'Adam. Il dit que je fais de lui un fantôme en le décrivant comme un être surnaturel, mais croyez-moi, personne ne pourrait confondre Adam Black avec un fan…

— Adam Black ? s'exclama Dageus, dont les yeux dorés s'écarquillèrent sous l'effet de la surprise. Vous voulez parler d'Adam Black, le Tuatha Dé Danaan ?

— Vous le connaissez ? demanda Gabby, non moins étonnée.

Puis elle se tourna vers Adam et ajouta sur un ton de reproche :

— Pourquoi ne m'avoir pas dit non plus qu'ils vous connaissaient ?

— Je n'étais pas certain que Dageus se souviendrait de moi, répondit-il en haussant les épaules. Il était bien près de la mort quand nous nous sommes rencontrés. Je pensais qu'Aoibheal avait effacé ce souvenir de sa mémoire.

— S'agit-il du même Adam Black qui a sauvé Dageus de la mort ? intervint Chloé, manifestement ravie. Il est là ? Près de vous ?

Cette fois, Gabby dut bien admettre que les événements la dépassaient. Adam avait sauvé la vie de Dageus ? Quand ? Comment ? Pourquoi ? Et depuis quand les faës faisaient-ils ce genre de choses ? Excepté sa sexualité hyperactive, le *Livre du sin siriche du* ne rapportait-il donc que des sottises à son sujet ?

Lentement, elle pivota vers lui. Adam lui sourit gentiment, puis, passant un doigt sous son menton, il lui referma la bouche en douceur. Un instant, son regard s'attarda sur ses lèvres, dont il s'amusa à suivre le contour du bout du pouce.

— Pourquoi ne pas me l'avoir dit ? lui demanda-t-elle.

— Tu m'aurais cru ?

Gabby n'eut pas besoin d'y réfléchir.

— Non, avoua-elle.

— Voilà pourquoi je ne te l'ai pas dit.

Lentement, comme à regret, Adam laissa retomber sa main contre son flanc.

— Oh ! Vous avez vu ? s'exclama Gwen, émerveillée. Elle vient encore de jouer à la femme invisible… C'est tellement fascinant !

Comme si elle craignait de la voir disparaître une nouvelle fois, Chloé se précipita vers Gabby et serra chaleureusement ses mains dans les siennes.

— Bienvenue ! s'exclama-t-elle. À tous les deux, bienvenue dans notre maison ! Avez-vous faim ? Soif ? Que pouvons-nous faire pour vous ? Dageus et Drustan vont se charger de vos sacs. Au fait…

Elle parut hésiter, l'espace d'un instant, puis se jeta à l'eau.

— Je sais que ce n'est probablement pas le moment, mais… Quel âge a Adam Black, exactement ? L'âge de fer est une période qui m'a toujours fascinée, et je me demandais si…

— Comment se fait-il que nous ne puissions le voir ? coupa Gwen en les rejoignant, les yeux brillants de curiosité. Se trouve-t-il réellement ici, au milieu de nous, ou dans une autre dimension, parallèle à la nôtre ?

Submergée par l'enthousiasme et l'insatiable curiosité des deux femmes, Gabby ne savait plus où donner de la tête. Heureusement, la voix forte aux accents rocailleux de Drustan vint mettre un terme à ce déluge verbal.

— Mesdames, nous pourrions peut-être remettre à plus tard les questions de physique et d'histoire, vous ne pensez pas ? Pour l'instant, il me semble plus urgent d'accueillir dignement nos hôtes.

Après avoir souri à Gabby, il s'adressa aux alentours immédiats et lança d'une voix solennelle :

— Soyez le bienvenu chez nous, Adam Black. Les Tuatha Dé Danaan sont toujours chez eux dans notre demeure.

Adam faisait les cent pas dans la pièce, en lançant de temps à autre à Gabby un regard courroucé et soupçonneux. Il avait apprécié l'accueil cérémonieux de Drustan, était heureux que Dageus se souvienne de lui, ravi que sa petite Irlandaise commence à le voir tel qu'il était vraiment, mais tout cela ne suffisait pas à apaiser sa colère. Voir Gabrielle côtoyer les jumeaux MacKeltar lui déplaisait souverainement. Il y avait bien trop de testostérone autour d'elle, et la sienne, qui n'était pas quantité négligeable, était bien trop invisible à son goût.

Savoir que Dageus et Drustan étaient mariés ne suffisait pas à le tranquilliser. Bon sang ! Gabrielle était-elle vraiment obligée de leur sourire de cette façon à tout bout de champ ? Ne comprenait-elle pas qu'ils n'étaient que des hommes et qu'aucun homme, même marié, ne pouvait rester de marbre face à une femme comme elle ? Dire qu'il ne pouvait même pas marquer son territoire ! Il n'avait jamais à ce point détesté le fait d'être invisible. À Cincinnati, les autres hommes ne l'avaient pas inquiété. Mais les jumeaux MacKeltar n'étaient pas des hommes comme les autres...

Après avoir lancé aux deux frères un regard noir – qu'ils ne pouvaient naturellement pas voir –, Adam alla se servir un troisième verre de Macallan et reprit sa déambulation dans la bibliothèque. C'était une pièce spacieuse, à la décoration masculine, aux murs lambrissés couverts de livres et aux sièges confortables. Ses hautes fenêtres donnaient sur le parc. Le clan MacKeltar s'était installé autour de Gabby, près de la cheminée. Tout en examinant d'un œil absent les livres rangés sur les rayonnages, Adam l'écoutait leur donner sa version de leur aventure.

Il avait bien essayé de la convaincre d'aller à l'essentiel, mais elle semblait prendre un malin plaisir à expliquer au cercle attentif qui l'entourait à quel point il avait transformé sa vie en enfer depuis qu'il en faisait partie. Elle se perdait tant dans les détails qu'elle n'en était même pas encore arrivée à la première attaque de Darroc et des Traqueurs. Gwen et Chloé, fascinées par son histoire, n'arrangeaient rien. Elles la bombardaient de questions d'intérêt secondaire auxquelles Gabby se faisait un devoir de répondre.

Adam commençait à perdre patience et s'apprêtait à l'interrompre quand Dageus le fit pour lui.

— Ce doit être le *féth fiada* qui nous empêche de le voir, dit-il d'une voix songeuse.

D'un bond, Adam rejoignit Gabby.

— Que sait-il du *féth fiada* ? Demande-le-lui ! ordonna-t-il d'un ton pressant.

Sans lui accorder un regard, elle se fit son interprète.

— Oui, c'est bien de cela qu'il s'agit. Et Adam se demande ce que vous savez sur le sujet.

Un sourire amer flotta sur les lèvres de Dageus.

— Plus que je ne le souhaiterais… répondit-il. J'ai eu moi-même à m'en servir, il n'y a pas si longtemps. On lui donne aussi le nom de « manteau magique » ou de « brume des druides ». Il en existe deux versions. Celle qui a été transmise aux MacKeltar – une version expurgée – et celle que possédait le Draghar, beaucoup plus puissante.

— Le Draghar ? répéta Gabby, les sourcils froncés.

— Pendant un temps, expliqua Chloé, Dageus s'est retrouvé envahi par les âmes de treize druides maléfiques bannis voici quatre mille ans par les Tuatha Dé Danaan dans une prison inter-dimensionnelle. « Draghar » était le nom qu'ils s'étaient choisi.

— Oh, je vois… murmura faiblement Gabby, qui ne voyait manifestement pas grand-chose.

— Je vous expliquerai tout cela en détail plus tard, lui promit Chloé en riant.

— C'est cela, beaucoup plus tard ! tonna Adam en refermant sa main sur l'avant-bras de Gabby. Demande à Dageus s'il garde en mémoire le souvenir de la magie du Draghar, *ka-lyrra*… Et vite !

Son impétuosité lui valut un regard noir.

— Je ne demande pas mieux, mais il faudrait d'abord qu'il puisse me voir et m'entendre. Lâchez-moi donc !

Ces trois mots eurent sur Adam l'effet d'une flamme sur une mèche de dynamite. La frustration que lui causait son invisibilité et son irritation de voir Gabby s'intéresser de trop près à son goût aux frères MacKeltar avaient fini par former un cocktail détonant. Il fut soudain submergé par le besoin de lui rappeler qu'il n'y avait pas si longtemps, elle l'avait supplié de la caresser, qu'il avait glissé sa main dans sa culotte, qu'il s'était retrouvé bien près d'introduire ses doigts en elle et qu'il aurait fini par y introduire une partie plus intime de lui-même s'ils n'avaient été malencontreusement interrompus.

En un mouvement souple et puissant, il se baissa pour la cueillir dans ses bras. Sans lui laisser le temps d'émettre une protestation, il écrasa ses lèvres sur les siennes en un baiser furieux et ravageur, bien plus destiné à lui démontrer qu'elle lui appartenait qu'à la séduire. Si Gabby ne s'était pas tout de suite pliée à sa volonté, si elle n'avait pas immédiatement fondu entre ses bras en lui rendant avec ardeur son baiser, Adam ne se serait sans doute pas arrêté là…

Mais il était soulagé de n'avoir pas à arriver à ses fins avec elle en public, bien qu'il sût qu'ils auraient été protégés des regards par le *féth fiada*. Il tenait à ce que leur première étreinte ne soit pas un accouplement à la sauvette mais une parfaite entreprise de séduction, qui la marquerait jusqu'au plus profond de sa si précieuse âme humaine et la hanterait pour toujours.

Aussi la reposa-t-il en douceur dans son fauteuil. Elle réapparut brusquement aux yeux du clan MacKeltar réuni, les paupières closes, les lèvres entrouvertes et les joues rouges. Avec satisfaction, Adam vit les deux frères hausser les sourcils et échanger un regard entendu. Au moins était-il parvenu, malgré son handicap, à bien leur faire comprendre la nature de sa relation avec Gabrielle…

Gabby rouvrit les yeux, secoua la tête pour s'éclaircir les idées et, avec un sourire confus, s'adressa à Dageus :

— Adam voudrait savoir si vous gardez en mémoire le souvenir de la magie du Draghar.

— En effet, répondit-il sans hésiter. Bien que les treize druides ne soient plus en moi – Dieu merci ! –, leurs connaissances ont dû en quelque sorte déteindre sur moi. Je n'y ai jamais recours, mais la situation est exceptionnelle. Je crois être en mesure de délivrer Adam du charme du *féth fiada*. Personnellement, le savoir présent parmi nous sans l'avoir sous les yeux ni pouvoir l'entendre me rend nerveux…

— Enfin ! s'écria Adam en levant haut le poing en signe de victoire. Qu'il le fasse ! Qu'il le fasse tout de suite !

Qu'Aoibheal ait pu négliger d'effacer de la mémoire de Dageus le savoir des treize druides noirs le laissait songeur, même s'il allait profiter de cette négligence. Le pouvoir du Draghar était un pouvoir corrupteur, maléfique, qui pouvait avoir sur le monde des effets catastrophiques. À en croire les erreurs qu'elle avait commises dernièrement, la vigilance de la souveraine des Tuatha Dé Danaan était en train de se relâcher. Dès qu'il aurait regagné son immortalité, se promit-il, il faudrait qu'il ait avec elle une conversation sérieuse. Peut-être le temps était-il venu pour lui de siéger au Haut Conseil Royal et de s'impliquer plus activement dans les affaires du royaume…

— Il vous demande, traduisit diplomatiquement Gabby en adressant un regard de reproche à Adam, s'il vous serait possible d'essayer de le délivrer du *féth fiada*.

Adam haussa les épaules et lui jeta un regard hautain. Était-elle donc incapable de comprendre son impatience ?

— Est-ce de la magie noire ? s'inquiéta Drustan.

— *Naye !* lui répondit son frère. Mais c'est de la magie des Tuatha Dé Danaan. Nous ne sommes pas censés en faire usage, mais étant donné que la reine n'a pas jugé utile de l'effacer de ma mémoire…

— Penses-tu que ce puisse être dangereux, d'une manière ou d'une autre ? insista Drustan, la mine sombre.

— Je ne crois pas. C'est une sorte de chant, dans leur langue ancienne.

— Par Danu ! s'exclama Adam. Va-t-il se décider, oui ou non ? J'ai besoin d'être vu ! J'en ai plus qu'assez de cette satanée invisibilité !

— À toi de voir, frère… conclut Drustan après un instant de réflexion. Je m'en remets à ton jugement.

Après y avoir réfléchi à son tour, Dageus conclut :

— Je ne crois pas que cela puisse être gênant.

Puis il se tourna vers Gabby et s'enquit :

— Où se trouve-t-il, exactement ?

Il se leva, se mit à tourner lentement autour de l'endroit qu'elle avait pointé du doigt et psalmodia un texte étrange. Il avait ouvert la bouche, et un chant envoûtant en sortait, comme jailli des profondeurs de son être. Ce n'était plus sa voix qui s'élevait, mais des dizaines de voix différentes, qui se chevauchaient et se recouvraient. C'était un chant à la fois mélodieux et dissonant, magnifique mais étrangement laid.

Curieusement touchée par cette mélopée qui s'élevait en un crescendo qui paraissait ne jamais devoir prendre fin, Gabby ferma les yeux. Elle les rouvrit quand le silence fut enfin revenu dans la pièce, aussitôt rompu par les exclamations de surprise de Gwen et Chloé.

— Ô mon Dieu !

Drustan avait bondi sur ses pieds et s'était renfrogné, tout comme son jumeau, dont le visage exprimait la même préoccupation. Mais c'étaient encore les visages de leurs épouses qui étaient les plus éloquents. En les découvrant, Gabby se sentit nettement moins coupable d'avoir eu tant de mal à ignorer les faës toute sa vie. « Ainsi, songea-t-elle avec une jubilation intense, je ne suis pas la seule… » Sa fascination pour les faës n'avait rien d'une faiblesse coupable, mais résultait d'une attirance irrésistible exercée par les Tuatha Dé Danaan mâles sur la gent féminine tout entière.

Comment aurait-il pu en être autrement ? se demanda-t-elle en redécouvrant Adam avec les yeux de ses compagnes. Comment résister à un prince faë de près de deux mètres de haut, tout en muscles puissants recouverts d'une incroyable peau dorée, aux longs cheveux noirs retombant en un rideau soyeux jusqu'aux hanches ? Dans son jean de marque, ses bottes hors de prix, son pull ivoire à grosses côtes et sa veste en cuir noir, il dégageait un érotisme sombre et irrésistible.

Il émanait de son visage, mangé par une barbe de deux jours et souligné par le torque en or qui brillait à son cou, une beauté sauvage. Dans ses yeux noirs pailletés d'or brillaient une intelligence multimillénaire et une sensualité débordante. Le parfum de santal et de jasmin qui l'accompagnait partout avait à présent envahi la pièce. Y avait-il dans l'odeur exotique qui se dégageait d'un faë, comme Gabby le supposait, une hormone spécifique qui agissait comme un aphrodisiaque sur la libido des humains du sexe opposé ?

Adam Black était purement et simplement l'incarnation du fantasme érotique de toute femme, l'archétype du mâle apte à faire la conquête du beau sexe, en dépit du danger qu'il semblait promettre en même temps que d'infinies délices. Jamais il ne se départait de cette attitude, provocante et nonchalante à la fois, qui réveille chez une femme les instincts sexuels les plus primaires, qui l'attire comme une flamme attire un papillon, qui la subjugue alors même qu'elle sait qu'elle court à sa perte.

Et à présent, en découvrant les visages bouleversés par l'envie de Gwen et Chloé, Gabby se demandait comment elle avait fait pour résister aussi longtemps à l'attrait de ses bras. La question, maintenant, était de savoir combien de temps elle résisterait encore. Ou, plus exactement, songea-t-elle avec une certaine irritation, pour quelle raison elle aurait dû le faire, alors que les deux autres femmes présentes dans la pièce, à en juger par leur réaction, ne se seraient pas privées de lui sauter sans hésiter dans les bras.

— Dis-moi que je rêve… murmura Gwen en saisissant le bras de sa belle-sœur.

— J'allais te dire la même chose… répondit Chloé.

L'objet de leur convoitise leur adressa un sourire mutin et sexy. Tassée sur son siège, Gabby sentit le dragon de la jalousie griller son cœur au lance-flammes. Son fantasme vivant à usage privé venait de tomber dans le domaine public, et elle n'aimait pas cela du tout…

Apparemment, elle n'était pas la seule à qui cela déplaisait.

— Es-tu en train de penser ce que je pense, Dageus ? s'enquit Drustan d'une voix irritée.

— *Och, aye !* Toi aussi, tu aurais finalement préféré qu'il reste invisible ?

— *Och, aye !*

— Je pourrais peut-être chanter de nouveau le *féth fiada* pour qu'il le redevienne ?

— Gardons cette option en réserve.

Adam rejeta la tête en arrière et lança vers le plafond un rire qui n'était pas totalement humain. Puis il agita longuement ses cheveux dans son dos, comme s'il émergeait d'un long engourdissement.

— Par Danu ! rugit-il. Que c'est bon d'être de retour…

18

Hormis Chloé, Gwen, son chat et Gabby elle-même, vingt-trois représentantes du sexe féminin vivaient au château Keltar.

Gabby ne tarda pas à s'en apercevoir, car dès qu'Adam se fut matérialisé dans la bibliothèque, la nouvelle sembla se répandre comme une traînée de poudre, et chacune de ces vingt-trois femmes trouva un prétexte pour venir parader devant lui.

Le défilé commença avec une servante boulotte d'une trentaine d'années, venue tirer les rideaux et s'assurer que ses employeurs n'avaient plus besoin de rien. Lorsque ses yeux protégés par de grosses lunettes se posèrent sur Adam, elle se mit à bégayer et se prit les pieds dans le tapis. Il lui fallut un moment pour reprendre ses esprits, mais dès que ce fut fait, elle se rua hors de la bibliothèque, manquant renverser dans sa précipitation une lampe posée sur un guéridon.

Elle fut suivie par une accorte jeune fille rougissante – qui désirait savoir s'il fallait préparer le thé, étant donné qu'il n'avait pas été servi ce soir-là –, laquelle fut bientôt remplacée par une de ses collègues riante qui avait égaré son chiffon à poussière (lequel – ô surprise ! – demeura introuvable), puis par une autre encore qui n'arrivait plus à mettre la main sur sa tête-de-loup (le dépoussiérage se fait toujours sur le coup de minuit, dans les châteaux écossais, tout le monde le sait…). Trois autres domestiques défilèrent ensuite pour s'assurer que la suite Cristal conviendrait bien à

« M. Black » (personne ne se souciait apparemment de savoir dans quelle chambre Gabby allait dormir, à croire qu'elle allait finir dans les écuries).

Une huitième, neuvième et dixième vinrent annoncer que la suite de « M. Black » était prête, demander s'il fallait l'y conduire, proposer de lui faire couler un bain, et pourquoi pas de l'aider à se déshabiller (bon, d'accord, cette dernière proposition ne fut pas formulée, mais elle se lisait clairement dans leur regard !). Une autre demi-douzaine d'employées surgirent ensuite sous les prétextes les plus futiles et les plus divers, le principal étant d'assurer qu'elles étaient là pour pourvoir à « tout, tout, tout ce que M. Black pourrait désirer ».

La dix-septième dut venir chercher deux petites filles qui s'étaient incrustées sur les genoux d'Adam (leur mère s'abstint de s'y installer à leur place uniquement parce qu'il s'était levé en hâte). Quant à la vingt-troisième et dernière, elle était assez âgée pour être l'arrière-grand-mère des gamines, ce qui ne l'empêcha en rien de flirter de manière éhontée avec ce « brave M. Black », en battant des paupières dans un visage sillonné de rides aussi profondes que le Grand Canyon et en lissant d'une main à la peau tachetée par l'âge ses longs et fins cheveux blancs.

Et comme si cela ne suffisait pas, le chat du château (manifestement une femelle et manifestement en chaleur) ne cessa de venir se frotter en ronronnant, les yeux fous, la queue dressée, contre les jambes du héros de la soirée. Gabby adorait les animaux, pour rien au monde elle ne leur aurait fait du mal, mais bon sang ! Fallait-il vraiment que les chattes s'y mettent aussi ? À toutes ces courtisanes effrontées, elle aurait voulu crier : « M. Black, des clous ! C'est un faë, c'est moi qui l'ai trouvé, cela en fait donc mon faë. Alors, bas les pattes ! »

Il n'était même pas sûr qu'elle aurait réussi à se faire entendre... Tout le monde semblait l'avoir oubliée. Surtout Adam. Certes, il lui avait bien donné un de ses baisers à tomber par terre quand Dageus l'avait tiré de son invisibilité (et depuis, les deux frères se tenaient à distance respectueuse d'elle), mais dès qu'avait commencé la parade des servantes, elle n'avait plus existé à ses yeux.

Quand il n'était pas soumis aux avances du personnel féminin, les maîtresses de maison le harcelaient de questions. Au moins Gwen et Chloé s'étaient-elles remises de leur choc initial, sans doute parce que leurs maris respectifs, sans pouvoir rivaliser avec Adam Black, ne manquaient pas eux non plus de sex-appeal. Gabby rongeait donc son frein dans son coin, aussi invisible aux yeux des autres que le *sin siriche du* l'avait été avant elle. À croire que le *féth fiada* n'avait fait que changer de victime…

Finalement, sa patience ayant atteint ses limites, Drustan ordonna fermement à tout son personnel d'aller se mettre au lit, alla refermer la porte derrière la dernière visiteuse, puis, après une courte pause, ferma à clé et s'adossa au battant.

— Vous devez endurer cela tout le temps ? demanda-t-il à Adam d'une voix incrédule.

Celui-ci croisa les jambes dans son fauteuil et opina du chef avec un soupir résigné.

— Elles sont plutôt rares, les femmes qui m'accueillent avec un coup de poing, dit-il avec un clin d'œil à l'intention de Gabby.

Gabby dut prendre sur elle pour ne pas jaillir de son fauteuil et lui sauter dessus. Cela lui aurait appris à être si irrésistible et à n'avoir pas voulu demeurer invisible ! Pourquoi avait-il fallu que Dageus mette fin aux effets du *féth fiada* ? Jusque-là, Adam avait désespérément besoin d'elle. Dorénavant, ce n'était plus le cas. Il n'avait plus à avoir recours à elle pour se faire entendre, et il avait autour de lui des douzaines de femmes qui ne demandaient pas mieux que de se plier au moindre de ses caprices. Loin d'être soulagée, elle se sentait trahie, trompée, dépossédée.

Feignant la plus extrême fatigue, Gabby commença à bâiller à s'en décrocher les mâchoires. Elle n'était plus d'humeur à regarder Adam parader tranquillement comme un paon. Elle préférait s'éclipser avant que toutes les femmes des environs, prévenues par quelque sixième sens, ne se mettent en tête d'escalader les murs du château et de briser les fenêtres pour se jeter sur lui.

Gwen parvint à s'arracher à la fascinante conversation d'Adam pour montrer ses appartements à Gabby, lesquels n'avaient rien à voir avec les écuries auxquelles elle s'était attendue. Surprise et ravie, elle découvrit deux ravissantes pièces en enfilade, prolongées par une terrasse qui donnait sur le parc. Et quand son hôtesse s'éclipsa en hâte pour retourner à ses discussions cosmologiques avec Adam Black, elle fut plus heureuse encore de découvrir sur sa table de chevet une carafe d'eau et une autre de vin.

Elle s'assit lourdement sur son lit et, après un court instant d'hésitation, opta pour le vin et se servit un verre. Elle le but machinalement, en regrettant l'époque où tout était encore clair pour elle. Une semaine auparavant, elle savait précisément qui elle était et quelle était sa place sur terre. Elle était une O'Callaghan et elle faisait ce pour quoi elle avait été élevée : elle menait une double vie qui lui permettait de se soustraire à la malveillance de méchantes et inhumaines créatures. Ensuite, elle avait été une O'Callaghan rattrapée par une de ces méchantes et inhumaines créatures qui avait pris une forme humaine très, très séduisante. Peu de temps après, elle n'avait plus été qu'une O'Callaghan protégée par cette même créature de la cruauté d'autres créatures vraiment inhumaines et vraiment méchantes.

Et maintenant, elle n'était plus que Gabby, accueillie comme une princesse dans un château de rêve en Écosse en compagnie d'un prince faë qui faisait toutes sortes de choses qu'il n'était pas censé faire – ressentir des émotions très humaines, sauver la vie d'un homme qui ne lui était rien, ou encore aller replonger un têtard égaré dans son lac natal. Sans parler de son habileté à embrasser avec la fougue et l'efficacité bouleversante d'un ange déchu. Un prince faë que presque toutes les femmes entre ces murs rêvaient de mettre cette nuit-là dans leur lit (et qui ne tarderaient probablement pas à tout faire pour y parvenir).

La vie était décidément trop mal fichue, songea Gabby en se reversant un verre sans hésiter.

La main plongée dans la poche de sa veste, Adam referma le poing sur la petite culotte qui y demeurait cachée et inspira profondément, comme s'il avait pu à cette distance sentir l'odeur du sous-vêtement.

Un petit vent des Highlands lui fouettait le visage, tandis que, juché sur un étalon fougueux, il galopait sans répit. Il était heureux de retrouver la sensation de liberté que lui procurait la course, mais elle n'était rien en comparaison de l'émotion qui s'emparait de lui quand il emplissait ses narines du parfum le plus intime que puisse livrer le corps d'une femme.

Il gardait ce trophée de soie rose soigneusement dissimulé, car il n'était pas certain que Gabrielle aurait apprécié un tel fétichisme. Mais pour lui qui n'avait aucun tabou, il était délicieux de humer cette fragrance unique piégée sur un bout de tissu qui avait eu le privilège de se frotter longuement contre le mont de Vénus de son *ka-lyrra*, s'y imprégnant de cette senteur troublante qui ne se trouve chez une femme qu'à cet endroit-là. Un homme ne pouvait se griser d'un tel arôme derrière l'oreille de sa bien-aimée, entre ses seins ou dans son cou ; il ne pouvait s'en repaître que s'il avait accès au plus secret de son être…

Depuis la nuit où il avait glissé le triangle de soie rose dans sa poche, Adam rêvait de plonger son visage entre les cuisses de sa belle Irlandaise. Il était passé à deux doigts de concrétiser son rêve dans cette chambre d'hôtel, à Atlanta. Il mourait d'impatience, depuis, d'y parvenir, de coller sa bouche sur le sexe de Gabrielle pour ne plus seulement inhaler une frustrante petite culotte, mais pour faire jouir encore et encore avec sa langue celle qui la portait, pour lui donner tout le plaisir qu'il avait à lui donner, pour la lier à lui de la plus sûre des façons dont un homme dispose pour ravir une femme.

Malheureusement, des sujets de préoccupation plus urgents et moins réjouissants requéraient son attention.

La veille, dans la bibliothèque, non seulement Gwen et Chloé l'avaient submergé de questions complexes dont la plupart n'avaient pas de réponses dans leur langue et ne pouvaient se résoudre à l'aide des concepts de la science de leur époque, mais Dageus et Drustan avaient attendu jusqu'au petit matin pour l'entretenir à leur tour des sujets qui leur tenaient à cœur.

Patiemment, il avait satisfait leur curiosité jusqu'à ce que, envahi par une fatigue toute humaine, frustré de savoir Gabby endormie toute seule dans une chambre du château, il se décide à leur annoncer tout de go l'objet de sa visite et ce qu'il attendait d'eux. Comme il l'avait craint, leur réaction n'avait pas été des plus enthousiastes...

— Vous voulez abattre les murs qui séparent le monde des hommes de celui des faës ! avait rugi Drustan. Seriez-vous devenu fou ?

— Non pas que nous ne vous soyons pas reconnaissants de ce que vous avez fait pour nous, s'était empressé d'ajouter Dageus. Mais ne venez-vous pas de nous dire que votre reine avait voulu soumettre notre clan à l'épreuve du sang parce que j'avais rompu le Pacte ? Qu'en sera-t-il quand nous aurons de nouveau failli à notre devoir ?

Après quelques heures d'un sommeil sans rêve – il avait beau être humain par la chair, son esprit de Tuatha Dé Danaan demeurait incapable de rêver –, Adam avait connu au réveil une nouvelle frustration en se rappelant qu'il devait repousser à plus tard ses retrouvailles avec Gabby, toujours endormie. Depuis, il faisait à cheval en compagnie des frères MacKeltar le tour de leur domaine, en argumentant sans relâche – il ne leur demandait pas vraiment de rompre leurs vœux, il voulait simplement qu'ils les repoussent jusqu'à l'ultime minute, ils n'avaient donc pas à craindre que les frontières entre les mondes ne s'écroulent.

S'il ne parvenait pas à les convaincre, il n'aurait d'autre solution que de les neutraliser (ainsi que leur descendant, Christopher, druide lui aussi) jusqu'à ce que *Lughnassadh* soit passé. Adam espérait bien ne pas en arriver à de telles extrémités, mais il était fermement décidé à tout faire pour stopper Darroc, conserver Aoibheal sur le trône, retrouver ses pouvoirs et s'assurer que son petit *ka-lyrra* puisse vivre en paix pour toujours.

À sa décharge – tout accusé a le droit d'être défendu, si répréhensibles que puissent être ses actes, comme on le lui avait appris en fac de droit –, Gabby ne prémédita pas son geste. Il était également possible de lui trouver des circonstances atténuantes. La bouche pâteuse, elle se réveilla ce matin-là avec une migraine carabinée. Elle en comprit l'origine en découvrant qu'elle avait non seulement vidé la carafe de vin qui se trouvait dans sa chambre, mais qu'elle était en outre allée chercher celle de la chambre voisine inoccupée et l'avait sérieusement entamée, avant de sombrer dans un sommeil de plomb tout habillée sur son lit.

Peu fière de ses exploits nocturnes, elle se lança après une rapide douche glacée dans une exploration du dédale de couloirs du château, sans songer à mal. Tout ce qui lui fallait, c'était un peu d'aspirine et beaucoup de café. La préméditation ne pouvait donc être retenue contre elle : ce n'était pas comme si elle cherchait sciemment à nuire. Était-ce de sa faute si l'occasion de le faire se présenta d'elle-même ? Était-ce de sa faute si Adam n'avait pas été présent à côté d'elle à son réveil, comme il l'était depuis des jours? Non. Sa Majesté le prince faë avait disparu Dieu sait où et était sans doute trop occupé à se vautrer dans la luxure entre les bras de quelque soubrette pour penser à elle!

Aussi, quand elle tomba par hasard sur un groupe de servantes bien plus occupées à échanger leurs impressions sur « M. Black » qu'à se consacrer à leur travail, Gabby ne put-elle faire taire la petite peste aux méchants yeux verts, aux dents pointues et à l'âme vile qui avait surgi en elle. Le fait de constater que les admiratrices émoustillées du *sin siriche du* n'étaient pas vilaines – une grande brune tout en jambes, une autre brune plus petite aux formes épanouies, une voluptueuse rousse et deux blondes élancées – n'arrangea rien. Pas plus que de les entendre se demander si « M.Black » était du genre à aimer les préliminaires ou à aller droit au but.

— Je dois reconnaître qu'il aime les préliminaires… affirma Gabby d'une voix mielleuse. Mais il s'y prend tellement mal que vous n'avez qu'une envie, c'est qu'il en finisse!

Les cinq femmes se tournèrent d'un même mouvement vers elle. La grande brune la détailla de la tête aux pieds d'un œil sceptique, avant de lancer avec un accent écossais à couper au couteau :

— M.Black? Vous n'me f'rez jamais croire ça. On le voit au premier coup d'œil : c'est un rêve de femme fait homme.

— Un mauvais rêve, je vous l'accorde… concéda Gabby avec un sourire fielleux. Le pauvre homme ne sait même pas embrasser.

— Qu'est-ce qu'vous voulez dire? s'enquit la brune, suspicieuse.

— Il bave.

— Il bave? répéta la domestique, ébahie.

Gabby hocha gravement la tête, renonçant par la même occasion à mettre un terme aux méfaits de la petite peste. Maintenant que l'affaire était lancée, il ne restait plus qu'à la mener à son terme le plus efficacement possible.

Elle chercha ses mots, puis reprit d'un air songeur :

— Avez-vous déjà connu des hommes qui vous embrassent goulûment ? Vous savez, ces types qui ouvrent la bouche en grand et qui vous passent la figure à la serpillière… Quand ils en ont terminé, tout ce dont vous avez envie, c'est d'une serviette.

La grande rousse hocha vigoureusement la tête.

— *Aye !* Le jeune Jamie, du pub *Haverton's*, est comme ça, lui aussi. Il vous lèche… Beurk ! C'est dégoûtant.

— Et encore ! renchérit Gabby. Ce ne serait pas si grave s'il se lavait les dents. Je suis sûre qu'il ignore l'usage du dentifrice et du fil dentaire. Et il ne lave pas non plus tous les jours son petit… Mais je m'égare. Admettons que je n'ai rien dit.

Ce fut un tollé dans le couloir.

— Mais non, allez-y ! s'exclama une des deux blondes.

— *Naye !* Ne vous arrêtez pas là… supplia la petite brune.

Visiblement inquiète, la voluptueuse rousse murmura :

— Vous ne voulez tout de même pas parler de son… instrument ?

Gabby hocha tristement la tête et soupira.

— J'en ai bien peur.

— Petit comment ? insista la brune aux longues jambes, toujours sceptique.

— Eh bien… Vous savez à quel point il est grand et fort ?

Les cinq femmes opinèrent énergiquement du chef. Gabby se rapprocha d'elles et murmura avec des airs de conspiratrice :

— Disons simplement que cet endroit de sa personne n'est pas correctement proportionné.

— *Naye!* s'écrièrent en chœur les cinq domestiques.

— Si, hélas!

Gabby aurait pu en rester là – aurait *dû* en rester là –, mais la petite peste aux yeux verts gardait le contrôle de la situation.

— Croyez-moi, le seul que M. Black rende heureux, c'est lui-même!

— J'en crois pas un mot! protesta la grande brune. Suffit de mater sa braguette pour…

— Chaussettes! coupa Gabby en la fusillant du regard. Tous les matins, il fourre une paire de chaussettes dans son slip. Il ne dédaigne pas non plus les bananes, quand il en trouve une qui n'est pas trop mûre. Il dit qu'elles font plus forte impression. Selon lui, puisque les femmes portent des Wonderbra, il n'y a pas de raison pour que les hommes ne se mettent pas en valeur, eux aussi.

— *Naye!*

Laissant libre cours à leur réprobation, les servantes échangèrent en murmurant des regards scandalisés.

Gabby hocha solennellement la tête, vivante image de l'honnêteté.

— Je vous jure que c'est vrai. J'ai même envisagé de le poursuivre pour tromperie sur la marchandise. Habillé, il peut faire illusion, mais dépouillé de ses vêtements, c'est un vrai cauchemar.

Toutes paraissaient choquées et à des degrés divers de la déception. Seule la grande brune semblait camper sur ses positions.

Gabby se promit de trouver quelques bananes et de les déposer en évidence dans la chambre d'Adam. Si elle n'avait pas été horrifiée par sa propre conduite, elle aurait pu se féliciter de tant d'à-propos et d'ingéniosité.

Pour faire bonne mesure, elle ajouta avant de tourner les talons :

— Vous n'avez pas noté de disparition de bananes à la cuisine, ce matin? À votre place, j'ouvrirais l'œil. Vous feriez bien de surveiller les saucisses également…

Sur ce, elle leur adressa un sourire de pure compassion et poursuivit son chemin en roulant des hanches dans son jean et en regrettant de ne pas avoir pris cette petite robe noire et ces talons aiguilles si sexy, chez Macy's…

Adam se tortilla sur sa selle, à la recherche d'une position plus confortable. Il n'en pouvait plus d'être séparé de Gabby. Son corps souffrait de la frustration qu'il lui imposait. Ils étaient en terrain sûr, désormais. Il était plus que temps maintenant qu'il la fasse sienne. Depuis combien d'heures étaient-ils séparés ? Quatorze ? Quinze ? Elles lui paraissaient en tout cas avoir duré des siècles. Après être resté constamment avec elle au cours des jours écoulés, son absence lui faisait le même effet que si on l'avait amputé d'un membre…

La nécessité d'avoir à argumenter encore et encore n'en était que plus pénible.

— Bon sang, Drustan ! Je vous garantis que la reine ne laissera pas faire une chose pareille. Elle sera forcée de venir vous demander pour quelle raison vous n'avez pas rempli vos devoirs. Alors, je lui expliquerai ce qu'elle a à craindre de Darroc, et tout rentrera dans l'ordre. Il lui sera impossible de nous en vouloir, à vous comme à moi. Bien au contraire, elle nous sera reconnaissante, et vous pourrez accomplir les rites bien avant que la fenêtre de temps de vingt-quatre heures ne soit refermée.

Adam enrageait d'avoir à répéter pour la énième fois la même chose. Pour s'acquitter de leurs obligations lors des fêtes de *Yule*, *Beltane*, *Samhain* et *Lughnassadh*, les druides du clan Keltar disposaient de la première à la dernière heure de ces jours sacrés. Durant cette période, la ligne de démarcation entre le royaume des faës et le monde des hommes se faisait plus floue d'heure en heure, mais il n'y avait pas à craindre qu'elle disparaisse totalement avant le douzième coup de minuit, qui marquait le début du jour suivant.

Depuis l'aube des temps, les Keltar s'acquittaient de leur tâche à la première heure des jours sacrés. Adam était prêt à parier qu'Aoibheal n'attendrait pas que midi ait sonné pour se manifester et demander des comptes. En aucun cas elle ne prendrait le risque d'exposer les rivages de l'île de Morar à la curiosité des hommes.

— De toute façon, ajouta-t-il d'un air sombre, si vous ne faites pas cela pour moi, il n'y aura bientôt plus de Pacte à respecter, ni de rites à accomplir. Darroc renversera la reine, et il n'aura rien de plus pressé que de faire couler le sang des mortels. Les Traqueurs se répandront librement sur votre monde, et je vous prie de croire que votre peste noire ressemblera à un rhume des foins à côté des ravages qu'ils y feront ! Vous serez leurs premières victimes, car Darroc voudra éliminer le clan Keltar de toute urgence, pour empêcher définitivement tout retour en arrière.

— Adam a raison, déclara Dageus en lançant à son jumeau un regard réprobateur.

— Votre frère est toujours aussi borné ? lui demanda Adam.

Avec un soupir résigné, Dageus expliqua :

— Drustan a toujours été d'une prudence extrême, presque tatillonne avec le respect des règles établies.

— Par *Amergin* ! grommela l'intéressé. Il en faut au moins un qui soit prudent dans cette famille…

— C'est vrai, reconnut Dageus. Parce que si nous l'étions tous les deux, tu serais mort à l'heure qu'il est. Oh, j'oubliais : moi aussi…

Drustan parut hésiter un long moment entre la colère et l'amusement, puis il partit d'un grand rire joyeux et donna à son frère un coup de poing dans l'épaule.

— Bien vu ! s'exclama-t-il, beau joueur. Même si tu n'es qu'un frimeur.

— Je vois que ta gentille petite femme t'a appris un nouveau mot, commenta Dageus en haussant un sourcil amusé. Continue comme ça, et on pourra presque te croire né au XXe siècle...

— Je viens de faire quelque chose de tellement affreux que j'ai du mal à croire que c'est moi qui l'ai fait...

Après avoir longuement erré dans les couloirs, Gabby avait fini par trouver Gwen et Chloé. Elle n'avait pas prévu de se confier à elles – après tout, elle les connaissait à peine –, mais les mots étaient sortis d'eux-mêmes de sa bouche. C'était à croire qu'elle n'était plus maîtresse de sa propre langue, ce matin.

Installées dans de confortables fauteuils au milieu d'une grande pièce ensoleillée du premier étage, les maîtresses de maison l'accueillirent avec un sourire bienveillant.

— Entrez ! Venez vous joindre à nous... lança Chloé en tapotant du plat de la main le siège voisin du sien. Avez-vous déjà mangé ? Nous avons ici du café et des pâtisseries, servez-vous. Gwen et moi prenons notre petit déjeuner dans le solarium chaque matin. Nous voulions vous réveiller, mais Adam a insisté pour que nous vous laissions dormir. D'après lui, il vous est rarement arrivé de dormir dans un vrai lit, ces derniers temps...

À ces mots, Gabby se sentit un peu mieux. Adam n'avait pas pris soin de lui apporter son café, comme il l'avait fait à Cincinnati, mais il avait au moins songé à elle.

— Où est-il passé ? demanda-t-elle en s'asseyant dans le fauteuil que Chloé lui avait indiqué.

— Il est sorti faire une balade à cheval en compagnie de Drustan et Dageus, répondit Gwen. Ils sont partis tôt ce matin. Ils discutaient avec animation en gaélique, je doute donc qu'on les revoie de sitôt... Mais, au fait, quelle est cette chose affreuse dont vous nous parliez ?

Gabby prit le temps d'avaler quelques gorgées du café que venait de lui tendre son hôtesse avant de se lancer dans le récit détaillé de ses exploits, depuis l'épisode des carafes de vin jusqu'à sa confrontation avec l'escouade de servantes. Quand elle en eut terminé, Gwen et Chloé essuyaient du plat de la main les larmes de rire qui roulaient sur leurs joues.

— Je n'arrive pas à croire que j'aie pu faire une chose pareille ! répéta Gabby, au moins pour la douzième fois.

Des flots bienfaisants de caféine coulaient à présent dans ses veines, son mal de tête était en train de céder du terrain, et les délicieux *scones* qu'elle avait engloutis entre deux phrases avaient eu raison de ses maux d'estomac.

— Des bananes ! s'exclama-t-elle d'un ton consterné. Je me demande comment j'ai pu sortir une horreur pareille. Je n'avais jamais rien fait de tel avant. Je ne sais pas ce qui m'a pris.

À l'instant où elle prononça le mot « bananes », l'hilarité de ses hôtesses reprit de plus belle. Un sourire embarrassé sur les lèvres, Gabby les regarda rire en silence. Force lui était de reconnaître que c'était assez drôle… Du moins cela aurait-il pu l'être si elle avait elle-même entendu cette confession dans la bouche d'une autre. Si son amie Elizabeth, par exemple, lui avait avoué s'être conduite ainsi, elle aurait pu en rire pendant des heures. Mais pour l'instant, elle avait plutôt envie de pleurer.

— Pardonnez-nous, dit Gwen quand sa belle-sœur et elle eurent retrouvé leur sérieux. Au lieu de rire, nous devrions compatir. En tout cas, ne vous mettez pas martel en tête. Votre conduite est excusable. Après tout, la nuit passée, vous avez dû regarder une cohorte de femmes en folie parader devant votre homme et le manger des yeux comme s'il était leur Esquimau favori qu'il leur tardait de dévorer.

— Il nous est d'autant plus facile de comprendre votre réaction, renchérit Chloé, que nous sommes nous-mêmes confrontées régulièrement à ce genre de problème. Marcher dans une rue bondée en compagnie de Dageus peut être un véritable supplice pour moi. L'autre jour, à Inverness, une espèce de folle qui écrit des romans à l'eau de rose et qui visitait les Highlands s'est précipitée sur nous pour demander à mon mari de poser pour la couverture d'un de ses livres !

Mais, de tout ce qu'elle venait d'entendre, Gabby n'avait retenu qu'une chose.

— Adam n'est pas « mon homme », corrigea-t-elle à l'intention de Chloé. En fait, ce n'est pas un homme du tout.

Sincèrement choquée, celle-ci la dévisagea avec des yeux ronds.

— Que diable voulez-vous dire par là ? s'exclama Gwen.

— Adam n'est pas un homme, mais un *faë*...

Gabby n'en revenait pas d'avoir à souligner une telle évidence. N'avait-elle pas déduit des conversations de la soirée précédente dans la bibliothèque que Gwen était une brillante physicienne et un esprit supérieurement doué ?

— Il est un Tuatha Dé Danaan mâle, déclara Gwen. Il est ridicule de continuer à l'appeler « faë ». Le voyez-vous vraiment comme une créature de conte de fées éthérée et dotée de petites ailes dans le dos ? Non ! Adam est un éminent représentant d'une race différente de la nôtre et hautement civilisée. De toute façon, même sans considérer le fait que, depuis que sa reine l'a banni, il est bien un homme en chair et en os, il suffit de le voir vous regarder pour deviner les sentiments qu'il éprouve pour vous. Et ce sont les sentiments d'un homme authentique.

Ces mots plongèrent Gabby dans une telle stupéfaction qu'elle crut avoir mal entendu.

— Je ne comprends pas, murmura-t-elle. Que voulez-vous dire par là ?

Gwen et Chloé échangèrent un regard de connivence.

— C'est une bonne chose que les hommes ne soient pas là, conclut la première. Il me semble qu'une conversation entre filles s'impose.

— Tu as raison, approuva sa belle-sœur. Et elle risque d'être longue…

Les frères MacKeltar et Adam chevauchèrent durant des heures et ne s'arrêtèrent qu'en début d'après-midi, sur un large promontoire en pente qui dominait tout le paysage. Le soleil avait entamé sa descente dans le ciel, et Adam bouillait d'impatience.

Même de mauvaise humeur, il lui était pourtant difficile de rester insensible à la beauté des Highlands. De l'endroit où il se trouvait, il pouvait voir la vallée s'étaler à ses pieds entre des monts élevés. Un vaste tapis de terre fertile recouverte d'herbe vert vif se déroulait devant lui. Tout au fond, niché dans cet écrin, le château Keltar paraissait aussi petit et fragile qu'un modèle réduit.

Adam inspira profondément, envahi par un sentiment de paix profonde. Il aimait ce pays plus que tout autre au monde et comprenait pourquoi les Écossais s'étaient si farouchement battus pour le conserver.

— Ah, que l'Écosse est belle ! s'exclama-t-il.

— *Aye !* approuva Dageus.

Drustan, lui, émit un grognement approbateur, avant de soupirer d'un air résigné, comme si ce simple commentaire avait suffi à lui soutirer l'accord que des heures de patients palabres n'avaient pas réussi à lui arracher.

— C'est entendu, nous le ferons, lâcha-t-il, laconique.

Adam se retint d'exulter trop ouvertement. Il attendait ces mots depuis le matin. C'était pour les entendre qu'il s'était obligé à courir la région en compagnie des frères MacKeltar, au lieu de se précipiter dans les bras de celle vers qui ses pensées le ramenaient sans cesse.

Cette victoire obtenue, il pouvait à présent songer tout à loisir à Gabrielle et au deuxième triomphe qu'il espérait. Il savait quels cadeaux il allait lui faire. Ce soir-là, il verrait enfin son *ka-lyrra* porter autre chose qu'un jean, avant de ne plus rien porter du tout…

Jusqu'à *Lughnassadh*, il disposait de sept jours entiers. Sept jours qu'il pourrait consacrer à Gabrielle sans avoir à s'inquiéter pour sa sécurité, ni à se soucier d'autre chose que de la faire sienne, corps et âme. Le désir qu'il ressentait pour elle dépassait à présent de loin son envie de faire l'expérience du sexe dans la peau d'un homme à part entière. Il avait l'impression de n'exister que pour être le premier qui se glisserait en elle, le premier à la faire gémir de plaisir, le premier à voir ses beaux yeux verts se révulser sous la morsure de l'extase.

— Ou, plus exactement, corrigea Dageus, le tirant de ses pensées, nous n'allons pas le faire… Quelle expérience fascinante ce sera pour nous de rester les bras croisés ce jour-là ! À nous de faire en sorte que Christopher nous imite. Et, le connaissant, cela risque de ne pas être une sinécure…

Adam hocha la tête en guise de remerciement et soutint les regards des jumeaux fixés sur lui.

— Mais que les choses soient claires, Adam Black, ajouta Drustan, la mine farouche. Si, par votre faute, le ciel devait nous tomber sur la tête dans une semaine, nous attendons de vous que vous restiez à nos côtés pour nous défendre, prêt à prendre des risques s'il le faut comme nous acceptons aujourd'hui d'en prendre pour vous…

Adam sentit une émotion qui ne lui était pas familière sourdre de son cœur. Drustan le considérait à cette minute comme un homme à part entière, un allié dont il recherchait l'aide en prévision de batailles à venir. Alors, il comprit : s'il devait prendre parti, ce ne serait pas sa reine qu'il choisirait. Il resterait aux côtés des humains. Aux côtés des MacKeltar et de son petit *ka-lyrra*.

— Vous avez ma parole, répondit-il simplement.

Il les entendit tous deux murmurer leur satisfaction, et un étrange apaisement, né du sentiment d'appartenir à une véritable communauté, s'épanouit en lui et gagna tout son être.

En se préparant à entrer sous la douche, ce soir-là, Gabby songea que Gwen ne s'était pas trompée : cette longue conversation entre filles s'était révélée des plus profitables.

Elles avaient parlé pendant des heures, laissant filer la matinée et une bonne partie de l'après-midi. Il ne lui avait pas fallu longtemps pour se sentir aussi à l'aise et en confiance avec ces deux femmes, qu'elle ne connaissait pourtant que depuis la veille, qu'avec des amies de toujours. Jusqu'à cette conversation, elle n'avait pas réalisé à quel point elle avait besoin de parler, de se confier. Depuis qu'Adam avait surgi dans son existence, elle était seule avec ses doutes et ses pensées, et il s'était passé tant de choses si vite qu'elle ne savait plus où elle en était.

Gwen et Chloé étaient bien placées pour l'aider à y voir plus clair. Outre qu'elles étaient du même âge qu'elle, elles ressemblaient beaucoup à son amie Elizabeth. Elles étaient intelligentes (peut-être même un peu trop), drôles, généreuses et ne se prenaient pas au sérieux.

Confortablement installées avec Gabby dans le solarium, elles lui avaient fait part de leurs expériences et des aventures au cours desquelles, dans des circonstances incroyables, elles étaient tombées amoureuses des frères MacKeltar. Au mépris de toute prudence, elles avaient pris le risque d'écouter leur cœur. Et toutes deux, après avoir cru tout perdre, se retrouvaient éperdument amoureuses, mariées à des hommes hors du commun et vivaient chaque jour un rêve éveillé.

La part prépondérante qu'avait prise Adam Black dans le bonheur de Chloé n'avait pas échappé à Gabby.

La jeune femme lui avait raconté dans le détail ce qui s'était passé dans les catacombes de la secte du Draghar : Dageus avait dû se sacrifier pour empêcher les treize druides noirs de fondre sur le monde, et Chloé avait pensé perdre son ténébreux Highlander pour toujours. Et elle l'aurait effectivement perdu si le *sin siriche du* n'était pas intervenu, n'avait pas donné de sa propre force vitale à Dageus pour le ressusciter et le rendre à elle.

Cela, plus que tout le reste, intriguait et fascinait Gabby. Qu'est-ce qui avait poussé Adam à agir ainsi ? Que s'était-il passé dans cet esprit multimillénaire, derrière ces yeux qui avaient vu tant de choses, pour qu'il accepte de payer un tel prix afin qu'un homme puisse être rendu à la femme qu'il aimait ?

Car Chloé lui avait également rapporté ce que lui avait confié son mari, la veille, quand il l'avait rejointe dans leur chambre aux petites heures du jour. C'était pour punir Adam d'être intervenu afin de sauver Dageus et le clan MacKeltar qu'Aoibheal l'avait banni du royaume des faës, déchu de tous ses pouvoirs et transformé en être humain.

Pourquoi diable Adam avait-il refusé de lui répondre lorsqu'elle l'avait interrogé à ce sujet ? Certes, elle ne l'aurait probablement pas cru s'il lui avait dit la vérité… Mais à présent, elle y croyait sans difficulté, ce qui faisait faire des bonds désordonnés à son cœur.

Finalement, ne cessait-elle de se demander depuis sa conversation avec Gwen et Chloé, qui était Adam Black, ce faë imposant, mystérieux, séduisant et étonnamment gentil qui paraissait avoir passé au cours de sa très longue vie plus de temps avec les humains qu'avec ceux de sa race ? Une autre question plus importante encore la taraudait : en quoi la simple mortelle qu'elle était pouvait-elle intéresser un tel être ? Quant à elle, elle savait ce qui ne cessait de l'attirer en lui, puisqu'il était l'incarnation du prince charmant de ses rêves d'enfance.

Alors que l'après-midi touchait à sa fin, elle s'était résolue à raconter à ses auditrices compatissantes sa triste vie de *sidhe-seer*. À la fin de son récit, elle s'était surprise elle-même en formulant à haute voix sa pire crainte, celle qu'elle ne parvenait même pas à admettre dans le secret de ses pensées.

En supposant qu'elle survive à cette aventure et qu'elle finisse par tomber amoureuse de celui qui l'y avait entraînée, il n'y aurait pas de *happy end* à cette histoire, comme il y en avait toujours eu dans ses rêveries adolescentes. Dès qu'Adam serait redevenu lui-même, dès qu'il aurait assuré la sécurité de Gabby, comme il le lui avait promis, il retournerait parmi les siens, et tout serait fini.

À elle, il ne resterait que le goût amer d'une histoire merveilleuse et terminée avant d'avoir commencé. De quoi anéantir pour toujours son appétit pour la réalité…

— Gabby, il me semble que c'est déjà trop tard, avait déclaré Chloé en se penchant pour lui prendre la main. Le mal – enfin, si l'on peut dire – est fait : que cela vous plaise ou non, vous êtes amoureuse de lui.

Gwen avait approuvé d'un hochement de tête.

— Mais la question que vous devez vous poser, avait-elle ajouté d'une voix douce, n'est pas de savoir s'il y aura ou non un *happy end* à cette histoire. Demandez-vous plutôt comment vous ferez pour continuer à vous supporter si jamais vous refusez le bonheur qui s'offre à vous aujourd'hui. Ne regretterez-vous pas toujours d'être passée à côté de quelque chose d'unique ?

19

Gabby prit tout son temps pour se coiffer et se maquiller ce soir-là, luxe qu'elle n'avait pu s'offrir depuis des jours. Durant sa fuite avec Adam, lors des rares occasions qu'elle avait eues de croiser un miroir – généralement dans des toilettes publiques –, elle n'avait pas aimé ce qu'elle avait vu et ne s'était pas attardée. Maintenant qu'ils se trouvaient à l'abri sur les terres du clan Keltar, qu'ils ne risquaient plus de devoir fuir en catastrophe, de tomber du haut d'un clocher ou de plonger dans un lac, elle était décidée à paraître à son avantage.

Une bonne dose d'aspirine et une longue douche chaude étaient venues à bout des restes de sa gueule de bois. Chloé, qui avait à peu près la même corpulence qu'elle, l'avait invitée à faire un tour dans sa chambre avant le dîner pour y chercher quelque chose de joli à mettre. Gabby avait hâte de s'habiller autrement qu'en jean et en tee-shirt – pour tout dire, il lui tardait de se montrer à Adam sous son meilleur jour.

Concentrée sur le reflet que lui renvoyait la glace, Gabby fit jouer nerveusement ses doigts dans ses cheveux, dont elle rejeta la masse derrière ses épaules, laissant quelques mèches savamment négligées retomber de chaque côté de son visage. Une touche de fard à paupières, un trait de mascara pour souligner ses yeux, un soupçon de brillant à lèvres, juste de quoi capter la lumière et provoquer d'intéressants effets aptes à attirer le regard d'un homme. À cela devait se limiter son maquillage, décida-t-elle en s'observant d'un œil critique. Aux vêtements de faire le reste, en espérant que la garde-robe de Chloé MacKeltar recèlerait la petite chose ultra-féminine et suffisamment provocante qui aiderait à la mettre en valeur.

Satisfaite, Gabby ouvrit la porte de la salle de bains et pénétra dans la chambre. Une tache sombre posée sur le lit attira aussitôt son regard. Elle ne s'y trouvait pas lorsqu'elle était entrée sous la douche... Quand elle comprit de quoi il s'agissait, sa main se porta à sa bouche et ses yeux s'écarquillèrent sous l'effet de la surprise. Comment était-ce possible ? La petite robe noire qui l'avait séduite chez Macy's reposait là, soigneusement étendue sur le lit, à côté de la paire de talons aiguilles qu'elle avait également convoités et d'un écrin à bijou dont le logo doré en relief lui fit battre le cœur. Tiffany's.

D'un geste précipité, elle referma les pans de son peignoir sur sa poitrine et jeta dans la pièce un coup d'œil circulaire. Elle ne découvrit personne, mais il flottait encore dans l'air une discrète odeur de jasmin et de santal qui ne laissait planer aucun doute quant à l'identité de l'auteur de ces somptueux cadeaux.

Les mains tremblantes, Gabby prit l'écrin et l'ouvrit précautionneusement, avant de le refermer bien vite après avoir découvert ce qui s'y trouvait : disposés sur un lit de velours pourpre, une parure de diamants et ses pendants d'oreilles assortis. Ils ne lui étaient pas inconnus, et elle n'eut aucun mal à se rappeler où elle les avait vus.

Ce devait être le soir où Adam lui avait apporté un en-cas venu des cuisines de *La Maisonnette*. En regagnant sa voiture pour rentrer chez elle, son œil avait été attiré par un nouveau présentoir dans la vitrine de chez Tiffany's. Elle avait marqué une courte pause pour admirer ces bijoux, charmée par leur sobriété et leur élégance. Avec une curiosité toute féminine, elle s'était même demandé à quel genre de femme ces merveilles étaient destinées. Elle qui n'avait jamais rêvé que de porter un jour un petit solitaire monté en bague, voire une simple alliance en or, ne se serait jamais imaginée dans ce rôle…

Adam avait dû se tenir discrètement quelque part derrière elle ce soir-là, tout comme chez Macy's, et remarquer son intérêt.

Gabby rouvrit l'écrin avec précaution et y trouva, glissé sous les bijoux, un petit mot plié en deux. Quatre mots y étaient inscrits, d'une écriture ancienne, élégante et nerveuse :

Accepte-les. Accepte-moi.

Adam sortait de la douche lorsqu'il entendit quelques coups discrets frappés à sa porte. Il espérait que ce n'était pas une de ces servantes qu'il avait trouvées rassemblées dans le grand hall à son retour. Il avait l'habitude que les femmes recherchent ses faveurs, mais pas qu'elles fixent avec une telle impudence et une telle intensité son entrejambe… La pudibonderie ne faisait pas partie de ses défauts, mais leur insistance à scruter sa braguette était d'autant plus gênante que celle-ci moulait une érection perpétuelle que seul le corps de Gabby pourrait apaiser.

— Qui est là ? lança-t-il prudemment.

La réponse murmurée derrière la porte lui fit battre le cœur et plisser les yeux de plaisir. Avec un sourire mutin, il détacha la serviette qui lui ceignait les hanches et la laissa glisser sur le sol.

— Dorénavant, tous les coups sont permis, *kalyrra*… murmura-t-il, trop bas pour qu'elle puisse l'entendre.

Il ne pensait pas la voir avant le dîner, et pourtant, elle était là, derrière sa porte, venue se livrer à lui de son plein gré. Étant donné la faim qui le dévorait, cela revenait pour elle à se présenter devant la tanière d'un lion affamé ! À cette différence près que le lion avait soudain la gorge sèche, songea-t-il en déglutissant péniblement.

Paralysé par une brusque appréhension, Adam n'était plus certain d'avoir envie de lui ouvrir. Porterait-elle ses bijoux ? Était-elle prête à reconnaître l'évidence et à l'accepter, lui, tel qu'il était ? Saurait-elle dépasser ses préjugés, elle que l'on avait mise en garde contre la cruauté des faës depuis toujours – cruauté qui, hélas, avait un fond de vérité ?

Il se doutait qu'elle était au courant. Elle avait compris qu'il s'était lancé à la mort de Morganna dans des razzias désespérées à travers les Highlands. Il l'avait lu sur son visage quand elle avait insisté pour connaître la date du décès de Morganna. Elle savait à présent que même si le *Livre du sin siriche du* n'était en grande partie qu'un tissu de mensonges, certains des faits qu'il rapportait étaient malheureusement véridiques. Elle se doutait qu'en six mille ans d'existence, il avait bien dû commettre un ou deux actes répréhensibles pour mériter une aussi mauvaise réputation. Gabrielle était loin d'être bête. Était-elle parvenue à passer au-dessus de cela ? Avait-elle fini par le voir, lui ? Porterait-elle ses diamants pour le lui signifier ?

En réalisant qu'il fixait intensément une porte toujours close derrière laquelle l'élue de son cœur s'impatientait sûrement, Adam secoua la tête avec agacement. Était-il Adam Black, le *sin siriche du*, le dernier prince du D'Jai, ou quelque adolescent à peine pubère saisi par la timidité ?

— Entre !

Sa voix ne lui parut pas aussi ferme qu'elle aurait dû l'être, mais il préféra ne pas s'y attarder. Les jambes fermement campées sur le sol, les bras croisés, vêtu en tout et pour tout des ornements d'or de sa maison princière, il était prêt à affronter ce que le destin lui réservait.

La porte s'ouvrit lentement – bien trop lentement pour ses nerfs déjà mis à rude épreuve –, mais enfin, elle fut là, devant lui, et ce fut comme si un poing géant venait de lui percuter le plexus solaire.

Au moins eut-il la consolation de constater que Gabby paraissait aussi ébranlée que lui. Elle frissonna de la tête aux pieds, ses adorables yeux verts arrondis par la surprise.

— V… vous êtes… n…

Elle fut incapable d'en dire plus. Son regard descendit lentement jusqu'à son bas-ventre, et quand il revint se fixer au sien, Adam jubila en découvrant le trouble qui l'habitait.

— Oui, répondit-il avec une mâle assurance. Je suis nu. Et toi, ma douce Gabrielle, tu portes mes diamants…

Gabby demeura figée sur le seuil, son cœur cognant dans sa poitrine comme s'il avait décidé d'en sortir.

Elle avait sous les yeux, à portée de main, un homme nu et si irrésistiblement beau qu'il était presque douloureux de le contempler.

Avec la grâce et l'assurance d'un puissant animal, sans la quitter de ses yeux de prédateur, Adam fit vers elle les quelques pas qu'elle était incapable de franchir. Il était le chasseur ; elle était la proie. Et à en juger par le regard qu'il posait sur elle, il n'allait pas tarder à la dévorer…

Il se tint un instant immobile devant elle, la dominant de toute sa hauteur, et Gabby, pantelante, dut se forcer à respirer pour ne pas étouffer. Lentement, il leva la main et caressa du bout des doigts la parure de diamants.

— Ainsi, tu as décidé de les porter… Tu sais ce que cela signifie, n'est-ce pas ? demanda-t-il d'une voix chargée d'une étrange intensité. Tu es à moi, maintenant. De ton plein gré. Non, chut !

Il posa l'index sur ses lèvres pour faire taire la protestation que Gabby, sans trop savoir pourquoi, avait été sur le point de formuler.

— Ne détruis pas la magie de cet instant par des mots, poursuivit-il. Laisse-moi juste te regarder. J'attends depuis si longtemps de pouvoir t'admirer dans cette robe…

Il passa derrière elle, referma la porte en douceur, et Gabby entendit le déclic métallique du verrou qu'il fermait. Puis il se mit à tourner lentement autour d'elle.

— Par Danu, que tu es belle, Gabrielle ! Sais-tu à quel point je te désire ? Sais-tu quelles fantaisies érotiques me hantent depuis que je t'ai rencontrée ? Sais-tu combien de fois j'ai dû me débrouiller avec ma propre main, pour tenter de me débarrasser de cette éternelle érection que tu suscites en moi, tout en sachant parfaitement que toi seule pourrais y remédier ?

Il décrivit un autre cercle autour d'elle avant de reprendre :

— Et enfin, te voilà. Dans ma chambre. Enfermée avec moi. Tu n'en sortiras pas tant que je ne l'aurai pas décidé. Et peut-être ne le déciderai-je jamais.

Adam marqua une pause dans le dos de Gabrielle. Incapable de s'en empêcher, il se colla contre elle et frotta son sexe douloureusement tendu contre ses fesses moulées par la robe noire. Comme il l'avait imaginé, ce vêtement, telle une seconde peau, mettait en relief ses formes voluptueuses.

Sachant qu'il risquait d'en terminer bien plus vite qu'il ne le souhaitait s'il ne se calmait pas, il recula et laissa glisser son regard le long de ses jambes galbées, jusqu'à ses chevilles fines mises en valeur par la hauteur des talons aiguilles.

— Et ces chaussures… murmura-t-il. Je t'ai bien vue les admirer, chez Macy's. Mais avec ou sans elles, Gabrielle, tu as les plus belles jambes qu'on puisse imaginer.

Il revint se placer face à elle. Les yeux de Gabby étaient fixes, ses pupilles dilatées. De ses lèvres légèrement entrouvertes s'échappait un souffle court et précipité. Lentement, il dessina le contour de sa bouche du bout du doigt.

À sa grande surprise, elle referma ses lèvres sur son index, qu'elle mordilla légèrement, allumant en lui un tel incendie que, durant un instant, il en resta pétrifié. Lorsqu'il se ressaisit assez pour extraire son doigt, il le laissa glisser sur son menton, puis le long du collier de diamants, avant de le plonger dans l'émouvant sillon formé par ses seins pressés l'un contre l'autre.

Adam savait qu'il aurait dû prendre le temps de laisser la séduction agir, qu'il aurait dû l'amadouer avec des baisers, l'entraîner doucement mais inexorablement sur le chemin de son ultime capitulation. Mais il était trop tard, elle l'avait trop fait attendre, et il était une chose qu'il ne pouvait différer plus longtemps. Une chose dont il avait un besoin fou, même s'il enrageait de constater à quel point cette obsession avait d'emprise sur lui. Plus que tout, il voulait goûter Gabby au plus intime d'elle-même, sur-le-champ, savourer ce goût qui n'appartenait qu'à elle et en stocker précieusement le souvenir dans sa mémoire d'immortel. Ainsi, s'il prenait à Gabby l'envie au cours de cette soirée, pour une raison ou pour une autre, de se dérober à lui, aurait-il au moins eu cette satisfaction.

— Note bien, belle Irlandaise, que je ne m'agenouille jamais devant personne.

Après lui avoir délivré cette information d'une voix chavirée par le désir, il tomba à genoux à ses pieds, releva des deux mains l'ourlet de sa robe et la repoussa contre la porte.

Gabby se laissa aller contre le panneau de bois, le souffle de plus en plus précipité. Plus prégnante que jamais, l'odeur exotique d'Adam lui emplissait les narines et lui donnait le vertige. Le simple fait de le découvrir nu avait suffi à l'exciter, à un point tel qu'elle était d'ores et déjà prête à l'accueillir. Elle n'avait pas besoin du moindre préliminaire. Elle ne pouvait savoir quelles étaient ses intentions, mais elle était certaine de ce dont elle avait envie : elle le voulait en elle, sans délai. Quand il lui avait tourné autour en lui disant à quel point il la désirait, elle avait failli le supplier de mettre un terme à ses palabres et de le lui prouver.

Et à présent, il était à genoux entre ses jambes. Il avait retroussé sa robe jusqu'à ses hanches, et plus rien ne la séparait de lui qu'un mince triangle de soie rose garni de dentelle. Cette ultime barrière, sous l'assaut combiné de ses dents et de ses lèvres, ne tarda pas à n'être plus qu'un souvenir. Ensuite, Adam fit remonter sa bouche vers le haut de ses cuisses, tout en les mordillant et en les embrassant longuement, faisant courir des frissons délicieux le long de sa colonne vertébrale. Elle se sentait droguée, soûle, intoxiquée par la passion. Elle ne comprenait pas comment elle avait pu le repousser si longtemps, ni pour quelle raison, et soudain, elle se sentit très triste à l'idée de tout ce temps qu'ils avaient perdu.

— Avant la fin de la nuit, *ka-lyrra*, ton corps n'aura plus de secrets pour moi. J'en aurai exploré chaque recoin, chaque parcelle, avec ma langue, avec mes lèvres…

Comme pour le lui prouver, il entreprit de lui lécher longuement l'intérieur des cuisses, là où la peau était la plus tendre, la chair la plus sensible. De longs baisers à pleine bouche en petits mordillements coquins, il ne laissa pas un centimètre carré inexploré.

Puis sa main forte et impérieuse se glissa entre ses jambes pour les écarter, et Gabby retint son souffle. Et quand le bout de sa langue trouva le petit bourgeon de chair dressé dans les replis de son intimité, elle sentit le sol se dérober sous elle. Avec un long gémissement, elle plia les genoux et agrippa ses cheveux à pleines mains.

— Essaie de rester debout, *ka-lyrra*, protesta-t-il. Si tes jambes te trahissent et que tu roules par terre, je ne pourrai résister plus longtemps au besoin de te posséder…

Avec un petit rire satisfait, Gabby se laissa lentement glisser sur le tapis.

— Bon sang, Gabrielle ! gémit-il en se plaçant sous elle pour atténuer l'impact de sa chute. Pour notre première fois, je voulais que nous prenions notre temps…

Mais Gabby était au-delà de ces subtilités. Cet instant, elle l'attendait depuis qu'elle était en âge d'y rêver, et elle refusait de le différer une minute de plus. Étendue de tout son long sur ce grand corps complaisamment offert à tous ses caprices, elle tortilla des hanches jusqu'à ce que son sexe brûlant vienne se loger exactement contre le sien. Le sentir palpiter contre elle acheva de la chavirer tout entière. S'appuyant sur le sol de ses deux bras tendus, la tête rejetée en arrière, elle ferma les yeux et gémit de nouveau sans pudeur, en imprimant à ses hanches un mouvement de rotation…

— Non ! s'exclama Adam, comprenant son intention. Je ne te laisserai pas jouir ainsi… Pas tant que je ne serai pas plongé en toi pour la première fois.

— Dans ce cas, tu ferais bien de te dépêcher, chuchota-t-elle.

Adam émit un rire étrange, à mi-chemin entre le râle érotique et le grognement animal.

— Ah, Gabby ! soupira-t-il en l'agrippant par les hanches pour la faire rouler sous lui. Je crois que je ne me lasserai jamais de toi…

— Ah, oui ? rétorqua-t-elle en dardant sur lui un regard exaspéré. Eh bien, moi, je suis déjà lasse de t'attendre !

— Tu n'attendras plus longtemps. Écarte les jambes !

Ravie qu'il se décide enfin, Gabrielle s'exécuta aussitôt. Avec une émotion non dénuée d'inquiétude, elle le regarda prendre position sur elle, en appui sur ses avant-bras.

— Enroule-les autour de mes hanches.

Sagement, elle lui obéit.

— Verrouille bien tes chevilles. Cela risque de ne pas être facile…

À ces mots, un frisson de délice mêlé d'appréhension la parcourut. Elle se doutait bien que cela n'allait pas être facile ! Elle l'avait su dès le moment où il s'était pressé contre elle, dans son dos, lorsqu'il avait surgi chez elle à Cincinnati, et cela ne cessait de lui tourner les sens depuis. Tous ses petits amis avaient été des hommes grands et forts. Gabby les avait toujours aimés ainsi et ne détestait pas de leur part un soupçon de domination. Adam Black correspondait trait pour trait à ce portrait-robot.

Elle n'avait pas vraiment menti en affirmant aux servantes qu'il n'était pas, à cet endroit de sa personne, correctement proportionné. Sur ce plan, le *sin siriche du* était mieux pourvu qu'aucun homme ne pourrait jamais l'être.

— De toute façon, lâcha-t-elle dans un souffle, rien de ce qui te concerne ne pourra jamais être facile.

— C'est vrai, reconnut-il avec un sourire rusé. Mais je suis persuadé que ce qui est trop facile finit par te lasser. Je te promets de ne jamais t'ennuyer, Gabrielle.

Sur cette promesse troublante, il glissa une main entre ses jambes, introduisit un doigt dans son sexe tout prêt à le recevoir, puis poussa l'exploration plus loin, jusqu'à ce qu'il rencontre la barrière de son hymen. Un deuxième doigt rejoignit le premier, et elle n'éprouva ni appréhension ni douleur quand, d'une poussée plus forte, il rompit la fine membrane de chair, tant le plaisir de le sentir aller et venir en elle éclipsait tout.

Comme doté d'une volonté propre, le bassin de Gabby se souleva. Elle voulait plus. Elle voulait mieux. Et sans attendre... Haletant à présent, Adam paraissait pleinement disposé à lui donner satisfaction. Il retira ses doigts en douceur, puis, d'un mouvement souple des reins, présenta son pénis à l'endroit où il était tant attendu.

Déjà, il s'introduisait en elle. Gabby émit un gémissement de détresse, essayant en vain de s'adapter, de tolérer cette invasion, mais le sexe d'Adam était si imposant, et le sien si étroit…

— N'aie pas peur, Gabrielle… grogna-t-il. Détends-toi. Tout va bien se passer.

Elle aurait voulu suivre ces sages conseils, mais cela lui semblait impossible. D'instinct, tout son corps résistait à cette intrusion trop massive pour lui.

Ainsi se livrèrent-ils une bataille sexuelle silencieuse, au cours de laquelle Adam ne parvint à gagner quelques centimètres que pour les reperdre aussitôt.

À bout de patience, il finit par renoncer et gémit entre ses dents serrées :

— Gabrielle ! Tu me tues… Tu dois me laisser faire.

— J'essaie ! protesta-t-elle, au bord des larmes.

Avec un juron étouffé, il referma les poings dans ses cheveux et tourna sa tête de manière à pouvoir écraser ses lèvres sous les siennes. Le baiser qu'il lui donna ne pouvait se comparer à aucun de ceux qu'ils avaient déjà échangés. Tétanisée par le ballet de sa langue dans sa bouche, Gabby fut trop surprise pour se raidir quand il la pénétra enfin d'une longue, lente et irrésistible poussée.

Adam étouffa son cri – un cri de surprise plus que de douleur – sous ses lèvres et redoubla d'ardeur pour l'embrasser. Durant de longues minutes, il demeura ainsi sans bouger, plongé en elle, l'emplissant totalement, attendant que le corps de Gabby s'habitue à lui.

Enfin, elle se mit à gémir sous ses baisers, à onduler du bassin, à le supplier de bouger. Maintenant que la présence de son sexe n'était plus qu'agréable, elle se sentait envahie par une tension nouvelle, que seuls ses mouvements en elle sauraient apaiser…

— Je suis en toi ! s'émerveilla-t-il. Par Danu ! Enfin, je suis en toi…

Alors, au grand soulagement de Gabby, il mit un terme à son insupportable immobilité, non pas en se ruant comme un sauvage en elle, mais en faisant rouler doucement ses hanches, en un subtil et érotique mouvement circulaire. Il ne la pénétrait que pour se retirer légèrement, avant de revenir en force, et de se retirer encore, gratifiant chaque fois au passage son clitoris d'une exquise friction.

Un tel traitement eut tôt fait d'éveiller en elle un point ultrasensible, dont elle n'aurait jamais soupçonné l'existence, tétanisant tous ses muscles et l'obligeant à s'accrocher désespérément à lui comme à une bouée, pour ne pas sombrer dans l'océan de plaisir qui menaçait de l'engloutir. Mais elle finit par se noyer et dériva, frissonnante et éperdue, sur une vague de merveilleuse extase, tandis qu'un long cri jaillissait de sa gorge.

— Par l'enfer ! gémit Adam, qui n'avait pu assister à son orgasme sans sentir le sien monter irrésistiblement en lui.

Il agrippa les hanches de Gabby et tenta de se retenir, refusant d'en terminer si vite, mais il était trop tard. Leur union avait été trop intense, l'émotion de la sentir si totalement livrée à lui trop vive. Avec un râle de plaisir autant que de dépit, il céda à l'urgence de sa jouissance et explosa en elle.

Bien des heures plus tard, Adam se souleva sur un coude pour regarder son petit *ka-lyrra*, le visage détendu et les paupières closes, sombrer dans une douce somnolence.

Il ne se demandait plus dorénavant ce qui faisait la beauté. Il avait l'impression de commencer à le comprendre. Ce n'était pas la symétrie des traits, encore moins la perfection des formes. C'était le caractère unique de chaque femme.

Le nez de Gabrielle était peut-être semblable à des milliers d'autres, mais seul le sien s'accordait avec ses yeux, sa bouche, ses pommettes et ses cheveux pour composer une harmonie qui lui était propre. De même, il n'y avait que son nez à elle pour se retrousser d'une manière si charmante lorsqu'elle riait, ou ses narines pour frémir si vivement quand elle était en colère.

Ce soir, il avait pu assister à un véritable festival d'expressions sur son visage. Dans le feu de la passion, il l'avait découverte intraitable, agressive parfois, les yeux brillants d'un éclat farouche lorsqu'elle se cambrait pour exiger plus de lui. Il l'avait également vue douce et rêveuse, mollement abandonnée à ses caprices, quand il s'était placé derrière elle pour lui faire l'amour, après qu'elle se fut mise, selon sa volonté, à quatre pattes devant une psyché. Le poing serré dans ses cheveux, il lui avait relevé la tête, afin de pouvoir l'observer tout à son aise dans le miroir. Il avait vu ses splendides yeux d'un vert doré se plisser et briller dans la pénombre comme ceux d'un chat, alors qu'elle ronronnait de plaisir. Il avait vu ses seins lourds aller et venir au rythme de ses coups de reins. Il l'avait vue le regarder lui faire tout cela, et il l'avait vue éperdue d'extase quand sa bouche, à plusieurs reprises, était venue s'abreuver à cette source intime d'où jaillissait son plaisir. Il l'avait même vue inquiète et épuisée lorsqu'il l'avait fait jouir une énième et dernière fois.

S'il avait disposé de ses pouvoirs de faë, il aurait pu faire en sorte d'atténuer sa fatigue et les douleurs dues à son dépucelage. Mais comme ce n'était pas le cas, il s'était résolu à faire taire son désir, sachant qu'elle était à bout de forces. Avec une douceur qu'il ne se connaissait pas, il avait multiplié les gestes de prévenance. Après lui avoir fait une rapide toilette, il l'avait mise au lit, repue et brisée, et l'avait gardée blottie contre lui en lui caressant les cheveux jusqu'à ce qu'elle s'endorme.

Au cours de leurs ébats, sa petite Irlandaise avait libéré toute cette passion contenue, tout cet innocent goût pour le plaisir qu'il avait immédiatement devinés en elle. Ce feu qui l'habitait et qu'il avait libéré, elle l'avait déversé sur lui, sans restriction, sans retenue, sans craintes ni tabous. Avec le même enthousiasme et la même liberté, il avait tout accepté et le lui avait rendu au centuple. Elle était parvenue à lui faire ressentir ce soir des émotions qu'il n'avait jamais connues. Il lui semblait qu'il aurait pu passer des siècles de son immortelle vie à analyser cet accord parfait qui s'était immédiatement établi entre eux, sans jamais parvenir à en percer le mystère.

Et pour la remercier de ce cadeau qu'elle t'a fait, te voilà prêt à lui prendre son âme ?

Adam tressaillit, s'efforçant en vain de chasser cette pensée parasite. Que se passait-il ? Le corps humain qui lui avait été alloué contre son gré devait-il être obligatoirement doté d'une conscience ?

À contrecœur, il ne put s'empêcher de répondre, dans le secret de ses pensées : « Je lui donnerai l'immortalité en échange. »

« Tu lui donneras aussi le choix ? reprit la voix parasite. Tu lui diras ce qu'il en coûte d'accepter ce cadeau empoisonné ? »

« Jamais ! » songea aussitôt Adam.

Il comprit alors que sa décision était prise. Il ne regarderait pas, impuissant, Gabrielle O'Callaghan mourir dans ses bras. Il avait déjà vu trop d'humains mourir. Et n'était-elle pas sienne, à présent ? Elle avait fait son choix. Elle était venue à lui, l'avait accepté tel qu'il était.

Il lui aurait fallu être bien moins égoïste et plus altruiste qu'il ne l'était pour la laisser partir où il ne pourrait la suivre.

20

Gabby resta dans la chambre d'Adam durant trois jours merveilleux et trois délicieuses nuits. Trois jours et trois nuits incroyables, magiques, au cours desquels elle s'abandonna totalement à lui.

Oh, bien sûr, ils ne passèrent pas tout ce temps à faire l'amour. Elle savait que son corps, si délicat en comparaison de celui d'Adam, ne l'aurait pas supporté. Mais il y avait tant de moyens différents de prendre et de donner du plaisir… Et Adam, comme c'était à prévoir, maîtrisait le moindre d'entre eux. Ils passèrent des heures sous la douche ou dans la baignoire, à se baigner paresseusement, à s'explorer mutuellement sous toutes les coutures, à se caresser de mille et une manières.

Des heures que Gabby passa confortablement installée sur un tapis de chair musculeuse, de peau dorée qui se révéla sous ses mains aussi douce que du velours. Un autre tapis, celui qui se trouvait devant la cheminée, les accueillit pendant d'autres nombreuses heures. Adam l'y massa encore et encore, à grand renfort d'huiles parfumées, s'amusant à la comparer à une jument trop longuement et trop durement montée, avant de la chevaucher de nouveau, le souffle court, et de l'entraîner dans une autre cavalcade effrénée.

Il ne la délaissa que pour descendre à la cuisine, de préférence de nuit, afin d'effectuer leur ravitaillement. Durant ces trois jours et ces trois nuits, Gabby ne fit rien d'autre que manger, dormir, s'amuser et faire l'amour avec un homme insatiable. Aucune femme, songea-t-elle, n'avait jamais perdu sa virginité avec tant de plaisir et dans un tel luxe.

Par moments, elle se retrouvait si comblée et si alanguie qu'elle se sentait incapable de bouger le petit doigt. Il lui semblait alors qu'il ne pourrait plus réveiller ses sens, qu'elle était repue, mais il suffisait qu'il lui jette un de ses regards de braise, qu'il hausse un sourcil conquérant, pour qu'elle se lance aussitôt à l'assaut de son corps avec une ardeur renouvelée...

Elle se retrouvait dans les bras du prince charmant de ses fantasmes, mais n'avait pas pour autant l'impression de vivre un rêve éveillé. Il lui semblait plutôt avoir glissé dans une dimension parallèle, peuplée de créatures de cristal et tout spécialement dédiée aux fantaisies de l'érotisme le plus pur. Bien qu'elle ne l'ait pas remarqué tout de suite, obnubilée par la vision qu'il lui avait offerte à son arrivée dans la pièce, la suite Cristal était ainsi nommée à cause des sculptures de bêtes fantastiques qui la décoraient. Licornes et dragons, chimères et phénix, griffons et centaures transparents ornaient consoles et tables de chevet. Des chapelets de prismes délicats étaient suspendus aux fenêtres, d'autres au manteau de la cheminée, captant la chaude lumière des flammes et répandant sur les murs de vives taches de couleur.

De grands miroirs aux cadres sculptés et argentés, ainsi que quelques tapisseries anciennes dont les motifs représentaient un bestiaire fantastique, complétaient la décoration. D'épaisses peaux de mouton parsemaient les dalles de pierre. Le lit était une pièce de collection garnie de draps en soie noire et d'une épaisse courtepointe en velours pourpre. Des colonnes chantournées de la taille d'un jeune arbre montaient la garde comme des sentinelles aux quatre coins de cette couche du péché (colonnes auxquelles, à un moment de leurs ébats, Adam lui attacha les mains, afin de pouvoir tout à son aise parcourir son corps de ses baisers, la rendant folle de désir une fois de plus).

Il n'aurait pu y avoir d'endroit plus indiqué que cette suite pour dormir entre les bras de son prince faë, sous la garde d'improbables créatures de légende. Pour Gabby, ces trois jours glissèrent hors du temps. Il n'existait plus ni contingences ni souci du lendemain. Seul le présent comptait, et il était pour une fois d'une qualité si extraordinaire, d'une si incroyable richesse, que plus rien d'autre n'avait d'importance. Aucune question inopportune ne franchit ses lèvres meurtries par les incessants baisers d'Adam. Aucune inquiétude ne parvint à se frayer un chemin dans son esprit embrumé par le plaisir. Durant trois jours et trois nuits, elle vécut avec lui uniquement dans l'instant présent. Et cela lui suffit amplement…

À l'aube du quatrième jour, Adam réveilla Gabby alors qu'il faisait encore noir dehors, enveloppa son corps nu dans la courtepointe en velours et se téléporta avec elle sur un promontoire rocheux au sommet d'une montagne.

Perché avec une grâce insouciante au bord d'un à-pic de trois cents mètres, il la tint serrée contre lui. Ensemble, ils regardèrent le soleil se lever au-dessus des Highlands, leurs souffles rejetant dans l'air froid des panaches de buée. Cela commença par une infime trace dorée sur l'horizon lointain baigné de brume, puis le soleil apparut peu à peu, boule d'un rose orangé qui triompha rapidement des brouillards et déversa bientôt son or liquide sur les montagnes et les vallées.

Et tandis qu'ils se tenaient ainsi sur le toit du monde, à regarder le jour naître, Adam expliqua à Gabby les détails de son plan. Il lui raconta à quoi servaient les rituels que les MacKeltar observaient à chaque fête sacrée et ce qui se passerait s'ils s'abstenaient de les accomplir. Il lui révéla que Dageus et Drustan avaient accepté, quelques jours plus tôt, de ne pas remplir leur devoir quand *Lughnassadh* serait là, afin de forcer Aoibheal à intervenir et de l'attirer sur les terres du clan. Il lui confia sa certitude de pouvoir convaincre la reine de la traîtrise de Darroc, et de garantir par la même occasion sa sécurité, comme il le lui avait promis.

Quant à ce qui se passerait entre eux à cette échéance, il n'en fut pas question. Adam ne lui fit aucun serment, aucune promesse d'avenir. Et parce qu'elle n'était qu'une idiote et une peureuse, Gabby se garda bien de lui en réclamer. Tomber amoureuse d'un prince faë changé en humain était une chose, mais demeurer attachée à un être immortel tout-puissant était une autre paire de manches... Il se montrait déjà intimidant en tant qu'homme, alors qu'en serait-il lorsqu'il serait redevenu lui-même ? Un Adam doté de pouvoirs illimités deviendrait terrifiant. N'importe qui doté de pouvoirs illimités devenait terrifiant.

Aussi refusa-t-elle d'y réfléchir plus longuement. Se perdre en spéculations oiseuses ne servirait qu'à la rendre folle d'inquiétude et de chagrin. Tant de choses pouvaient se passer, tant de facteurs imprévisibles survenir, qu'il valait mieux attendre et s'adapter – en espérant être de taille à faire face à n'importe quelle situation. Pour ce qu'elle en savait, Adam pouvait se tromper en croyant être capable de la protéger contre sa reine. Peut-être celle-ci n'aurait-elle rien de plus pressé que de siffler ses Traqueurs pour régler son compte à Gabby. Alors, elle n'aurait plus à s'inquiéter de quelque avenir que ce soit... C'était une perspective affreuse, mais non moins réaliste que celle qu'Adam lui proposait. C'était également une raison supplémentaire de chérir plus que tout le moment présent.

Elle se fit un devoir de respecter cette règle tout au long de la journée. Elle roula tant et plus avec lui sur le lit, rit, joua et jouit entre ses bras jusqu'à en perdre haleine.

Au crépuscule, Adam l'enveloppa dans la courtepointe et la transporta une nouvelle fois au sommet de la même montagne. En silence, ils regardèrent le ciel passer du violet au noir, tandis qu'un croissant de lune argenté montait à l'horizon et que les premières étoiles inaccessibles apparaissaient.

— J'ai vu des milliers de fois le soleil se lever et se coucher sur les Highlands, lui dit-il enfin, mais je crois que je ne m'en lasserai jamais.

Gabby renversa la tête en arrière et fixa les étoiles brillantes semblables à des têtes d'épingles sur un fond de velours noir. Alors, en dépit de ses bonnes résolutions, elle songea à l'avenir, aux milliers d'aurores et de crépuscules auxquels avait assisté Adam et à ce que pouvait être une vie d'immortel. Avant qu'elle ait pu s'en empêcher, la question qui n'avait cessé de la hanter secrètement jaillit de ses lèvres.

— Pour quelle raison Morganna a-t-elle refusé d'avaler l'élixir d'immortalité ?

Adam se raidit instantanément. Sans lui répondre, il la fixa un long moment, avec une effrayante intensité, puis il l'embrassa jusqu'à ce que Morganna et toute question liée à l'immortalité lui soient totalement sorties de l'esprit.

— Vous trichez, toutes les deux ! lança Dageus avec un regard soupçonneux à l'intention de sa femme et de Gabby.

— Certainement pas ! s'exclama Chloé avec indignation.

— Vous trichez, confirma Adam. Gabby, je t'ai vue tourner discrètement ta main pour lui montrer ton jeu.

L'intéressée haussa un sourcil surpris et lui jeta un regard hautain.

— Il me semble, lança-t-elle sèchement, qu'un certain individu trop habitué à l'immortalité et à la toute-puissance ne supporte pas l'idée de perdre à un simple jeu de mortels…

Renonçant à répliquer, Adam secoua la tête avec un sourire conquis. Sa petite Irlandaise, comme à l'accoutumée, se montrait royale, superbe, irrésistible, magnifique... ce qui ne l'empêchait pas de tricher depuis le début de la partie de manière éhontée. Il n'avait rien dit jusqu'à ce que Dageus s'en rende compte, car il trouvait amusant que le Highlander se laisse éblouir par les sourires et les mimiques séductrices de sa petite femme au point de ne rien remarquer.

Adam n'avait quant à lui pas besoin de telles tactiques de la part de Gabby pour le distraire. Il suffisait qu'elle existe pour qu'il soit incapable de se concentrer... Il s'était imaginé que passer le reste de la semaine à lui faire l'amour suffirait à assouvir le désir qu'elle lui inspirait, mais c'était l'inverse qui s'était produit. Il semblait que plus il la possédait, plus l'envie de la posséder grandissait en lui.

Il l'aurait bien gardée pour lui seul jusqu'à *Lughnassadh*, mais Gwen et Chloé étaient venues mettre un terme à leur tête-à-tête quelques jours plus tôt. En tambourinant contre leur porte, elles avaient clamé qu'il y avait des limites à tout et que ce n'était sûrement pas trop leur demander que de passer au moins une partie de leurs journées avec leurs hôtes. Rougissante et confuse, Gabrielle s'était rendue à leurs arguments. Contraint et forcé, Adam avait été obligé de s'incliner, mais n'avait pu masquer sa mauvaise humeur, tant il détestait l'idée de la partager avec quiconque, fût-ce pour quelques heures.

Ils passaient donc leurs journées tous les six à faire du tourisme dans les Highlands, dînaient tôt et jouaient à quelque jeu humain de société jusqu'à l'heure du coucher. Adam faisait de son mieux pour cantonner son désir pour Gabby au temps que mettait la lune à traverser le ciel. Il en venait presque à haïr l'aurore...

Il n'avait plus vécu dans une telle intimité avec des mortels depuis qu'il avait partagé la vie de Morganna. Et jamais il n'avait rencontré d'humains qui l'aient accueilli avec autant de naturel et de chaleur que les

MacKeltar et leurs épouses (hormis les servantes, qui étaient sans conteste les femmes les plus étranges et les plus délurées qui soient. Non contentes de fixer sa braguette, il leur arrivait d'avoir avec lui une conduite vraiment bizarre. Une rousse avenante s'obstinait à déposer quelques bananes dans sa chambre chaque matin. Et la veille, au petit déjeuner, une grande blonde avait planté avec un sourire cruel une fourchette dans une saucisse imposante avant de la lui servir).

Mais les MacKeltar, eux, le traitaient comme s'il était l'un des leurs. Ils se disputaient avec lui et le taquinaient de la même façon qu'ils le faisaient entre eux. Drustan lui faisait même suffisamment confiance pour lui mettre ses jumeaux dans les bras. Adam n'avait pas tenu d'enfant ainsi depuis un millénaire, et jamais aucun bébé n'avait régurgité sur son épaule. Le lait maternisé n'était pas recommandé pour la soie, mais quand il avait surpris le regard attendri que Gabby posait sur eux, il avait décidé que la nouvelle génération des MacKeltar pouvait bien si cela lui plaisait vomir sur sa chemise tout son biberon.

Lorsque ses compagnons estimaient qu'il ne se livrait pas assez, qu'il ne donnait pas suffisamment de lui-même, ils le cuisinaient sans merci. Durant ces quelques jours, il avait évoqué des expériences dont il n'avait jamais fait part auparavant à quiconque. Les siens se seraient moqués de lui s'il s'était confié ainsi à eux, et les mortels qu'il avait fréquentés ne l'avaient jamais vraiment pris pour un des leurs, ni laissé libre d'être lui-même, sans préjugés ni censure. Pas même Morganna. À ses yeux, il était resté un faë, et le fils qu'il avait conçu avec elle, refusant de le reconnaître comme son père, ne l'avait jamais accueilli à bras ouverts au château Brodie.

Mais ici, au château Keltar, en ce lieu enchanteur et à cette époque bénie, il était Adam. Un homme. Rien de plus. Rien de moins. Ce qui était pour lui aussi neuf que fascinant.

Son regard dériva à travers la bibliothèque jusqu'à la cheminée, devant laquelle Gwen et Drustan jouaient aux échecs en parlant et en riant. Leurs enfants magnifiques, aux cheveux aussi noirs que ceux de leur père, dormaient près d'eux dans leurs couffins. La grande horloge sur le manteau de la cheminée commença à égrener onze coups. Dans une heure, elle sonnerait le début de *Lughnassadh* et de la confrontation cruciale qui s'annonçait. Avant la fin du jour, Aoibheal saurait à quoi s'en tenir à propos du traître Darroc. Si tout se passait bien, le royaume des faës et le monde des hommes seraient sauvés, et lui-même aurait récupéré ses pouvoirs et son immortalité. Gabrielle, malheureusement, continuerait quant à elle à vieillir de jour en jour. Dès que possible, il lui faudrait veiller à ce que cela cesse.

Par-dessus la table de jeu, Adam observa Gabrielle à la dérobée. Tout en se mordillant la lèvre avec perplexité, elle décocha à sa voisine un clin d'œil malicieux. Tout autour d'elle rayonnait – comme autour de tous les humains dans cette pièce – cette infernale lueur dorée qui faisait de lui, en dépit des apparences, un parfait étranger parmi eux.

Et pour la première fois au cours de sa longue existence, Adam Black envia aux humains cette chose impalpable et mystérieuse qui ne pourrait jamais être sienne.

— Halte ! ordonna Bastion.

À cet ordre, les Traqueurs se figèrent instantanément.

— Nous avons pourtant reniflé sa trace ! protesta l'un d'eux, les narines frémissantes. Il est là, dans ces collines, à quelques lieues d'ici.

— Nous ne pouvons franchir les postes de garde, répondit Bastion avec une grimace de dépit. La reine en serait immédiatement avertie.

— Adam Black et sa petite humaine l'ont bien fait, eux !

— Devons-nous appeler Darroc ? demanda un autre Traqueur.

Bastion secoua la tête.

— Non. Darroc est comme nous. Il n'y a rien qu'il puisse faire tant qu'Adam Black n'est pas sorti des terres du clan MacKeltar. Nous allons attendre ici, et cette fois, nous saisirons la première occasion qui se présentera à nous. Ensuite, seulement, nous appellerons Darroc. Nous ne laisserons pas filer notre chance une seconde fois. Darroc n'osera pas se dresser contre la reine tant que son ennemi restera en vie.

Voir Darroc défier Aoibheal et la chasser de son trône était bien la seule chose qui comptait à ses yeux. Cette brève incursion dans le monde des hommes avait avivé tous ses sens, réveillé ses instincts de chasseur. Elle lui avait fait prendre pleinement conscience de la condition qui était la leur et de l'ennui mortel qui régnait dans leur prison glacée. Elle lui avait rappelé à quel point il était bon d'être un Traqueur dans un monde rempli de délicieux et fragiles mortels qui ne demandaient qu'à être attrapés.

Bastion était fermement décidé à en finir, cette fois. Il ne laisserait pas Darroc faire capoter une fois de plus leur projet à cause de sa soif de vengeance. Il ne lui demanderait de les rejoindre qu'à l'ultime seconde. Et si Darroc ne tuait pas Adam Black assez vite à son goût, il se chargerait lui-même de l'éliminer.

21

Assis près de Gabrielle dans le grand hall du château Keltar, Adam commençait à perdre patience lorsqu'il sentit enfin la reine se frayer un chemin vers eux à travers les dimensions.

Lorsque le jour s'était mis à décliner, même lui avait fini par se sentir nerveux. Il ne comprenait pas ce qui pouvait retenir Aoibheal. Mais la tension qu'il ressentait dans tout son corps, la pression qui lui comprimait le crâne prouvaient qu'ils n'auraient plus à attendre longtemps.

Tout en surveillant nerveusement les alentours, il referma les bras en un geste protecteur autour de sa petite Irlandaise et la serra fort contre lui. Il y avait des heures de cela, il avait dû batailler ferme pour que les MacKeltar acceptent de quitter le château en compagnie de tout leur personnel.

Il était en effet à prévoir qu'en arrivant, Aoibheal ne serait pas de la meilleure humeur qui soit. Adam avait gardé Gabrielle avec lui, certain de pouvoir assurer sa sécurité quelle que soit la fureur de la reine, mais pour rien au monde il n'aurait voulu mettre en péril la vie de ceux qui avaient déjà pris tant de risques pour lui venir en aide.

Un brusque tourbillon s'éleva soudain au centre de la pièce, éteignant d'un coup le feu qui brûlait dans l'âtre. Puis une puissante odeur de santal et de jasmin se répandit dans le hall, et enfin, Aoibheal fut là, devant eux, brillant de mille feux.

— Ô mon Dieu ! murmura Gabrielle.

— Ma reine… commença Adam en se levant, entraînant Gabby avec lui. Je suis heureux de vous revoir.

Prudent, il préféra en rester là. Dire qu'Aoibheal paraissait furieuse était un euphémisme. Pour se montrer à eux, elle avait choisi son apparence la plus belle et la plus terrifiante. Adam lui-même éprouvait quelques difficultés à garder les yeux fixés sur cette silhouette étincelante, qui rayonnait de l'éclat d'innombrables petits soleils.

Bien que sa forme fût humaine et son corps nu d'une perfection glacée sous sa robe de lumière, il n'y avait rien d'humain en elle.

Une puissance phénoménale crépitait dans l'air. On ne pouvait que se sentir saisi d'effroi et empli de respect en présence d'une créature aussi formidable et ancienne.

— Comment oses-tu ?

Les mots d'Aoibheal se répercutèrent en mille échos métalliques sous les voûtes de pierre.

— Ma reine, reprit Adam avec une assurance qu'il était loin de ressentir, je n'aurais pas eu à en arriver à de telles extrémités si votre propre sécurité n'avait été gravement mise en danger.

— Et je suis censée te croire, Amadan ? Tu voudrais que j'interprète ton dernier acte d'insubordination – et de loin le plus grave – comme un acte généreux et désintéressé ?

Elle avait parlé d'un ton moqueur et dédaigneux. Pire encore, elle lui avait donné en partie son véritable nom. Pas de doute, songea-t-il, elle était vraiment furieuse…

— Je maintiens, répondit-il calmement, que tout ceci ne vise qu'à vous prévenir d'un grand danger.

Il marqua une pause avant d'ajouter :

— Encore que si vous incliniez à me récompenser de ma loyauté, je ne serais pas contre…

En guise de réponse, Aoibheal le gratifia d'un regard tellement glacial qu'Adam s'étonna de ne pas se retrouver gelé sur place.

— Parle ! ordonna-t-elle. Et vite ! En quoi ma sécurité est-elle menacée ? À chaque seconde qui passe, je me sens plus encline à te châtier qu'à t'écouter.

— Darroc a tenté de me tuer.

Adam eut la satisfaction de voir la reine manifester sa surprise.

— Darroc ? répéta-t-elle avec mépris. Comment le sais-tu puisque tu es incapable de le voir ?

— C'est moi qui l'ai vu, intervint Gabrielle.

Adam lui lança un coup d'œil inquiet et resserra l'emprise protectrice de son bras autour d'elle. Un élan de fierté et de tendresse le parcourut. Les yeux de Gabrielle étaient réduits à deux minces fentes, son visage était crispé par l'effort, mais elle parvenait néanmoins à fixer la reine, malgré cet habit de lumière délibérément choisi pour rebuter les humains.

Ne daignant pas s'adresser à elle, Aoibheal demanda à Adam :

— Comment est-ce possible ?

— C'est une *sidhe-seer*, ma reine…

Cette fois, la souveraine ne put s'empêcher de tourner les yeux vers Gabby.

— Voyez-vous ça ! s'exclama-t-elle en la détaillant de la tête aux pieds. Je les croyais toutes mortes. Tu sais que selon les termes du Pacte, cela suffit à la faire mienne…

Adam se raidit.

— Majesté, répondit-il sèchement, cette *sidhe-seer* m'a aidé à rester en vie afin que je puisse vous avertir que Darroc complote votre perte. En échange de son aide, je lui ai promis l'impunité.

— Tu as promis ? répéta-t-elle d'un ton menaçant. De quel droit te permets-tu de promettre quoi que ce soit en mon nom ?

— Ma reine, insista Adam sans se départir de son calme, l'essentiel n'est pas là. Darroc a trahi votre confiance en libérant quelques-uns de vos Traqueurs – une escouade, peut-être plus –, qu'il a chargés de me pourchasser.

— Mes Traqueurs !

Une nouvelle bourrasque de vent polaire tourbillonna à travers la pièce. Le souffle d'Adam se figea devant sa bouche en cristaux de glace lorsqu'il conclut :

— Et nous savons tous les deux, Majesté, qu'il n'y a qu'une chose qu'il ait pu leur promettre pour s'assurer leur loyauté.

Cette fois, la reine manifesta son mécontentement en tournant sur elle-même à toute allure, dans un tourbillon de lumière. À ses côtés, Adam sentit Gabby se crisper et réalisa qu'elle avait sous les yeux le genre de faë qu'on lui avait appris à craindre et à haïr.

Aoibheal était véritablement impressionnante et dénuée de toute qualité humaine. Il ne lui restait qu'à espérer que Gabby ne mettrait pas tous les Tuatha Dé Danaan dans le même panier, qu'elle saurait se rappeler qu'il n'était pas comme Aoibheal et qu'il existait au sein de leur race des différences aussi grandes entre les individus qu'au sein de la sienne.

Finalement, quand la reine se fut calmée, elle flotta jusqu'à lui et le fixa de ses yeux iridescents.

— Darroc est le doyen de mon Haut Conseil Royal, dit-elle. L'un de mes plus fervents partisans. L'avocat le plus convaincu de ma cause.

— Façade hypocrite ! s'exclama Adam avec impatience. Majesté, ne verrez-vous donc jamais clair dans son jeu ?

— Lui n'a jamais déserté ma cour pour s'amuser avec les humains…

Adam songea que Darroc n'avait effectivement quitté la cour que pour s'amuser avec les Traqueurs, mais préféra garder pour lui ce commentaire caustique.

— Il siège à mon Conseil depuis des millénaires, reprit Aoibheal.

De nouveau, Adam préféra garder le silence. Il avait dit à sa reine ce qu'il avait à lui dire et savait qu'elle en comprenait toutes les implications. Il avait toujours su qu'il lui serait difficile d'admettre la trahison de Darroc, même si celle-ci ne faisait aucun doute.

— J'ai interdit, sous peine de mort, que l'on tire les Traqueurs de leur retraite.

— Suis-je bête ! ne put-il s'empêcher de plaisanter. Vous pensez que Darroc aurait pu l'oublier ?

— N'abuse pas de ma patience ! riposta la reine, pourtant plus amusée que courroucée. Et ne va pas t'imaginer que j'ai oublié la haine qui existe entre vous.

Il y eut un nouveau silence. La colère d'Aoibheal s'atténuait à mesure qu'elle assimilait ce qu'il venait de lui révéler. Déjà, la température dans la pièce s'était élevée de quelques degrés.

— Et c'est pour cela, conclut-elle en croisant les bras, que tu as persuadé les Keltar de ne pas remplir leur devoir ? Au risque de voir le royaume des faës et le monde des hommes entrer en collision et ne plus faire qu'un…

— C'était le seul moyen dont je disposais pour attirer votre attention. Pour vous prévenir du danger que vous courez. Et pour sauver le Pacte et la paix entre nos deux races. Je ne pouvais permettre à un ennemi sournois de s'en prendre à ma reine sans réagir, quand bien même elle m'a justement châtié et dépouillé de tous mes pouvoirs. Par ailleurs, vous devez prendre en considération le fait qu'avant de me résoudre à cette extrémité, j'ai essayé désespérément de retrouver Circenn pour qu'il me mette en contact avec vous. Mais je commence à me dire que vous n'êtes peut-être pas étrangère à sa curieuse disparition…

— Peut-être, reconnut Aoibheal d'un air mutin. Il est possible qu'il ait été invité avec sa famille à prendre des vacances prolongées sur l'île de Morar…

Adam secoua la tête avec un grand rire et répondit, beau joueur :

— Bravo. J'aurais dû m'en douter.

Aoibheal le dévisagea en silence quelques instants encore, avant de livrer son verdict.

— Je dois avoir la preuve de tout ceci. Je dois constater la trahison de Darroc de mes propres yeux.

Adam haussa les épaules.

— Vous n'avez qu'à m'utiliser comme appât.

— Et que réclames-tu en échange ?

— L'honneur de vous servir. Mais puisque vous abordez le sujet, je n'aurais qu'à me féliciter de récupérer mon immortalité et mes pouvoirs. Pour mieux vous servir, naturellement...

La tête rejetée en arrière, la reine partit d'un grand rire cristallin qui cascada autour d'eux comme le flot glacé d'un torrent de montagne.

— Ah, Amadan ! s'exclama-t-elle lorsqu'elle eut repris son sérieux. Tu ne changeras donc jamais...

— Vous seriez la première à le regretter, Majesté.

— Vous quitterez dès demain cet endroit pour retourner là où Darroc vous a trouvés la première fois, ordonna-t-elle d'un ton sans réplique.

— Vous voulez dire que je quitterai cet endroit.

— Ne me dis pas ce que je veux dire ! Toi et la *sidheseer* partirez dès demain.

— Gabrielle n'a pas à...

— Gabrielle ? coupa la reine. Joli nom ! Tu m'as l'air bien attaché à ta petite humaine, Amadan... Mais tu n'oserais tout de même pas une fois de plus contester mes ordres et mettre ma patience à rude épreuve pour protéger une humaine, alors qu'il me faut encore réparer tes plus récents dégâts ?

Il y avait dans ces paroles une menace sous-jacente qui ne pouvait le laisser indifférent. Adam ouvrit la bouche pour protester avec véhémence. Puis, comprenant que c'était la réaction qu'elle espérait, il prit le temps de se calmer avant d'expliquer d'une voix neutre :

— Gabrielle a accepté de mettre sa vie en danger pour nous aider, nous qui pourchassons ses semblables depuis si longtemps. Son intervention va vous permettre de conserver votre trône et d'assurer la sécurité de nos mondes respectifs. Il est de coutume depuis toujours chez les Tuatha Dé Danaan de récompenser les humains qui nous aident. Je lui ai promis que nous la laisserions vivre en paix dans son monde quand tout serait terminé, libre de toute persécution, elle comme ceux qu'elle aime et tous ses descendants.

— De bien grandes promesses, de la part d'un faë si démuni de pouvoirs...

— Allez-vous faire de moi un menteur ?

— Tu n'as pas besoin de moi pour cela !

Adam accusa le coup. Quel besoin avait-elle de le traiter de menteur en présence de Gabby, dont la confiance en lui était déjà si vacillante ?

Un silence interminable s'installa, auquel la reine mit fin en soupirant longuement.

— Démasque Darroc, démontre-moi sa trahison, et je tiendrai la promesse inconsidérée que tu as faite à cette mortelle. Mais je te préviens, Amadan, ne t'avise plus de t'engager à ma place !

Un intense soulagement s'empara d'Adam, qui desserra les poings qu'il avait gardés crispés jusqu'à cet instant.

— Oui, ma reine. Vous acceptez donc que Gabrielle demeure ici, en sécurité, sur les terres du clan MacKeltar ?

— Ne me fais pas dire autre chose que ce que j'ai dit ! Je me suis engagée à tenir ta promesse, mais elle part toujours avec toi. Darroc pourrait s'étonner de son absence et ne pas se montrer. S'il m'a réellement trahie, j'en veux la preuve irréfutable. Et vite !

La reine fit en flottant le tour du grand hall, laissant dans son sillage une traînée de lumière.

— Je reste aux aguets, conclut-elle. Dès qu'il te rejoindra, je serai là aussi. Quand j'aurai la certitude que le doyen du Haut Conseil a soudoyé mes Traqueurs et m'a trahie, je te rendrai ta condition première et te laisserai décider de son châtiment... Cela n'est pas pour te déplaire, n'est-ce pas ?

Les lèvres serrées, Adam acquiesça d'un bref hochement de tête.

Un déferlement de sons dans la langue originelle des Tuatha Dé Danaan cascada des lèvres de la reine.

— Jusque-là, conclut-elle quand le charme fut jeté, tu continueras à subir les effets du *féth fiada*. Ta punition n'est pas encore levée.

— Majesté, non ! s'écria-t-il. Je déteste être invisible...

Mais, sans plus s'occuper de lui, Aoibheal leva la tête vers la galerie qui ceignait la pièce et lança d'une voix qui sonna comme le tonnerre :

— Dageus MacKeltar ! Je ne suis pas dupe et n'apprécie pas que l'on défasse dans mon dos ce que j'ai fait. Quant à vous, Drustan, hâtez-vous d'aller accomplir les devoirs de votre clan avant d'avoir à subir les effets de mon royal courroux !

— *Aye*, reine Aoibheal ! lancèrent dans un bel ensemble les deux frères en quittant les colonnes de pierre derrière lesquelles ils s'étaient tenus embusqués.

En les voyant apparaître, Adam sourit avec affection. Comment avait-il pu s'imaginer que deux Highlanders de leur trempe accepteraient de trouver refuge en terrain sûr ? L'honneur leur avait dicté de rester là où le danger menaçait, prêts à tout – même à la bataille, si nécessaire.

Avec un petit gémissement plaintif, Gabby échappa à son bras et se laissa glisser sur le banc.

Dans un ultime déferlement de vent glacé et de lumière, la reine venait de s'éclipser.

22

Tôt le lendemain matin, Gabby et Adam se préparèrent à quitter le château Keltar pour prendre le premier vol à destination des États-Unis. Étant donné qu'Adam était de nouveau invisible, ils voyageraient sous le couvert du *féth fiada*. Gabby était surprise de constater que cette perspective la réjouissait. L'invisibilité procurait un grisant sentiment de liberté et d'impunité, et la nécessité pour en bénéficier de rester en contact permanent avec son beau prince faë était une motivation supplémentaire…

La veille, immédiatement après le départ de la reine, Dageus et Drustan étaient allés rejoindre Christopher pour procéder aux rites de *Lughnassadh*. Une fois leur devoir accompli, ils s'étaient retrouvés dans la bibliothèque pour échanger leurs impressions sur les événements de l'après-midi, autour d'une collation et d'un remontant bienvenus. De nouveau, Gabby avait servi d'interprète à Adam.

Dissimulées elles aussi dans la galerie du premier – après s'êtres battues pied à pied contre leurs époux pour ne pas être mises à l'abri comme de précieux bibelots –, Gwen et Chloé avaient aperçu la reine des Tuatha Dé Danaan et en restaient enthousiastes. Leur réaction – non pas de peur mais d'intérêt et de curiosité – avait renforcé les nouvelles dispositions de Gabby à l'égard des faës. Si les Tuatha Dé Danaan (comme elle les appelait dorénavant) étaient bien des êtres étranges et radicalement différents des humains, ils n'avaient rien de ces créatures froides et incapables du moindre sentiment qu'on lui avait appris à redouter.

Après avoir vu Adam vivre au milieu des MacKeltar au cours de cette semaine qui resterait comme une des plus heureuses de son existence, après l'avoir entendu tenir tête à la toute-puissante Aoibheal, Gabby ne comprenait pas qu'elle ait pu imaginer un jour qu'il ne ressentait aucune émotion. La reine elle-même, avec ses colères épiques et son humour pince-sans-rire, lui avait semblé terriblement humaine. Bien plus que d'un index, c'était d'une bonne et sérieuse révision dont le *Livre des faës* avait désormais besoin…

Pourtant, il lui était possible de comprendre pourquoi ses aïeules avaient fait à ce point fausse route. Si elle avait dû elle-même se fier à l'apparence d'Aoibheal – ou, pire encore, à celle des Traqueurs ! – sans avoir été initiée aux subtilités et aux petites et grandes querelles du monde des Tuatha Dé Danaan par Adam, sans doute les aurait-elle perçus comme une terrible menace, elle aussi.

Une fois de plus, Gabby avait passé la nuit entre les bras accueillants et vigoureux de l'infatigable *sin siriche du*. Même dans ses fantasmes les plus osés – et elle en comptait de particulièrement brûlants à son actif ! –, elle n'aurait pu rêver d'un amant plus merveilleux. Dans les jeux de l'amour, il était insatiable, tour à tour tendre et sauvage, joueur et d'une farouche intensité. Il avait le don de faire croire à une femme que plus rien n'existait hormis elle, que le monde entier avait disparu et qu'il n'y avait rien de plus précieux que son prochain soupir, rien de plus touchant que son prochain sourire, rien de plus urgent que le prochain baiser.

Aucun d'eux n'avait fait allusion à un possible avenir commun. Bien que la reine elle-même ait garanti la sécurité de Gabby à l'issue de cette aventure, celle-ci avait un peu de mal à se projeter au-delà du dangereux rendez-vous annoncé avec Darroc. Elle savait qu'elle ne pourrait respirer librement qu'après cette confrontation. Alors, seulement, il lui serait possible d'affronter l'avenir.

Il lui faudrait décider – à supposer qu'elle ait son mot à dire et qu'Adam ne la laisse pas tout simplement tomber, comme sa mère l'avait fait – s'il était possible à une mortelle d'espérer une vie commune avec l'être tout-puissant et immortel qu'Adam Black serait redevenu.

— Promets-moi de revenir très bientôt, dit Gwen en serrant tendrement Gabby dans ses bras. Et n'oublie pas de nous appeler dès que Darroc se sera montré et que toute cette histoire sera terminée. Nous allons nous faire du souci, tu sais…

Refoulant tant bien que mal les larmes qui affluaient sous ses paupières, Gabby hocha vigoureusement la tête.

— Je vous appellerai, c'est promis.

— Vous allez beaucoup nous manquer, Adam et toi, ajouta Gwen d'une voix étranglée.

Les deux femmes se séparèrent, et Gabby lança un coup d'œil à son beau prince faë, de nouveau invisible pour tous à l'exception d'elle-même. Le jour était arrivé emmitouflé dans une couverture d'épais brouillard qui ne s'était toujours pas dissipé, bien qu'il fût déjà 10 heures du matin. Derrière Adam, adossé à la voiture de location dans laquelle ils étaient arrivés, un mur blanc impénétrable dérobait à ses yeux le paysage environnant.

Longuement, le regard de Gabby s'attarda sur lui. Il avait revêtu pour voyager un pantalon en cuir noir, son pull ivoire à grosses côtes, et de nouveau ses extravagantes bottes Gucci ornées de boucles en argent. Ses longs cheveux noirs, que l'humidité ambiante faisait friser, retombaient dans son dos, attachés en queue de cheval. Une barbe de deux jours, qu'il avait pris soin de ne pas raser, assombrissait son menton.

En tournant de nouveau la tête vers Gwen, Gabby sentit que des larmes s'étaient échappées de ses yeux et dévalaient ses joues.

— S'il fait toujours partie de ma vie, répondit-elle avec un temps de retard, nous reviendrons tous les deux.

Gwen émit un petit rire amusé et échangea avec Chloé un regard complice.

— Oh ! Nous ne nous en faisons pas pour ça...

Gabby sentit les barrières qu'elle avait érigées autour de ce sujet très sensible vaciller sur leurs bases. Mentalement, elle brida les doutes qui ne demandaient qu'à se détendre en elle comme des ressorts trop longtemps bandés. Si elle se laissait aller à exprimer la moindre des craintes qui se bousculaient en elle, toutes les autres suivraient.

Pourtant, ce fut plus fort qu'elle, et elle s'entendit répliquer d'une voix plaintive :

— J'aimerais partager votre optimisme. Mais vous oubliez que d'ici peu, il sera de nouveau imm...

— Y songer déjà ne servirait qu'à te faire inutilement du mal ! coupa Chloé, avant d'ajouter, en observant sa belle-sœur du coin de l'œil : Laisse-moi te répéter le conseil que m'a donné une amie très avisée un jour où j'étais moi aussi confrontée à un choix difficile : « Parfois, une femme doit se décider à faire en toute confiance un saut dans l'inconnu. »

— Super ! commenta Gabby, dubitative. Et pourquoi faudrait-il que je sois la seule à faire un saut dans le vide ?

— Ne tire pas de conclusions hâtives, conseilla Gwen en riant. Qui peut dire comment la situation va évoluer ? Avant que la dernière page de cette histoire ne soit tournée, tu ne seras peut-être pas la seule à faire le grand plongeon dans l'inconnu.

— Tourne à gauche, ordonna Adam d'une voix assurée.

— À gauche ? répéta Gabby, irritée. Comment peux-tu en être aussi sûr dans une telle purée de pois ?

Le brouillard était si dense qu'elle ne voyait rien au-delà du capot de la voiture, mais les mauvaises conditions météo n'étaient pas seules responsables de sa mauvaise humeur. Plus ils s'éloignaient du château Keltar, plus elle se sentait vulnérable, comme si le plus beau chapitre dans l'histoire de Gabby O'Callaghan venait de s'achever. Et rien ne lui disait qu'elle allait apprécier le chapitre suivant.

Elle comprenait à présent pour quelle raison son amie Elizabeth, malgré sa finesse d'esprit et son Q.I. de génie, évitait comme la peste les thrillers, les polars et les romans d'horreur, leur préférant les histoires d'amour. Quand une femme se plonge dans un de ces livres dont l'intrigue brûlante vous réchauffe le cœur, elle est sûre au moins qu'il y aura toujours à la fin un *happy end* pour triompher de tous les obstacles. Hors de ces livres, le monde peut être un endroit affreux qui n'apporte que souffrance et désillusion. Mais derrière ces couvertures, dont les illustrations sont une promesse de bonheur à elles seules, il devient un paradis.

Morose, Gabby tourna la tête et constata qu'Adam la dévisageait avec intensité.

— Qu'est-ce qu'il y a ? lança-t-elle avec véhémence.

Elle n'avait pas voulu se montrer agressive, mais fallait-il s'étonner que ce mouvement d'humeur lui ait échappé, puisque c'était exactement ainsi qu'elle se sentait ?

— Belle Irlandaise… susurra-t-il, sans se formaliser. Tu ne serais pas en train de tomber amoureuse de moi, par hasard ?

Les mâchoires serrées, Gabby revint à la contemplation du mur de brume qui lui bouchait la vue. Durant une longue minute, il lui fut impossible de parler, tant les émotions se bousculaient en elle. Son cœur lui semblait être une cocotte-minute sur le point d'exploser.

D'une voix indistincte, elle marmonna quelques jurons que sa grand-mère aurait frémi d'entendre et laissa libre cours à sa fureur.

— Qu'est-ce qui te prend de me poser toujours cette question stupide ? Je suis réellement fatiguée de l'entendre. Est-ce que je t'en pose, moi, des questions pareilles ? Est-ce que je t'en ai jamais posé ? Qu'entends-tu par là, au juste ? Cherches-tu à me mettre en garde ? À me prévenir qu'il vaudrait mieux pour une femme faible et impuissante telle que moi ne pas tomber amoureuse d'un être immortel et tout-puissant ? Pour que je tombe amoureuse de toi, monsieur le faë-qui-sait-tout-mais-ne-daigne-pas-répondre-aux-questions-d'une-simple-mortelle, il faudrait d'abord que…

Gabby se tut brusquement, consciente d'avoir été, par ces quelques paroles enflammées, sur le point de se trahir. Pour tenter de se calmer, elle inspira profondément et expira en faisant voleter les mèches folles qui lui retombaient sur les yeux. À côté d'elle, Adam se cantonnait dans un silence buté. Agacée par son attitude, Gabby serra les mains sur le volant. Le regard fixé droit devant elle, elle parla d'une voix calme et claire, en articulant soigneusement chaque mot.

— Pourquoi Morganna a-t-elle refusé de boire l'élixir d'immortalité que tu lui proposais ? J'ai besoin – et j'exige – que tu répondes à cette question.

Hormis le bruit étouffé du moteur, rien ne vint troubler le silence tendu qui régnait dans l'habitacle. Gabby résista à l'envie de tourner la tête pour observer les réactions d'Adam. Lorsqu'il lui répondit enfin, il le fit d'une voix lente et sourde, comme si chaque mot lui était arraché de la bouche.

— Parce que l'immortalité… et l'âme immortelle… ne sont pas compatibles. Un être vivant peut avoir l'une… ou l'autre… mais pas les deux.

Épouvantée par cette réponse, Gabby tourna la tête vers lui et sursauta en le voyant frapper la boîte à gants d'un coup de poing rageur. La coque de plastique vola en éclats, et une moitié du couvercle se balança un instant au bout d'un ressort avant de tomber sur le sol.

Les lèvres d'Adam se retroussèrent en un sourire amer.

— Ce n'est pas tout à fait la réponse à laquelle tu t'attendais, n'est-ce pas ?

— Tu veux dire… murmura-t-elle, sous le choc. Tu veux dire que si Morganna avait avalé cet élixir, elle aurait été privée de son âme immortelle ? De quelle façon ? Dieu lui-même lui aurait-il demandé de la lui rendre ?

Adam haussa les épaules et expliqua d'une voix froide, en fixant la route droit devant lui :

— Les humains sont dotés dès la naissance d'une aura qui leur est invisible, mais que ceux de ma race sont capables de discerner. Leur âme immortelle les illumine en quelque sorte de l'intérieur, les nimbe d'une lueur dorée. Une fois qu'un humain a avalé l'élixir d'immortalité, son âme s'évanouit progressivement, et avec elle l'aura qui la signalait.

Gabby resta songeuse un instant, s'efforçant d'assimiler les implications de ces révélations.

— Tu veux dire, reprit-elle enfin, qu'en ce moment même, je suis entourée d'une aura dorée que tu peux voir ?

Adam eut un rire bref.

— Et comment ! s'exclama-t-il. La tienne brille même plus intensément qu'aucune autre.

— Oh…

Gabby observa un nouveau silence pensif, avant de se résoudre à poser la question qu'elle ne pouvait pas ne pas poser.

— Est-ce que… est-ce que les humains qui prennent cet élixir… changent ?

— Oui. Ils changent.

— Je vois.

Pour une fois, sa réponse laconique lui suffisait. Gabby n'était pas certaine d'avoir envie de connaître la nature et l'étendue de ces changements.

— Cela signifie, enchaîna-t-elle avec un certain malaise, que le *Livre des faës* n'a pas tout à fait tort sur ce point. Les Tuatha Dé Danaan n'ont pas d'âme, n'est-ce pas ?

— Ton livre dit la vérité sur de nombreux points, répondit-il d'une voix glaciale. Et tu le sais. Tu le savais quand tu t'es laissé séduire. Cela ne t'a pas empêchée de me prendre pour amant.

— Tu n'as vraiment pas d'âme ?

De tout ce qu'il venait de lui dire, c'était bien cela qu'elle trouvait le plus ahurissant. À présent qu'elle le connaissait bien, il lui était impossible d'y croire. Une créature sans âme ne pouvait être qu'une créature dénuée de bonté. Et Adam n'était pas mauvais, au contraire. C'était un homme bon – et même meilleur que la plupart de ceux qu'elle connaissait.

— Non, Gabrielle, répondit-il. Je suis bien celui que tu redoutais, Adam Black, le dangereux faë immortel et sans âme aux yeux iridescents.

Gabby tressaillit. Il ne faisait que répéter ses paroles. Il n'y avait pas si longtemps – mais comme cela lui semblait loin, à présent ! –, elle avait parlé de ses semblables en ces termes.

Profondément troublée, elle se concentra sur la route. Elle essaya vraiment de ne pas poser la question qui lui brûlait les lèvres, mais sa curiosité fut la plus forte.

— Et un cœur ? demanda-t-elle. Les Tuatha Dé Danaan ont-ils un cœur ?

— Non. Ni rien qui y ressemble.

Sa voix n'aurait pu paraître plus lasse. Il semblait fatigué de lui répondre.

Gabby se garda bien de lui poser de nouvelles questions. Déjà perdue avant que ne démarre cette étrange conversation, elle ne savait plus du tout où elle en était, désormais.

À peine avait-elle admis qu'une bonne partie de l'héritage spirituel des O'Callaghan n'était qu'un tissu d'âneries qu'elle découvrait que sur certains points – et non des moindres – le *Livre des faës* disait vrai.

Tu ne serais pas en train de tomber amoureuse de moi, par hasard ?

Là se situait précisément le problème... Elle n'était pas en train de tomber amoureuse de lui. Elle l'était déjà. Désespérément et sans aucun doute possible. Dans le secret de ses pensées, elle était même fort occupée à imaginer un futur chimérique avec lui, qu'elle embellissait jour après jour de détails touchants.

Quand Gwen et Chloé avaient essayé de lui faire comprendre qu'elle était amoureuse, elle avait compris qu'elles avaient raison, même si elle avait préféré prétendre le contraire. Et s'il lui fallait être tout à fait honnête avec elle-même, la raison qui l'avait poussée à savoir pourquoi Morganna avait refusé d'avaler l'élixir n'avait rien que de très égoïste. Elle se serait bien vue le boire, quant à elle, pour partager avec Adam une éternité de bonheur...

Mais l'amour ne l'aveuglait pas complètement. Depuis qu'il lui avait avoué que Morganna avait refusé cette chance de vivre à jamais qu'il lui avait offerte, elle se doutait qu'il y avait un hic. En revanche, elle n'avait pas imaginé que ce serait un hic de cette taille...

L'immortalité et l'âme immortelle ne sont pas compatibles.

Bien qu'elle ne fût adepte d'aucune religion, Gabby n'était pas dénuée d'une profonde spiritualité. À ses yeux, l'âme représentait l'essence sacrée d'un individu, l'empreinte de son être profond, la source de toute aspiration au bien et à l'amour. Dans une quête incessante d'évolution et d'amélioration de l'être, l'âme était le bagage qui se transmettait de réincarnation en réincarnation. Elle était le souffle même de Dieu. Un élixir d'immortalité qui en faisait table rase ne pouvait donc qu'avoir des relents de pacte faustien.

Bois ceci, et tu pourras vivre à jamais, pour le prix bien modeste de ton âme... Elle imaginait déjà les flammes de l'enfer prêtes à se refermer sur elle, le froissement d'un épais parchemin signé en lettres de sang, le battement des ailes en cuir des Traqueurs venus la chercher...

Gabby frissonna de la tête aux pieds. Elle n'était pas précisément superstitieuse, mais une telle perspective suffisait à lui donner la chair de poule.

À côté d'elle, le rire diabolique d'Adam retentit, comme pour justifier ses pires craintes, la tirant de ses pensées.

— La vie éternelle ne t'intéresse pas, Gabrielle ? Le prix te semble trop élevé ?

Un nouveau frisson remonta le long de sa colonne vertébrale. Elle n'avait encore jamais entendu cette voix d'un cynisme noir, d'une cruauté froide, d'un désespoir total sortir de sa bouche. Effrayée, elle tourna la tête vers lui et faillit s'étrangler de surprise.

L'apparence d'Adam à cette minute était véritablement démoniaque. Ses yeux d'une noirceur sans fond, d'une ancienneté effroyable, d'une froideur inhumaine étaient fixés sur elle. Ses narines frémissaient. Ses lèvres retroussées dessinaient un rictus bien plus qu'un sourire. Il avait tout de l'apparence d'un prince faë fondamentalement étranger et dangereux. Ce visage, comprit-elle, était le visage redouté du *sin siriche du*, celui que ses ancêtres avaient pu contempler alors qu'Adam Black observait avec une joie mauvaise les massacres perpétrés sur les champs de bataille d'Écosse.

— Tu as raison, lança-t-il enfin d'une voix sifflante. Garde ta petite âme si précieuse !

Le sarcasme atteignit Gabby de plein fouet, lui faisant aussi mal qu'une gifle. Une douzaine de pensées contradictoires lui encombraient l'esprit. Elle tenta d'en faire le tri, pour tenter de sortir de cet échange douloureux, qui avait débuté de manière si innocente avant de la plonger en plein cauchemar.

C'était l'attitude d'Adam, bien plus que ses paroles, qui la mettait le plus mal à l'aise. Il paraissait si détaché, si distant et froid, qu'on eût dit que rien ne pouvait le toucher. Un doute lancinant en avait profité pour se nicher en elle : était-ce ainsi qu'il se comporterait dès qu'il serait redevenu lui-même ?

« Ose faire le grand saut, Gabby ! lui conseilla une voix intérieure. Dis-lui ce que tu ressens pour lui... »

Elle déglutit péniblement, une fois, puis deux, incapable de s'y résoudre. Elle savait que si Gwen et Chloé avaient été là, elles lui auraient prodigué ce même conseil. Toutes deux avaient osé prendre des risques, dans des circonstances aussi compliquées que celles qu'elle avait à affronter. Et si cela leur avait été bénéfique, pourquoi ne le serait-ce pas pour elle aussi ?

Il n'y avait qu'un moyen de le savoir. *Qui ne tente rien n'a rien...* C'était un de ces proverbes que sa grand-mère aimait répéter à tout propos. Avant de se jeter à l'eau, elle prit une profonde respiration. *Je t'aime...* Les mots étaient faciles à prononcer en son for intérieur, mais elle n'en avait pas une grande pratique. Elle ne les avait dits qu'à sa grand-mère et à ses parents, il y avait bien longtemps. Tous trois, chacun à leur manière, l'avaient quittée, à présent.

Du bout de la langue, elle s'humecta les lèvres.

— Adam, je...

— Par Danu ! s'exclama-t-il en la fusillant de son regard de démon. Épargne-moi tes excuses embarrassées et tes explications inutiles. De toute façon, il ne me semble pas t'avoir proposé d'avaler cet élixir, si ?

Les larmes emplirent instantanément les yeux de Gabby. Elle referma la bouche si brusquement que ses dents émirent un claquement sec. Oh ! Elle n'avait pas besoin qu'il le lui rappelle... Elle n'en était que trop consciente. Il n'avait jamais dit un mot qui puisse lui laisser croire qu'il existait un avenir commun pour eux deux. Aucune de ses paroles n'avait trahi ne serait-ce qu'un soupçon d'engagement ou de sentiments pour elle. Certes, il y avait eu bien des mots doux, au lit comme en dehors, mais aucune de ces petites choses auxquelles les femmes se raccrochent ; aucune de ces phrases anodines mais chargées de promesses de lendemains ; aucune allusion à des vacances à prendre, à des lieux à visiter, à des choses à faire ensemble ; aucune de ces tactiques plus ou moins subtiles qu'emploient les hommes pour tâter le terrain, susciter la réponse espérée, se dévoiler sans perdre la face.

La déclaration qu'elle s'apprêtait à faire demeura douloureusement coincée dans sa gorge. Soudain, elle eut l'impression d'étouffer. Il lui était impossible de rester une seconde de plus assise aux côtés d'Adam, cet homme qui n'en était pas un et qui venait brutalement de lui signifier ce qu'elle pouvait faire de l'amour qu'elle ressentait pour lui.

Sans réfléchir à ce qu'elle faisait, Gabby freina aussi vite qu'elle le put, se gara sur le bas-côté et se rua hors de la voiture. En marchant au hasard droit devant elle, elle décocha des coups de poing rageurs aux volutes de brume qui s'accrochaient à son corps comme pour la retenir.

Dans son dos, elle entendit Adam claquer rageusement sa portière.

— Arrête, Gabrielle ! cria-t-il. Reviens tout de suite ! Nous ne sommes plus sur les terres du clan Keltar…

Horrifiée par l'imprudence qu'elle venait de commettre, Gabby pivota sur ses talons… et vit Darroc se matérialiser entre elle et Adam. D'une voix haineuse, avec une grimace mauvaise, il lui lança :

— Juste une petite seconde, chérie… Je règle un vieux problème, puis je m'occupe de toi.

Il se retourna vers Adam, tendit le bras, et Gabby poussa un hurlement de terreur quand retentirent les détonations d'une arme automatique. Le visage figé sur une expression de stupeur, Adam se mit à chanceler. De grosses taches écarlates constellaient son pull ivoire.

Elle eut le temps de le voir tomber comme une masse sur le sol avant que le cercle des Traqueurs ne se referme autour d'elle. Trop tétanisée par la terreur pour réagir, elle sentit leurs pattes glacées et griffues se poser sur sa peau, entendit leurs crocs claquer sinistrement à deux doigts de sa gorge.

Puis elle perdit connaissance et ne sentit plus rien.

TROISIÈME PARTIE

« Ah, *ka-lyrra*... Te regarder vivre me donne l'envie d'une vie d'homme près de toi. Dormir avec toi, me réveiller à côté de toi, me disputer et faire l'amour avec toi, me rendre tous les jours à un petit boulot humain ridicule, faire des promenades le dimanche au parc, et me contenter d'exister si petitement sous un si vaste ciel.

« Mais plus jamais je ne resterai près d'une femme pour devoir finalement la regarder mourir. Plus jamais. »

Extrait de l'édition noire (grandement révisée) du *Livre du sin siriche du* de la famille O'Callaghan

23

Gabby releva le store en plastique qui masquait le hublot et fixa d'un œil absent le ciel nocturne. Sans Adam, et donc pleinement visible, elle n'avait eu d'autre choix pour rentrer aux États-Unis que d'utiliser sa carte de crédit et de réserver une place sur le vol le moins cher, le plus tardif, le plus long – trois correspondances interminables l'attendaient, à Édimbourg, Londres et Chicago.

Lorsqu'elle avait repris conscience, elle était allongée au bord de la route, indemne mais seule, le ventre noué par une terrible nausée. Regarder l'homme qu'elle aimait se faire tuer sous ses yeux avait été le pire des cauchemars.

Elle avait entendu les balles s'enfoncer dans son corps avec d'horribles bruits mous. Elle avait vu les taches de sang vermeilles s'épanouir comme des fleurs mortelles sur son pull. Pire que tout encore (elle continuait néanmoins d'espérer que cela n'avait été qu'une illusion, cadeau empoisonné de la facétieuse Aoibheal), la souffrance qui s'était affichée sur le visage d'Adam avant qu'il ne s'écroule avait eu toutes les apparences de la réalité.

Les jambes tremblantes, elle s'était forcée à se mettre debout, à rechercher autour d'elle quelqu'un pour la rassurer, pour lui dire que tout ceci n'avait été qu'un rêve, au pire un accident qui serait bien vite réparé par la toute-puissante reine des Tuatha Dé Danaan. Mais il n'y avait qu'elle sur cette route déserte et toujours plongée dans un brouillard cotonneux. Elle n'avait pas trouvé la moindre trace de sang, le plus petit signe qui eût pu indiquer qu'un crime venait d'être commis. Apparemment, les faës avaient cessé de faire partie de son existence.

— Alors quoi ? s'était-elle exclamée en prenant le ciel à témoin. Je ne saurai même pas comment l'aventure se termine ? Des clous ! Si vous croyez que je vais me contenter de passer mon chemin sans qu'on me donne d'explication, vous me connaissez mal ! Où est Adam ? Que lui est-il arrivé ? Montrez-le-moi ! Dites-moi au moins qu'il va bien…

Naturellement, personne ne lui avait répondu.

Pendant un temps, Gabby avait complètement perdu la tête. Elle s'était mise à pester, vitupérer, hurler, jusqu'à ce que ne puissent plus sortir de sa gorge que de pathétiques coassements. Elle avait fulminé, couru de gauche à droite, trépigné, jusqu'à ce que ses jambes refusent de la porter.

Elle s'était alors laissée glisser sur le sol et s'était blottie contre la voiture de location, en frissonnant dans le brouillard glacé. Elle s'était résolue à attendre, certaine que, d'un instant à l'autre, Adam allait se matérialiser devant elle, la gratifier d'un de ses sourires sexy qui lui chaviraient les sens, lui dire que tout était réglé.

Sans lui laisser le temps de reprendre leur stupide et pénible conversation, elle lui aurait avoué sans attendre qu'elle l'aimait. Et d'une manière ou d'une autre, cela n'aurait pu que résoudre le problème. Il n'avait ni âme ni cœur ? Et alors ? Cela prouvait uniquement qu'il était physiologiquement différent d'elle. Elle ne pouvait pas devenir immortelle, comme lui ? Eh bien, tant pis ! Elle se contenterait de ce que Morganna avait eu : une vie près de lui. Ce qui était tout de même mieux que de ne plus rien avoir du tout…

Quatorze heures plus tard, transie, affamée, épuisée, il lui avait fallu admettre qu'elle ne pouvait rester ainsi au bord d'une route déserte, à se lamenter et à se rendre folle de chagrin. La reine avait sûrement fait en sorte de sauver Adam, voire de le ressusciter, si nécessaire. Et elle avait sûrement tenu sa promesse de lui rendre sa toute-puissance et son immortalité.

Réconfortantes d'une certaine manière, ces conjectures n'étaient pas entièrement rassurantes pour elle. Car si Adam était en vie, s'il était redevenu lui-même, qu'attendait-il pour se montrer ? Si tout allait bien pour lui, comment pouvait-il la laisser là, dans le brouillard et le froid, à pleurer sa mort ?

À moins…

À moins qu'elle n'ait jamais réellement compté pour lui.

À moins que leur aventure n'ait été qu'une distraction à ses yeux.

À moins qu'il ne l'ait utilisée, purement et simplement, pour parvenir à ses fins.

Non, elle refusait de croire – mais pour combien de temps encore ? – à de si pénibles éventualités. Tout comme elle restait persuadée qu'il était vivant.

— Il va bien… murmura-t-elle en collant la joue contre la surface froide du hublot. Et il va revenir. D'une minute à l'autre…

Les minutes se firent des heures, les heures des jours, et les jours des semaines sans que cet espoir se concrétise.

Sans trop savoir comment, Gabby parvint à reprendre son existence routinière, tel un automate, détachée de tout, dénuée de passion, sans aucun appétit pour la vie.

Lorsqu'elle était rentrée chez elle, une part d'elle-même n'aspirait qu'à se barricader derrière les volets clos et à se rouler en boule dans son lit, enfouie sous les couvertures. Mais une autre composante de sa personnalité s'était affirmée, refusant de baisser les bras et de renoncer. Contrairement à son père et à sa mère, jamais elle ne capitulerait.

Aussi, le lendemain même de son retour à Cincinnati, s'était-elle rendue à son travail chez Little & Staller, comme si de rien n'était. Elle avait retrouvé son bureau exactement dans l'état où elle l'avait laissé, ce qui n'avait rien d'étonnant. Aucun de ses collèges surchargés eux aussi de travail ne se serait risqué à toucher aux dossiers qui s'y amoncelaient en piles branlantes. Y porter la moindre attention leur aurait valu d'en récupérer aussitôt la charge…

Sans dire un mot à quiconque, elle avait marché jusqu'à son box, avait déposé son café sur son sous-main, s'était assise dans son fauteuil et s'était mise à l'œuvre comme une machine parfaitement huilée. Non sans un certain succès, elle s'efforçait depuis de noyer son chagrin dans le travail, de tenter de régler les problèmes des autres à défaut des siens, de ne penser à rien d'autre qu'aux cas complexes qui défilaient sous ses yeux.

Et lorsque Brad Staller avait déboulé devant elle, écarlate et écumant de colère, pour lui demander où elle était passée et si elle s'imaginait pouvoir venir travailler quand cela lui plaisait, elle s'était contentée de lever tranquillement les yeux sur lui.

— Vous voulez me virer ? Alors, virez-moi. Vous n'avez qu'un mot à dire.

Il s'était écoulé un mois depuis cette petite confrontation, et son patron n'avait toujours pas dit le mot qui aurait mis fin à sa carrière chez Little & Staller. Gabby savait qu'il ne le lui dirait jamais, peu désireux de se priver d'une collaboratrice outrageusement sous-payée par rapport à ses compétences.

Le changement qui s'était opéré en elle n'avait pas échappé à Jay, le collègue qui occupait le box voisin du sien. Il ne cessait de la complimenter sur sa bonne mine et son nouvel aplomb. Gabby aurait pu trouver cela drôle si elle avait encore été capable de s'amuser de quelque chose. Il suffisait donc de ne plus accorder aucune importance à quoi que ce soit pour respirer la confiance en soi et susciter l'admiration ? Pour un peu, elle aurait presque demandé un nouveau rendez-vous à Marian Temple…

Mais elle ne le fit pas, incapable qu'elle était de supporter le moindre changement dans ses habitudes. Chez Little & Staller, elle fonctionnait selon une routine qui faisait merveille pour l'anesthésier. Et s'il lui arrivait de se laisser distraire par le souvenir d'un prince faë souriant et sexy en diable, négligemment étendu sur son secrétaire, elle se plongeait de plus belle dans ses dossiers et courait en chercher d'autres quand le flot continu menaçait de se tarir.

Ainsi parvint-elle à survivre, même s'il lui semblait parfois marcher à la surface d'une mer de béton liquide avec des semelles de plomb. Chaque pas réclamait d'elle un effort herculéen. Il lui fallait rassembler tout son courage pour se lever, se doucher, s'habiller et manger chaque jour.

Elle finit par perdre du poids, et dans un effort pour tuer le temps qu'elle aurait pu employer autrement à penser – ce qu'il ne lui fallait faire sous aucun prétexte ! –, elle décida de piocher dans son fonds de secours à présent inutile pour renouveler sa garde-robe.

Elle écuma les boutiques pour s'acheter de nouveaux vêtements. Elle fréquenta coiffeur et esthéticienne pour changer de tête. Chaque matin, elle mit un point d'honneur à se pomponner et à s'habiller de la manière la plus sexy possible.

Tous ces efforts demeurèrent pourtant vains. Au fond d'elle-même, Gabby savait bien qu'elle ne pourrait différer éternellement l'inévitable.

Tôt ou tard, la réalité finirait par la rattraper, et il lui faudrait choisir entre deux options : soit la reine avait laissé mourir Adam, soit Adam s'était servi d'elle.

Mais tant qu'elle le pourrait, elle était bien décidée à refuser de choisir entre ces deux hypothèses également désespérantes.

24

Adam ne décolérait pas.

Non seulement la reine avait laissé Darroc le blesser – et il en avait horriblement souffert, dans sa chair autant que dans son amour-propre –, mais elle l'avait de plus soustrait au monde des hommes et consigné dans les chambres du Haut Conseil Royal, après l'avoir guéri mais sans lui avoir rendu ses pouvoirs.

Une éternité plus tard, lorsqu'elle reparut entourée de ses conseillers, il lui fallut subir une interminable et ennuyeuse réunion au cours de laquelle il dut exposer les crimes de Darroc et répondre aux plus ridicules questions. Il lui tardait d'autant plus d'en finir avec ces stupides obligations qu'il brûlait d'impatience de retrouver Gabrielle, afin de faire ce qu'il savait dorénavant devoir être fait.

— Par Danu ! s'exclama-t-il. En avons-nous enfin terminé ?

Indignés par un tel écart de conduite, les huit dignitaires du Haut Conseil tournèrent avec un bel ensemble la tête vers lui.

Pour qui n'était pas membre de cette auguste assemblée, il était impensable et tout à fait contraire aux règles de l'étiquette de prendre la parole sans y avoir été invité. Adam n'en avait cure. Au diable le protocole ! Il avait de plus urgents sujets de préoccupation que le respect d'un cérémonial de cour empesé et désuet.

Refusant de se laisser intimider, Adam lança à Aoibheal un regard courroucé.

— Vous m'aviez promis, ma reine, de me permettre de décider de la sentence de Darroc et de me rendre mes pouvoirs et mon immortalité. Commençons par le plus urgent : laissez-moi redevenir moi-même !

Sans se départir de sa hautaine grandeur, mais avec une lueur d'amusement dans le regard, la reine lui répondit :

— Tu parles avec une impatience de mortel, Amadan…

— Sans doute parce que j'en suis un pour l'heure ! répliqua-t-il sèchement.

Aoibheal fronça un sourcil altier, haussa brièvement les épaules, et un flot de paroles dans la langue d'origine des Tuatha Dé Danaan se mit à couler de ses lèvres.

Adam sentit de profondes transformations s'opérer dans tout son être et soupira d'aise. Il redevenait ce qu'il avait toujours été : immortel, tout-puissant, invincible – un véritable demi-dieu. Une puissance sans limites coulait dans ses… En fait, il n'avait plus de veines. Il avait de nouveau la faculté de s'abreuver aux sources mêmes de la force qui faisait tourner l'univers, et ce pouvoir était magnifique, délicieux, enivrant. Toutes les ressources de la création étaient en lui. Il n'avait qu'à claquer des doigts pour s'en servir. Par Danu ! Que cela faisait du bien ! Qu'il était bon, enfin, de se sentir soi-même, sans aucune faiblesse, ni faim, ni lassitude ; sans aucun besoin de manger, de dormir, d'uriner ! Le monde était de nouveau son jouet favori, à son entière disposition.

Après avoir jaugé son œuvre avec un regard satisfait, Aoibheal conclut :

— À présent, Amadan, la parole est à toi. Quelle sera ta sentence pour ce traître ?

Adam se tourna vers Darroc et l'observa en silence. La reine chuchota quelques mots, et l'Épée de Lumière, l'arme sacrée seule capable d'ôter la vie à un immortel, apparut dans sa main. Adam devina alors quel châtiment elle s'attendait à le voir réclamer : la mort, d'autant plus terrible qu'aucune survie de l'âme ne viendrait l'atténuer et que s'éteindrait à jamais celui qu'elle frapperait.

Adam s'était imaginé, lui aussi, qu'il demanderait ce châtiment. Mais soudain, un tel sort lui parut trop clément. L'être d'une cruauté sans égale qui soutenait fièrement son regard avait voulu s'en prendre à son petit *ka-lyrra*, avait tenté de voler la vie de sa si vibrante et passionnée Gabrielle.

— Fais-le ! grogna Darroc. À moins que tu n'en aies pas le courage.

— Une mort prompte et sans souffrance serait trop douce pour toi.

Darroc eut un rire de défi.

— Vous vivez comme des bêtes en cage ! lança-t-il à la cantonade. Vous êtes tellement habitués à votre prison que vous n'en voyez même plus les barreaux. Je voulais simplement vous libérer, nous libérer tous.

— En réduisant en esclavage les humains.

— Ils ne méritent pas mieux ! répliqua Darroc avec un rictus méprisant. Ils sont esclaves par nature. Ce ne sont que de faibles et insignifiantes créatures.

Un sourire amusé joua sur les lèvres d'Adam. Darroc venait de lui souffler lui-même le châtiment qui, plus qu'aucun autre, lui serait insupportable.

— Transformez-le en humain, ma reine. Dépouillez-le de son immortalité, de tous ses pouvoirs. Condamnez-le à mourir d'une mort naturelle, dans le monde des hommes.

Un rire cristallin cascada des lèvres d'Aoibheal.

— Bien parlé, Amadan ! approuva-t-elle. Cette sentence me paraît aussi juste qu'adaptée.

— Vous ne pouvez pas me faire ça ! protesta Darroc. Je ne veux pas vivre comme eux ! Tuez-moi tout de suite !

Le sourire d'Adam s'élargit. Aoibheal s'avança vers le condamné. Tout en proférant dans l'ancienne langue des faës des phrases incantatoires, elle se mit à tourner autour de lui, de plus en plus vite, jusqu'à ce qu'Adam et les conseillers ne distinguent plus d'elle qu'un tourbillon de vive lumière. Et lorsque celui-ci cessa, après un ultime flamboiement aveuglant, Darroc et la reine réapparurent brusquement à leurs yeux.

Adam observa son ennemi de toujours avec curiosité. Il y avait en lui quelque chose d'étrange, mais quoi ? Son apparence humaine n'était pas exactement semblable à celle qu'il avait eue lui-même. Incapable de mettre des mots sur ce qui l'intriguait, il se frotta le menton pensivement et dévisagea l'ex-doyen du Haut Conseil.

Dans sa nouvelle incarnation, celui-ci était aussi grand, beau et puissamment musclé qu'il l'avait été sous forme de faë. On pouvait lire sur son visage ciselé le même dédain qu'auparavant. Ses yeux désormais fauves étincelaient de rage et ressemblaient tout à fait à des yeux d'homme. Et bien qu'il présentât une beauté hors du commun – de celle que l'on immortalise généralement sur grand écran chez les mortels –, il n'y avait pas en lui cette touche d'étrangeté qu'Adam n'avait jamais perdue.

— Je ne comprends pas, ma reine... murmura-t-il. Il semble différent de ce que j'étais.

— Rien de plus normal, répondit Aoibheal. Darroc est un humain, dorénavant.

— Certes. Mais j'en étais un, moi aussi.

Une lueur de malice joua dans les yeux iridescents de la reine, qui éclata d'un rire mutin.

— Non, tu n'en étais pas un.

Adam tressaillit et protesta :

— Bien sûr que si ! C'est vous-même qui m'avez transformé en mortel...

— Tu n'as jamais été humain, Adam. Tu n'as jamais cessé d'être un Tuatha Dé Danaan. Je me suis contentée de jouer un peu avec ton apparence, d'exacerber tes sens, pour te convaincre que tu étais devenu un mortel. Ce n'était pas très difficile. Tu avais toi-même fortement diminué ton potentiel vital en ressuscitant le Highlander. Mais tu n'as jamais été humain, sinon je n'aurais pu te rendre ton apparence première. Ce que je viens de faire à Darroc ne pourra jamais être défait par quiconque. Rien ni personne, dans aucun des univers connus, n'a le pouvoir de l'empêcher de mourir sans âme, à plus ou moins brève échéance, dans le monde des hommes.

— Dans ce cas, insista Adam, comment se fait-il que j'aie pu ressentir des sentiments humains ?

— Impossible !

Comme si cela suffisait à clore le débat, Aoibheal se détourna de lui. En pleine confusion, Adam la regarda s'éloigner et se perdit dans ses pensées. Comment une telle chose était-elle possible ? Il n'avait pas rêvé… Il avait bien senti des émotions, des sentiments humains s'agiter en lui tout au long de son incursion dans le monde des hommes. Il avait éprouvé des douleurs dans la poitrine, à l'endroit où il pensait que se trouvait son cœur. La nausée lui avait soulevé l'estomac chaque fois que Gabrielle avait frôlé la mort.

Mais mieux valait remettre la résolution de ces mystères à plus tard. Il devait passer sans tarder à l'action, avant qu'il prenne l'envie à Aoibheal de le consigner sur l'île de Morar pour quelque futile raison. Profitant de ce qu'elle était occupée à régler avec ses gardes les détails de l'exil de Darroc sur Terre, il cligna des paupières et s'éclipsa.

Adam se matérialisa d'abord dans le boudoir de la reine. Une fois déjà, il avait réussi à dérober une fiole de l'élixir de vie dans les appartements d'Aoibheal. Renouveler cet exploit ne fut pour lui qu'un jeu d'enfant, et ce fut avec satisfaction qu'il serra dans sa main le flacon de verre empli d'un liquide argenté semblable à du mercure.

Ensuite, tout en effectuant une série de sauts aléatoires pour brouiller sa piste avant de regagner Cincinnati, il songea aux derniers moments qu'il avait passés avec Gabrielle.

— Tu ne serais pas en train de tomber amoureuse de moi, par hasard ? lui avait-il demandé.

Cela avait suffi à la transformer en une harpie fulminante qui lui avait infligé une diatribe à laquelle il n'avait rien compris. Quand elle avait fini par se calmer, cela n'avait été que pour lui poser la seule question à laquelle il ne pouvait répondre.

Il aurait pu lui offrir un beau mensonge bien rassurant. Il en avait même plusieurs en réserve, forgés tout spécialement à cet usage. Mais la colère, le dépit et l'orgueil l'avaient poussé à lui avouer la vérité, comme pour lui lancer en pleine figure : « Regarde-moi tel que je suis : est-ce vraiment si horrible que cela ? »

À en juger par sa réaction et par le regard horrifié qu'il avait surpris dans ses yeux, cela devait l'être…

C'était alors qu'il avait compris ce qu'il lui restait à faire. Il avait déjà commis une erreur grossière avec Morganna. Il n'en commettrait pas une autre avec Gabrielle.

À présent qu'il était de nouveau tout-puissant, il allait faire en sorte d'effacer de la mémoire de Gabby le souvenir de cette dernière scène. Puis il s'arrangerait pour lui faire boire l'élixir à son insu. Il ne lui resterait plus ensuite qu'à la distraire de toutes les manières possibles, le temps que s'éteigne cette âme si précieuse à laquelle elle ne voulait pas renoncer, même pour lui.

Un jour, elle lui ressemblerait tout à fait. Elle ne pourrait plus se rappeler ni regretter cette part d'elle-même à laquelle elle s'accrochait désespérément.

Enfin, elle pourrait être sienne, totalement et pour toujours.

Gabby réussit à reculer l'échéance pendant exactement un mois, sept jours et quatorze heures. Elle serait même parvenue à prolonger ce délai beaucoup plus longtemps si un nouveau diabolique gobelet de café n'était venu l'obliger à regarder la vérité en face.

Cela se passa un vendredi soir. Elle était restée travailler tard au bureau, pour éviter d'avoir à croiser en ville des couples enlacés, heureux d'entamer leur week-end en amoureux et échangeant d'explicites regards.

Les cours avaient repris à l'université, et bien que sa charge de travail fût lourde, elle avait conservé son emploi chez Little & Staller, dans un suprême effort pour demeurer suffisamment occupée et surtout ne pas penser.

Avant de rentrer chez elle, saisie par une envie pressante de caféine, elle s'acheta un gobelet géant de café glacé. Et en se glissant au volant de sa rutilante BMW – garée sur une place de parking payant louée grâce à son fonds de secours –, elle s'efforça, comme chaque fois qu'elle pénétrait dans l'habitacle, de ne pas remarquer la fragrance de jasmin et de santal qui s'y attardait encore.

Pour se donner toutes les chances de chasser Adam Black de sa mémoire, elle avait envisagé de revendre la voiture qu'il lui avait offerte. Malheureusement, elle avait besoin d'un véhicule, et la perspective des efforts à fournir pour se débarrasser de celui-ci et en acheter un autre lui avait paru insurmontable. Alors, elle s'était contentée de remiser dans une malle au grenier le tee-shirt blanc qu'elle lui avait subtilisé…

Elle n'avait pas non plus trouvé le courage de répondre aux innombrables messages que Gwen et Chloé avaient laissés sur son répondeur depuis son départ d'Écosse. Elle se sentait un peu coupable, consciente que ses amies devaient s'inquiéter et brûler de savoir ce qui s'était passé avec Darroc, avec Adam… Mais qu'aurait-elle pu leur dire à ce sujet ? Son histoire ne connaîtrait pas le *happy end* auquel toutes deux avaient eu droit, et il lui en aurait coûté d'exposer sa misère et sa détresse aux yeux de deux femmes qui affichaient un bonheur si insolent.

— Pour l'amour du Ciel, Gabby ! disait le message qu'elle trouva ce soir-là en rentrant chez elle. Nous commençons vraiment à nous inquiéter... Au moins, fais-nous un signe pour nous dire que tu es en vie.

En appuyant résolument sur la touche d'effacement du répondeur, Gabby songea que c'était inutile, puisqu'elle n'était pas en vie.

Un quart d'heure plus tard, après un rapide et frugal dîner, elle pénétra dans le salon, les bras chargés d'une pile instable de dossiers, au sommet de laquelle elle avait coincé sous son menton le gobelet de café. Elle n'avait pas fait trois pas dans la pièce que le fragile édifice s'écroula sur le tapis.

En jurant tout bas, Gabby s'agenouilla au milieu des feuilles éparpillées et maculées de café.

C'est alors qu'elle le vit.

Depuis son retour d'Écosse, elle avait soigneusement évité la bibliothèque, refusant d'avoir à poser ne fût-ce qu'un regard sur les volumes mensongers et inutiles du *Livre des faës*. Aussi fut-elle surprise de découvrir sous la table basse, nageant dans une mare de café, le *Livre du sin siriche du,* qui aurait dû se trouver rangé avec les autres tomes.

Sans réfléchir à ce qu'elle faisait, Gabby s'en saisit et en essuya la couverture détrempée sur l'imprimé fleuri du canapé, avant de feuilleter bien vite l'intérieur pour évaluer les dégâts. Cet examen sommaire suffit à lui faire prendre conscience qu'il y manquait bien des pages, remplacées par d'autres feuillets recouverts d'une écriture élégante et racée, dont elle reconnut aussitôt l'auteur.

Le hasard – ou le destin, qui prenait souvent pour elle l'apparence d'un innocent gobelet de café – voulut que son regard tombe sur une phrase dont les mots s'enfoncèrent en elle comme des balles de revolver. « Mais plus jamais je ne resterai près d'une femme pour devoir finalement la regarder mourir. Plus jamais... »

La réponse qu'elle attendait depuis des semaines se trouvait donc là, à portée de main, sans qu'elle s'en doute. Adam n'était pas mort. Il avait simplement choisi de ne pas revenir.

Un cri de détresse monta dans sa gorge, qu'elle tenta en vain de retenir. Elle se refusait le droit de souffrir depuis trop longtemps. Jour après jour, elle était parvenue à se maintenir dans une précaire insensibilité. Tant qu'il demeurait un doute, elle n'avait aucune raison d'avoir mal. Désormais, le doute n'était plus permis. Adam Black était sorti de sa vie. De son propre chef. Et définitivement.

Le chagrin explosa dans sa poitrine comme une bombe à retardement. Une longue plainte jaillit de ses lèvres. Aveuglée par les larmes qui débordaient soudain de ses yeux, Gabby se laissa glisser contre le canapé, le *Livre du sin siriche du* serré précieusement contre elle.

Parce qu'elle était une *sidhe-seer* et qu'il savait que le *féth fiada* n'aurait aucun effet sur elle, Adam surgit dans la cuisine de Gabrielle un cran dimensionnel en deçà de sa perception. Avant de faire ce qu'il avait à faire, il tenait à fêter ses retrouvailles avec elle en l'observant un moment à son insu.

En se lançant à sa recherche, à travers la maison plongée dans le noir, il inhala profondément cette odeur qui lui avait tant manqué. Elle était là. Il le sentait. Son parfum unique et si féminin, mélange de vanille, de savon et de peau chauffée par le soleil, le guida jusqu'au salon éclairé par une unique lampe.

Assise en tailleur sur le sol, le dos tourné à lui, elle lui parut aussi belle que d'habitude. Plus élégante, même, dans son tailleur noir ajusté et sexy qui mettait en valeur ses formes émouvantes – sans parler de la paire de talons aiguilles qu'il lui avait offerte.

Mais les changements qui étaient survenus dans son apparence ne se limitaient pas à cela. Saisi par une brusque appréhension, Adam la contourna pour pouvoir l'observer de face, et ses craintes se vérifièrent.

Gabby avait beaucoup maigri, et cela ne lui plaisait pas du tout. Il aimait les femmes qui ressemblaient à des femmes. Il l'aimait telle qu'il l'avait connue : tout en courbes et en douceur.

Cela lui fit prendre conscience que son absence avait peut-être été beaucoup plus longue qu'il ne l'avait cru. Selon l'échelle temporelle qui régissait la vie des humains, à quand remontait sa confrontation avec Darroc ? Il était incapable de le dire, car depuis qu'il avait recouvré sa condition d'immortel, le passage du temps lui était de nouveau indifférent. Il était vrai que sur l'île de Morar, il s'écoulait beaucoup moins vite que dans le monde des hommes.

En observant plus attentivement Gabby, il découvrit qu'elle avait également changé de coiffure, ce qui ne faisait que la rendre plus sexy. Encore qu'il lui fût difficile d'en juger précisément, puisqu'elle gardait la tête baissée, les yeux obstinément fixés sur le sol.

Mais quand un reniflement se fit entendre derrière le rideau de cheveux qui lui masquait le visage, Adam s'accroupit devant elle pour se mettre à sa hauteur et découvrit que, loin d'être perdue dans ses pensées, Gabrielle était en train de pleurer toutes les larmes de son corps. Les yeux rouges et gonflés, elle tenait serré contre elle un livre mince, à la couverture de cuir noir, que mouillaient ses larmes et qu'il n'eut aucun mal à reconnaître.

Un doute l'effleura soudain – était-il possible qu'elle pleure à cause de lui ? Les quelques mots qui s'échappèrent alors de la bouche de Gabby le firent sourire, tout en lui apportant la réponse à cette question.

— Retourne en enfer, Adam Black !

Ce vœu-là, elle l'avait déjà exprimé, et il avait l'impression qu'il n'avait pas fini de l'entendre au cours de l'éternité qui les attendait…

Rassuré, il se redressa, étendit une main devant lui et l'approcha doucement du crâne de son petit *ka-lyrra*. À l'ultime seconde, alors que sa paume allait effleurer ses cheveux, il hésita et la retira. Était-il vraiment sûr de vouloir faire cela ?

Refoulant ses scrupules, Adam s'apprêtait à réitérer son geste quand, de nouveau, la voix de Gabby s'éleva, éraillée par le chagrin et les larmes.

— Je t'aime, espèce de salaud ! Je t'aime tant que cela me tue... Seigneur, que j'ai été bête ! Tu n'as jamais vraiment tenu à moi, pas vrai ? Comment suis-je censée survivre, maintenant ?

Adam sursauta et fit un pas en arrière, les poings serrés le long de ses flancs. Il était tellement stupéfait qu'il ne sentit pas la petite fiole de verre se briser au creux de sa main. Pendant un long moment, il fut incapable du moindre geste, de la moindre pensée. Quelques certitudes, pourtant, parvinrent à se frayer un chemin dans son esprit paralysé par la stupeur.

Gabby savait qu'il était un faë.

Elle savait qu'il n'avait ni âme ni cœur.

Elle savait également qu'il était responsable de quelques drames sanglants.

Et pourtant, elle l'aimait, elle venait de le confesser tout haut.

Elle l'aimait, lui, le *sin siriche du*, tel qu'il était.

Mais qu'avait-elle voulu dire en affirmant qu'il n'avait jamais tenu à elle ? Avait-elle perdu la tête ? Depuis qu'il la connaissait, tout ce qu'il avait fait, dit, pensé ne l'avait été qu'en fonction d'elle. Pas un seul instant elle n'était sortie de son esprit. Eût-il voulu l'oublier qu'il ne l'aurait pas pu. Elle était en lui, faisait partie intégrante de son être. Comment pouvait-elle en douter ? À travers chaque cadeau qu'il lui avait fait, il le lui avait signifié. Chaque fois qu'il s'était enfoui en elle, cela n'avait été que pour le lui prouver. Son amour pour elle avait transparu dans ses baisers, ses caresses, ses silences, parce qu'il n'avait pas voulu prononcer les mots à cause desquels, une fois déjà, il s'était fait rejeter. *Tu ne peux pas aimer, faë ! Tu n'as pas d'âme !*

Alors, il avait usé d'autres mots, selon cette méthode toute particulière qu'utilisent les mâles humains pour parler d'amour. Celle que des milliers d'années d'étude de leurs mœurs lui avaient apprise. Comment avait-elle pu ne pas comprendre que chaque fois qu'il lui demandait si elle n'était pas par hasard en train de tomber amoureuse de lui, c'était son amour qu'il lui avouait ? Si elle lui avait répondu : « Eh bien... peut-être un tout petit peu », il aurait pu enchaîner, l'air de rien : « Puisque tu en parles, même si ça paraît incroyable, peut-être que moi aussi. » Indirect, certes, mais simple, concis, et conforme à tout ce qu'il connaissait des codes de communication masculins. Avait-il commis une erreur d'interprétation ? Les exemples de ce type de déclaration qu'il avait maintes fois relevés au cours des siècles n'étaient-ils pas représentatifs ?

Au fond, peu importait, maintenant qu'il savait sans le moindre doute possible qu'elle l'aimait pour ce qu'il était.

Adam desserra le poing et contempla les débris de la fiole et la petite flaque d'élixir qui s'était répandue à ses pieds. Alors, avec une clarté aveuglante, il sut ce qu'il lui fallait faire. Grâce à quelques mots chuchotés, il rassembla éclats de verre et liquide argenté et les relégua dans une dimension lointaine et oubliée où ils ne pourraient faire de mal à personne. Cela lui avait pris des siècles, mais il comprenait enfin que Morganna avait raison. Il ne l'avait pas aimée en voulant faire d'elle une immortelle. L'amour ne prenait rien. Et surtout pas l'âme irremplaçable de la personne aimée.

La douleur délicieuse dans sa poitrine, là où ne pouvait se situer le cœur qu'il n'avait pas, était de retour, de même que cette étrange appréhension qui lui nouait l'estomac. Soudain, il eut l'impression de percevoir d'un coup d'œil la somme de ce qui avait constitué son existence jusqu'à ce jour. Il comprit alors qu'elle n'avait été qu'une longue série d'épreuves et de découvertes destinées à le mener où il était précisément ce soir, auprès de cette femme et de nulle autre au monde.

Adam baissa les yeux et contempla Gabrielle. La tête enfouie dans ses mains, elle s'était remise à pleurer. Le chagrin faisait flamboyer son aura de mille feux. Elle était si belle, nimbée de cet éclat divin qui l'illuminait de l'intérieur… Comment avait-il pu envisager un seul instant de l'en priver ?

Sa décision était prise.

Jamais il ne volerait à sa petite Irlandaise son âme immortelle pour pouvoir la garder éternellement auprès de lui.

Mais jamais non plus il ne se résoudrait à la regarder mourir.

Pas plus qu'il ne pourrait accepter de vivre sans elle.

Ce qui ne lui laissait, en définitive, qu'une seule option.

25

En engageant son coupé BMW dans l'allée qui menait à l'arrière-cour de sa maison, Gabby secouait toujours la tête avec incrédulité.

Un homme élégant au volant d'une Lexus l'avait suivie depuis le supermarché où elle faisait ses courses, avait profité d'un feu rouge pour bondir de sa voiture et lui avait tendu sa carte avec un sourire qui ne laissait planer aucun doute sur ses intentions.

Mais ce n'était là que le dernier incident de ce genre en date. Depuis son retour à Cincinnati, les hommes se comportaient de manière vraiment bizarre avec elle.

— C'est parce que tu ne leur prêtes aucune attention, lui avait expliqué Chloé au téléphone. Une jolie femme manifestement insensible à leur charme supposé, c'est un défi que beaucoup d'hommes ne peuvent s'empêcher de relever.

— Arrête… avait protesté Gabby en levant les yeux au ciel. Ce doit être la voiture qui les attire.

Décidément, conclut-elle en claquant sa portière, il fallait qu'elle se résolve à se débarrasser de son petit bolide, même s'il lui en coûtait. Combinée à son nouveau look, l'Alpina Roadster pouvait donner toutes sortes d'idées fausses aux hommes. Les pauvres… Comment auraient-ils pu deviner qu'aucun d'eux ne serait jamais de taille à rivaliser avec l'amant fabuleux qui l'avait initiée à l'amour ?

Elle s'était finalement décidée à répondre aux messages répétés des MacKeltar, une semaine auparavant –

lors de cette funeste soirée où elle avait fini par trouver dans le salon le *Livre du sin siriche du*. Lorsque Chloé avait décroché, Gabby pleurait si fort qu'elle avait été incapable de prononcer le moindre mot. La jeune femme l'avait néanmoins tout de suite reconnue. Gwen les avait rejointes sur un autre poste, et elles avaient longuement pleuré, toutes les trois, de part et d'autre d'un océan.

Quand leurs larmes s'étaient enfin taries, ses amies avaient tout tenté pour la convaincre de revenir en Écosse passer quelque temps avec elles, mais Gabby avait fermement refusé. Elle n'aurait pas supporté de retrouver tout de suite le château Keltar et les souvenirs qui s'y attardaient. D'ailleurs, peut-être ne serait-elle jamais prête à y retourner. Dans cette demeure de rêve, elle avait passé les journées et les nuits les plus inoubliables de son existence. Dans la suite Cristal, elle avait perdu son cœur autant que sa virginité. Entre ces murs, elle avait porté les diamants qu'Adam lui avait offerts et s'était donnée à lui. Blottie entre les bras de son prince faë, elle avait regardé du haut d'une montagne le soleil se lever et se coucher sur les Highlands. Le seul fait d'y penser suffisait à lui faire monter les larmes aux yeux. Comment aurait-elle pu envisager d'y retourner ?

Après avoir récupéré ses provisions dans le coffre, Gabby verrouilla les portières et se dirigea vers le perron. Elle glissait sa clé dans la serrure de la porte de service quand elle vit celle-ci s'ouvrir de l'intérieur, si brusquement qu'elle tomba en avant. Mais au lieu d'atterrir sur le sol, ce fut contre un corps indéniablement masculin et dur comme de la pierre qu'elle vint buter.

Gabby fit un saut en arrière et laissa les sacs à provisions répandre leur contenu par terre.

— Bonsoir, Gabrielle… murmura Adam.

Ses jambes se dérobèrent sous elle.

— Arrête de me peloter comme ça !

— Je ne te pelote pas… protesta Adam avec une feinte innocence, sans ôter pour autant ses mains des fesses de Gabby. Tu t'es évanouie. Je n'ai fait que t'empêcher de tomber.

— Je ne me suis pas évanouie ! cria Gabrielle en lui martelant le dos de ses poings. Je ne m'évanouis jamais. Et ce sont mes fesses, pas les tiennes ! Alors, bas les pattes !

Pour toute réponse, Adam se mit à rire. Ah ! Comme elle lui avait manqué, sa fière et indomptable Irlandaise…

— De toute façon, reprit-elle, que fais-tu là ? Tu t'es encore disputé avec ta reine ? Tu as besoin de l'aide d'une *sidhe-seer* ? Dommage pour toi ! Tout ce que j'ai à te dire, c'est : fous le camp !

Le corps de Gabby chargé sur son épaule, ses mains fermement collées à ses fesses, Adam poursuivit son trajet en direction de l'escalier sans se laisser impressionner.

— Et moi, tout ce que j'ai à te dire, *ka-lyrra*, c'est que je ne t'abandonnerai plus jamais.

— C'est ça ! Continue ! Recommence à me débiter tes promesses creuses et tes mensonges de faë. Je ne m'y laisserai pas prendre, cette fois ! Quoi que tu puisses avoir en tête, tu ferais bien d'y renoncer. Et d'abord, on n'entre pas chez moi comme dans un moulin ! Hé ! Redescends tout de suite cet escalier ! Où crois-tu aller comme ça, au juste ?

Adam tourna la tête et mordilla la cuisse de Gabby à travers son jean.

— Au lit, Gabrielle !

Ces trois mots suffirent à raviver son indignation. Par une tirade véhémente et ponctuée de jurons divers, elle l'informa qu'en aucun cas elle ne coucherait de nouveau avec lui ; qu'elle avait pu se montrer naïve une fois, mais qu'elle ne l'était plus dorénavant et qu'il avait réussi à la guérir définitivement de toutes ses illusions. Tout en se débattant comme une diablesse sur son épaule, elle lui fit également savoir sans ambiguïté qu'elle ne voulait plus d'un salaud et d'un sans-cœur tel que lui dans sa vie. Avec des accents criants de vérité, elle jura enfin qu'elle le haïssait et qu'elle regrettait qu'il ne soit pas humain, car il aurait pu mourir et aller brûler en enfer pour l'éternité.

Quand il la déposa sans ménagement sur le lit, Gabby en eut le souffle coupé, ce qui laissa à Adam l'occasion de glisser :

— Tu me hais, Gabrielle ? Quel dommage ! Parce que j'étais sérieux en te disant que je ne te quitterais plus. Quoi de plus naturel, puisque je t'aime ?

Affalée sur le lit, sa petite Irlandaise se fit aussi immobile et silencieuse qu'une pierre. Puis sa bouche s'ouvrit en grand, à la recherche d'un souffle d'air, et sa gorge se mit à palpiter, sans qu'aucun son ne se décide à en sortir. Alors, dans un grand râle douloureux, elle se redressa et se jeta sur lui, tous poings, tous cris et toutes larmes devant.

En se laissant tomber à la renverse sur le sol pour amortir sa chute et l'empêcher de se faire mal, Adam songea que, décidément, les femmes resteraient toujours un mystère pour lui.

Étendue de tout son long sur le corps d'Adam, Gabby avait encore la tête qui tournait. Sans se défendre, il l'avait laissée se déchaîner contre lui. Il avait tout enduré sans une plainte jusqu'à ce que, épuisée, étranglée par de gros sanglots qui l'empêchaient presque de respirer, elle n'en puisse plus de le marteler de ses poings.

Alors, il l'avait fait pivoter sur le côté, s'était amoureusement lové dans son dos et avait refermé autour d'elle ses bras puissants et rassurants. Il l'avait tenue serrée ainsi contre lui jusqu'à ce qu'elle se calme, en lui caressant les cheveux et en lui murmurant à l'oreille de tendres paroles d'apaisement.

— Chut… Doucement, mon amour. Tout va bien. Tout ira bien, dorénavant. Je te le jure.

Malgré l'état d'hébétude dans lequel elle se trouvait, Gabby parvint à s'étonner. Avait-elle bien entendu ? Adam l'avait-il appelée « mon amour » ? Ou avait-elle de nouveau glissé dans un impossible conte de fées ?

— Suis-je éveillée ? demanda-t-elle d'une voix rauque. Est-ce que je rêve ?

— Si c'est un rêve, répondit-il, j'aimerais qu'il dure à jamais. Enfin… exception faite de la correction que tu viens de m'infliger, bien sûr.

De nouveau, Adam la fit doucement pivoter entre ses bras pour qu'elle se retrouve face à lui. Le corps secoué par de derniers hoquets, incapable de comprendre ce qui était en train de se passer, Gabby enfouit son visage contre sa poitrine. Elle était sous sa joue parfaitement ferme et chaude, mais elle avait peur de se mettre à croire définitivement qu'elle ne rêvait pas. Elle craignait qu'aussitôt ce pas franchi, elle ne se réveille dans son lit, toujours seule et plus désespérée encore.

— Regarde-moi, *ka-lyrra*… lui ordonna-t-il gentiment.

Avec un dernier petit reniflement, Gabby lui obéit, leva timidement la tête et croisa son regard noir posé sur elle. Jusqu'à cette minute, trop occupée à exprimer sa colère, elle n'avait pas pris le temps de l'observer attentivement. Or, il y avait indéniablement quelque chose de différent en lui. Quoi ? Elle n'aurait su le dire. Ses yeux, peut-être ?

— Je t'aime, Gabrielle O'Callaghan.

Ces mots se fichèrent en elle, en plein cœur, comme des flèches. Trop bouleversée pour parler, elle se contenta de le dévorer des yeux, lui qu'elle avait cru ne plus revoir.

Adam semblait avoir de plus urgentes préoccupations. Coupant court aux explications, il l'embrassa avec une fougue et une tendresse bouleversantes.

Décidant que, rêve ou pas, ce baiser était trop délicieux pour être gâché, Gabby s'y livra entièrement. Elle se trouvait dans les bras de l'homme de sa vie, il venait de lui faire une déclaration d'amour qu'elle n'attendait plus, et si c'était un rêve, elle espérait qu'elle ne se réveillerait pas trop vite.

Même ses baisers étaient différents, réalisa-t-elle alors que, progressivement, son corps revenait à la vie. Ils n'étaient plus empreints d'une immortelle assurance. Ils débordaient d'une urgence et d'une passion très humaines, qui leur avaient jusqu'à présent manqué.

Cela la troubla tellement qu'elle se fit farouche et exigeante. Le repoussant fermement sur le tapis, elle le chevaucha et lui rendit son baiser avec une ardeur proche de la violence, frottant son corps contre le sien, plongeant ses mains dans ses cheveux et les serrant dans ses poings. Après les longues semaines de frustration, de manque, de chagrin et de souffrance qu'elle venait de vivre, il lui semblait qu'elle ne serait jamais rassasiée de ses baisers.

Un instant plus tard, comme par enchantement, leurs vêtements se retrouvèrent éparpillés sur le sol. Tous deux nus et brûlants de désir, ils se jetèrent l'un sur l'autre comme si cette étreinte devait être la dernière. Pour ce que Gabby en savait, ce pouvait bien être le cas... Elle n'en ressentait qu'avec plus d'acuité l'ardente nécessité de leur union. De nouveau, enfin, Adam était en elle. De nouveau, elle était une femme. Vivante. Émue. Vibrante. Du sang coulait dans ses veines, et non plus de la glace. Un cœur battait dans sa poitrine, et non...

— Adam ! s'écria-t-elle en se figeant au-dessus de lui, les mains posées sur sa poitrine, les yeux écarquillés par la surprise. Je peux sentir ton cœur battre sous mes doigts !

Jamais auparavant cela ne lui était arrivé. Quand il était humain, pas une fois elle n'avait perçu au cours de leurs ébats la pulsation rythmée de la vie, à son côté gauche ou à son cou.

Un sourire empreint de gravité chassa l'espace d'un instant sur le visage d'Adam le désir impérieux qui l'avait jusqu'alors animé.

— Je sais... murmura-t-il d'une voix émue. C'est pour toi, mon amour. C'est pour toi qu'il bat.

Puis il commença à aller et venir très lentement en elle, et Gabby, oubliant tout le reste, se livra sans réserve à l'exquise morsure du plaisir qui la ressuscitait.

Bien plus tard, quand ils furent provisoirement repus l'un de l'autre, Adam prit le temps de raconter à Gabby tout ce qui s'était passé. Enfin... presque tout.

Il ne put se résoudre à lui confesser qu'il avait été sur le point de lui prendre son âme. Et puisqu'elle n'était pas au courant du sort qu'il avait fait subir à Circenn et Lisa, il ne jugea pas non plus utile de lui expliquer qu'il était allé sur l'île de Morar leur avouer la vérité. Après avoir obtenu leur pardon, il les avait conduits à la reine, en la suppliant de leur rendre leur condition initiale tant qu'il en était encore temps, tant que leur âme en eux ne s'était pas éteinte.

Il raconta à Gabby ce qu'il était advenu de Darroc. Il lui expliqua également que le temps ne s'écoulait pas à la même allure dans le royaume des faës et dans le monde des hommes, ce qui justifiait sa trop longue absence, totalement indépendante de sa volonté.

En la gardant serrée contre son cœur, il lui confia qu'après avoir retrouvé son immortalité et ses pouvoirs, il s'était rendu compte que jamais il ne pourrait demeurer auprès d'elle et la regarder mourir, comme il avait dû le faire avec Morganna.

Dès l'instant où ces mots franchirent ses lèvres, Gabby se raidit entre ses bras, redressa la tête et s'exclama avec une fureur renouvelée :

— Dans ce cas, pourquoi être revenu ? Essaies-tu de me faire comprendre que tu vas me quitter de nouveau ?

Adam se mit à rire en secouant la tête. En dépit de ce qu'Aoibheal lui avait fait croire, lui expliqua-t-il, il n'avait jamais été transformé en humain. Une fois cette transformation effectuée, il était impossible de revenir en arrière. Un Tuatha Dé Danaan dépouillé de sa condition d'immortel et changé en homme devait renoncer à tout jamais à redevenir un faë.

Il ne lui avait pas été facile de convaincre la reine de lui appliquer le traitement qu'elle avait, à sa demande, infligé à Darroc. Jusqu'au bout, elle avait bataillé ferme pour l'obliger à renoncer à son projet. Et jusqu'au bout, il avait craint de ne pas parvenir à la faire plier. Finalement, seule la peur de se faire un ennemi du puissant prince du D'Jai avait sans doute convaincu la souveraine de s'exécuter.

— Je ne pouvais supporter l'idée de vivre sans toi, ni de te regarder mourir... conclut-il. Il ne me restait donc qu'une solution. Voilà pourquoi tu peux sentir maintenant mon cœur battre. Je suis désormais un être humain, tout autant que toi, cette fois-ci réellement et sans retour en arrière possible.

Comprenant enfin l'ampleur du sacrifice qu'il venait de consentir par amour pour elle, Gabby écarquilla les yeux.

— Mais... protesta-t-elle d'une voix tremblante. Cela veut dire que tu vas mourir un jour...

Adam prit son visage en coupe entre ses mains et darda sur elle un regard de pure vénération.

— Non, *ka-lyrra*. Cela veut dire que je vais enfin vivre. Ici. Maintenant. Avec toi.

Sa voix s'était mise à trembler sur ces dernières paroles. Il prit le temps de se ressaisir avant d'ajouter :

— Épouse-moi, Gabrielle O'Callaghan. Je t'offrirai la vie dont tu as toujours rêvé. J'en suis capable, maintenant que je suis comme toi. Donne-moi la chance d'être ton mari. Fais de moi le plus heureux des hommes en acceptant de porter mes enfants. Laisse-moi passer le reste de mon existence à tes côtés.

— Ô mon Dieu ! s'exclama Gabrielle, les yeux emplis de larmes. Tu as renoncé à ton immortalité pour moi...

Du bout de la langue, il cueillit les larmes qui roulaient sur ses joues avant de répondre :

— Ne pleure pas, Gabrielle. Je n'ai absolument aucun regret.

— Comment peux-tu dire ça ? Tu viens de tout perdre : l'immortalité, l'invincibilité, tout ce qui fait la puissance d'un Tuatha Dé Danaan !

Avec un sourire attendri, sans la quitter des yeux, Adam secoua fermement la tête.

— J'ai tout gagné, au contraire. Du moins, si tu acceptes enfin de répondre à cette question qui me hante : Gabrielle O'Callaghan, veux-tu devenir ma femme, oui ou non ? Au cas où tu ne l'aurais pas encore compris, la bonne réponse est « oui ». Et pendant qu'on y est, *lass*, tu pourrais aussi me dire que tu m'aimes, cela ne m'écorcherait pas les oreilles…

Gabby éclata de rire et fit mine de lui donner quelques coups de poing. Puis, le chevauchant de nouveau comme une amazone, elle agrippa ses cheveux à pleines mains et s'empara de ses lèvres pour un baiser plus époustouflant encore que tous ceux qu'ils avaient échangés.

— Je crois que je vais devoir me résigner à prendre cela pour un oui… murmura-t-il, le souffle court, quand leurs lèvres se séparèrent.

— Je t'aime, Adam Black ! lança passionnément Gabby en fixant ses yeux noirs, où ne flottaient plus les étranges reflets dorés qui s'y trouvaient auparavant. Et pour ce qui est de ta question… la réponse est oui, oui, et encore oui !

Épilogue

Cinq ans plus tard

Gabby acheva de vider le lave-vaisselle et se redressa pour guetter les bruits en provenance du premier étage. Tout était calme dans leur grande maison. Connor, leur fils de deux ans, avait sombré dans le sommeil depuis un bon moment déjà. Bientôt, elle monterait l'escalier pour aller embrasser Tessa, leur fille aînée, et pour entraîner son mari dans leur chambre.

Avec un sourire attendri, Gabby songea à son époux, le professeur Black… Avec son corps d'apollon et son visage princier, il aurait difficilement pu avoir moins le physique de l'emploi. Le jour où il lui avait fait part de son intention d'enseigner l'histoire, elle avait failli lui rire au nez, convaincue qu'il ne pourrait jamais s'astreindre à un travail aussi austère. Mais en cela comme en bien d'autres choses, il était parvenu à la surprendre et à lui démontrer qu'elle se trompait.

Il était vrai qu'Adam ne s'était pas lancé dans l'aventure sans l'avoir minutieusement préparée. Avant de demander à la reine des Tuatha Dé Danaan de faire de lui un homme, il s'était servi de ses pouvoirs pour se forger de toutes pièces une identité en bonne et due forme, avec tous les documents officiels pour en attester. Et quand Gabby s'était gentiment moquée de son choix de carrière, il lui avait tendu non sans fierté les certificats et diplômes des meilleures universités du pays qui faisaient de lui un intellectuel brillant. Car, bien évidemment, il n'avait pas lésiné sur ses mérites, ni sur sa fortune – il s'était offert de solides comptes bancaires, ainsi qu'une propriété de cinq cents hectares dans les Highlands.

Pourvu de ces indispensables sésames, il s'était lancé dans la recherche d'un emploi, qu'il n'avait pas tardé à trouver. En quelques années, le professeur Black avait acquis dans son domaine de prédilection une réputation d'original en émettant des théories iconoclastes et controversées sur l'origine des mégalithes de Stonehenge ou sur les racines véritables des langues indo-européennes. Pour assister à ses cours, les étudiants devaient dorénavant s'inscrire un an à l'avance…

Gabby n'avait pas trop mal réussi, elle non plus. Elle avait finalement décroché le job de ses rêves, non pas en faisant laborieusement ses classes au sein du cabinet Temple, Turley & Tucker, mais en créant son propre cabinet avec son amie Elizabeth et son collègue Jay. Après des débuts difficiles, ils commençaient à décrocher quelques dossiers intéressants et à plaider dans le genre d'affaires dont elle rêvait depuis toujours, ces cas qui, en faisant jurisprudence, influaient sur l'évolution de la société.

D'un commun accord, Adam et elle avaient décidé de fonder une famille sans tarder. Le temps leur était bien trop compté pour être gaspillé en attente stérile. Comme elle l'avait espéré, les fruits de leur amour étaient splendides et les emplissaient de joie et de fierté. Tessa avait hérité de sa maman ses yeux verts et de son papa ses cheveux noirs de jais. Connor avait les cheveux blonds et les yeux sombres. Quant à leur petit frère ou leur petite sœur à venir, il était encore trop tôt pour savoir à quoi il ou elle ressemblerait…

S'accordant un instant de répit, Gabby s'assit sur une chaise et sourit en caressant rêveusement son ventre rond. Elle adorait être mère. Elle adorait être mariée à Adam Black. Il lui semblait qu'aucune femme n'avait jamais été aimée aussi totalement et aussi inconditionnellement qu'elle. Elle avait la certitude que son mari ne se lasserait jamais de leur vie commune, si précieux était pour lui ce cadeau qu'il avait attendu de recevoir pendant six mille ans : le trésor d'un amour sincère et partagé. Elle savait qu'il vivrait auprès d'elle jusqu'à la fin de leurs jours et qu'il chérirait chacune des rides qui apparaîtraient au fil des ans sur son visage comme autant de signes d'une vie réussie et bien remplie.

Oui, conclut-elle pour elle-même, leur vie était riche et savoureuse. Elle n'aurait pu rêver mieux. Bien que... À vrai dire, il lui arrivait de regretter qu'Adam, si merveilleux soit-il, n'ait pas, contrairement à elle, d'âme à remettre à sa mort entre les mains de Dieu. Ce n'était pas à lui qu'elle en voulait pour cela – c'était au Créateur.

Au fil des années, elle en était arrivée à concevoir un doux rêve doré ; un rêve idiot et complètement irréalisable, sans doute, mais auquel elle s'accrochait. Ils vivraient tous les deux jusqu'à plus de cent ans, longtemps après que leurs enfants et petits-enfants seraient à leur tour devenus adultes. Un soir, ils se mettraient au lit pour y mourir à la même seconde, dans les bras l'un de l'autre.

C'était là que son rêve prenait un tour merveilleux. Peut-être, si elle aimait Adam d'un amour assez fort, profond, authentique, et si elle s'accrochait suffisamment à lui à leur heure dernière, pourrait-elle l'emmener avec elle là où vont les âmes en partance. Alors, une dernière fois, elle ferait ce pour quoi elle était faite. Elle se dresserait s'il le fallait devant Dieu lui-même, afin de défendre le cas le plus épineux et le plus important de toute sa carrière.

Et elle gagnerait.

— Dis, p'pa... fit Tessa, le front plissé de rides de concentration. Pourquoi le lièvre doit-il perdre sa fourrure pour devenir réel ?

Adam referma avec un claquement sec *Le Lièvre de velours* et baissa les yeux vers sa fille. Engoncée dans son lit, le drap jusqu'au menton, les yeux déjà pleins de rêve, elle l'observait avec attention. Ses mèches bouclées et noires comme la nuit encadraient son visage d'ange. Il ne put s'empêcher de tendre la main pour les caresser. Avec son insatiable curiosité et ses yeux qui rappelaient tant ceux de sa mère, Tessa tenait dans sa petite main le cœur de son père.

— C'est ainsi, répondit-il avec fatalisme. Pour devenir réel, il faut renoncer à quelque chose à quoi l'on tient plus que tout.

— Beurk ! commenta-t-elle avec une grimace comique. Si c'est comme ça, je préfère ne pas être réelle. Je veux être jolie, toute brillante et invisible comme la reine des fées… Oups !

Ses yeux s'arrondirent, et elle plaqua une main potelée sur sa bouche.

— Désolée. Je n'ai rien dit.

Dans l'encadrement de la porte, Gabby, qui avait tout entendu, avait poussé un petit cri de surprise. Au regard de reproche muet que lui lançait son mari, elle répondit en articulant en silence : « Je ne lui ai rien dit. Et toi ? »

En guise de réponse, Adam secoua la tête.

À la naissance de Tessa, ils avaient tous deux présumé qu'elle n'était pas une *sidhe-seer*, qu'il n'en existait plus, puisque Gabby elle-même n'avait pas aperçu un seul faë depuis la fin de leur aventure. Aoibheal, avaient-ils conclu, avait dû faire en sorte d'extirper le don des gènes des O'Callaghan.

— Quelle reine des fées, ma puce ? demanda Adam d'une voix douce. Parle sans peur. Tu sais que tu peux tout me dire.

Tessa accueillit cette promesse d'un air dubitatif et marmonna :

— Elle a dit que tu serais fou de colère si tu savais qu'elle est venue.

— Je t'assure que je ne me fâcherai pas.

— Promis ?

— Promis. Croix de bois, croix de fer... De quelle reine des fées parles-tu ?

— Ah-veel.

Adam inspira profondément, en observant du coin de l'œil la réaction de Gabby.

— Aoibheal est venue te voir ? s'enquit celle-ci en les rejoignant près du lit.

Tessa secoua ses longues boucles brunes en signe de dénégation.

— Pas moi. Elle est venue voir papa. Elle pense qu'il est joli.

Adam se retint de rire en découvrant le regard noir que son épouse, les mains sur les hanches, les yeux plissés et les narines frémissantes, lui lançait. Tout juste parvenait-elle à se retenir de gronder de fureur... Il aimait la rendre parfois jalouse – tout en détestant éprouver ce sentiment lui-même.

— Joli, hein ? répéta-t-elle, les dents serrées.

— C'est ça, acquiesça sa fille en se frottant les yeux. Mais moi, je ne peux pas le voir, même si j'essaie très fort.

Cette fois, ce fut au tour d'Adam de faire grise mine. Avant la naissance de sa fille, déterminé à être un bon père, il avait dévoré des piles de manuels et de traités sur l'art et la manière d'élever un enfant. Jusqu'à présent, il pensait ne pas s'en sortir trop mal, mais Tessa n'était-elle pas censée le regarder avec des étoiles dans les yeux, quoi qu'il arrive ? Du moins, jusqu'à l'adolescence (et alors, gare à celui qui, le premier, s'aviserait d'embrasser son bébé !) ? Certes, il avait remarqué ces derniers temps que de fines pattes-d'oie apparaissaient au coin de ses paupières, mais il était toujours un homme séduisant – et il n'avait pas besoin que sa femme le lui confirme pour le savoir, il lui suffisait d'observer les minauderies de ses étudiantes...

— Tu veux dire, reprit-il avec une feinte colère, que tu ne vois pas en quoi elle trouve ton papa joli ?

Avec la mine exaspérée que seule peut arborer une petite fille de quatre ans, Tessa leva les yeux au plafond.

— Mais non, t'es bête ! protesta-t-elle. Je sais bien que tu es joli. Mais je ne peux pas voir ce qu'elle voit. Elle dit que seuls les faës en sont capables.

Adam eut l'impression que son cœur s'arrêtait de battre.

— Ô mon Dieu ! murmura Gabby en portant la main à sa bouche.

Leurs regards se croisèrent. Ils se dévisagèrent une longue minute.

Adam ne connaissait qu'une seule chose que les humains ne pouvaient voir chez leurs semblables et qu'il était capable de discerner lorsqu'il était un faë. Cette chose qui lui aurait permis de suivre sa femme de cette vie dans de nombreuses autres, mais qu'il avait cru jusqu'à cet instant ne jamais pouvoir posséder.

Cinq ans plus tôt, lorsqu'il avait épousé Gabrielle au cours d'une cérémonie traditionnelle dans une chapelle des Highlands, Drustan et Dageus MacKeltar lui avaient offert les vœux d'union sacrée des druides. Adam n'avait pas voulu en faire usage, non parce qu'il refusait d'être lié à son petit *ka-lyrra* par-delà la mort, mais parce que, n'ayant pas d'âme à unir à la sienne, cela n'aurait pu être qu'une mascarade.

En réponse au regard interrogateur que Gabby lui adressait, Adam hocha la tête, l'encourageant à poser la question qui leur brûlait les lèvres à tous les deux.

— De quoi parles-tu, Tessa ? demanda-t-elle d'une voix trop haut perchée. Qu'est-ce que tu ne peux pas voir ?

La fillette bâilla à s'en décrocher la mâchoire, ferma les yeux et se pelotonna dans son lit avant de répondre d'une voix ensommeillée :

— Que papa est tout doré… illuminé de l'intérieur. Ah-veel a dit… que maintenant… il est exactement comme toi et moi… m'man.

Les lèvres d'Adam remuèrent, mais aucun son ne sortit de sa bouche. Les yeux rivés à ceux de son mari, Gabby étouffa sous sa main un petit cri de joie. Pendant un long moment, il fut incapable du moindre geste, de la moindre parole, de la moindre pensée.

Puis l'énormité de ce qu'il venait d'apprendre le frappa de plein fouet et le galvanisa, le poussant à passer aussitôt à l'action. Il n'y avait plus un moment à perdre ! Si, par quelque miracle incompréhensible, par quelque inespéré cadeau de Dieu, une âme lui était donnée, il devait sur-le-champ l'unir à celle de Gabrielle.

D'un bond, Adam se leva, déposa un rapide baiser sur le front de sa fille déjà endormie et éteignit la lumière. Puis il souleva sa femme dans ses bras pour l'emmener jusqu'à leur chambre.

— *Ka-lyrra*… lui dit-il sans attendre. Il y a quelque chose que je veux te demander de faire avec moi tout de suite. Des vœux que nous devons échanger. Mais il faut que tu saches auparavant que ces vœux lieront nos âmes l'une à l'autre pour l'éternité. Dans cette vie comme dans celles qui nous attendent après la mort, nous ne nous quitterons plus et nous serons amenés par le destin à nous retrouver, quoi qu'il arrive. Es-tu d'accord ? Acceptes-tu de lier ton âme à la mienne pour toujours ?

Riant et pleurant à la fois, Gabrielle hocha la tête avec empressement. Le cœur empli d'une joie sans mélange, Adam la posa précautionneusement sur le sol et se plaça devant elle. En un geste solennel, il plaça sa main droite sur le cœur de sa femme et la gauche sur le sien.

— Pose tes mains sur les miennes et répète après moi : deux flammes pour une braise brûlent d'un même désir. Où tu iras, qu'il plaise aux dieux que j'aille aussi. Fasse que le temps n'apaise ni flammes ni souvenirs.

Un grand sourire aux lèvres, ses beaux yeux encore humides brillants de joie, Gabrielle répéta les vœux sacrés. Dès qu'elle eut prononcé le dernier mot, une émotion si puissante envahit Adam qu'il faillit en tomber à genoux.

Un lien indestructible l'unirait dorénavant à sa bien-aimée par-delà la mort.

Il était un homme.

Il avait un cœur.

Il avait une âme.

Il avait l'amour de la seule femme qu'il ait jamais réellement aimée.

Adam Black était enfin devenu vraiment immortel…

Glossaire

Pour préserver leur charme et leur spécificité, certains mots n'ont pas été traduits dans le texte. On en trouvera ci-dessous une définition sommaire.

Amergin : le plus influent des trois druides ayant, selon la légende, conduit la migration des Celtes venus d'Espagne pour s'installer en Irlande.
Aoibheal : souveraine des Tuatha Dé Danaan (se prononce dans leur langue *Ah-veel*).
Aye : oui.
Beltane : dans la tradition celtique, fête du printemps, le 1er mai.
Danu : planète d'origine des Tuatha Dé Danaan.
Féth fiada (*féth* : brume, *fiada* : seigneur) : brume ou brouillard magique qui rend invisibles ceux qui s'y cachent. Également appelé *ceó druidecta* ou *ceo draiodheachte* (brume des druides). Le *féth fiada* est un charme à triple action qui rend celui qui s'en sert impossible à voir, entendre ou toucher par le commun des mortels.
Ka-lyrra : petit animal originaire de Danu.
Laird : noble, propriétaire d'une terre et d'un manoir en Écosse.
Lass : jeune fille ou bonne amie.
Lughnassadh : dans la tradition celtique, fête célébrée le 1er août.
Naye : non.
Och ! : oh !

Samhain : dans la tradition celtique, fête de Halloween.

Sidhe : autre nom donné dans la mythologie celte aux Tuatha Dé Danaan après leur exil (se prononce *shee*).

Sidhe-seer (*seer* : voyant ou voyante) : humain capable de voir les faës parce qu'insensible aux effets du *féth fiada*.

Sin siriche du (en gaélique, le plus sombre/puissant des elfes/faës) : autre nom donné à Adam Black, aussi appelé prince du D'Jai.

Tuatha Dé Danaan : peuple mythique ayant colonisé l'Irlande aux premiers temps de son histoire (se prononce *tua day dhanna*).

Yule : dans la tradition celtique, solstice d'hiver.

7809

Composition
CHESTEROC LTD

Achevé d'imprimer en France (Malesherbes)
par MAURY IMPRIMEUR
le 14 septembre 2009.

Dépôt légal septembre 2009.
EAN 9782290013892

1er dépôt légal dans la collection : septembre 2005

ÉDITIONS J'AI LU
87, quai Panhard-et-Levassor, 75013 Paris

Diffusion France et étranger : Flammarion